27 倪匡珍藏限量紀念版

衛斯理傳奇之

茫點

（含：茫點・古聲）

倪匡 著

無窮的宇宙，
無盡的時空，
無限的可能，
與無常的人生之間的永恆矛盾，
從倪匡這顆腦袋中編織出來。

——金庸

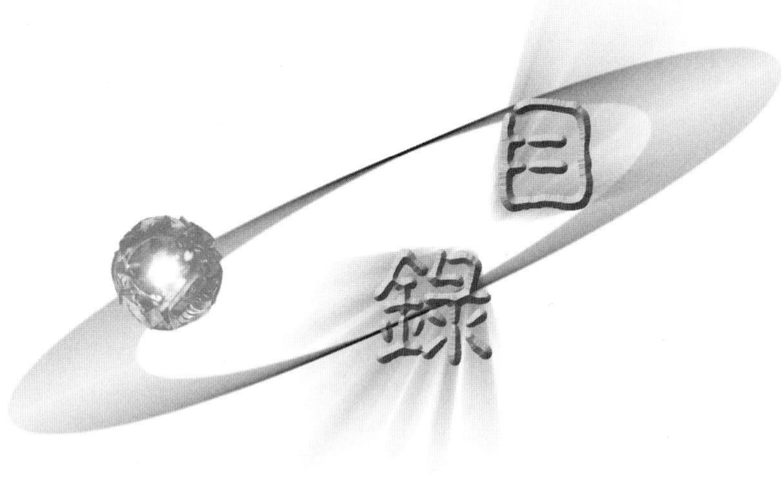

茫點

古聲

茫點

序言

「茫點」是以人腦活動為主題，故事情節十分複雜，寫得也較其他故事，長了一大半，這次修訂，發覺並無可供大段刪節之處，只是零碎刪掉了一些可有可無的句子，令得文字更簡潔，故事發展更俐落。

整個故事，在又重讀了一遍之後，掩卷感嘆：人，實在很笨，是智力甚低的一種生物，甚至連是真是幻這樣簡單的事，都難以作出判斷，人腦活動所產生的思想，作為一種高級生物，實在相當可憐。

或許，真或幻，並不是那麼重要。人生許多煩惱，正是為了要弄清楚真、幻而產生的。

誰知道呢？正如故事想表現的那樣——人類的腦部，太容易受外來信號的干擾了！

倪匡

前言

「茫點」在開始之前，有幾個楔子。小說有楔子，由來已久。要是沒有那位官拜太尉的洪信先生在龍虎山、上清宮揭開了那塊石板的楔子，一部水滸傳也不知從何說起才好。但有好幾個楔子，似乎不多見，是不是可以列入首創，待考。

接下來的幾個楔子，看來好像一點關係也沒有，但實際上，卻大有關係。而且，在以後，楔子中出現的人物，還會再出現。

楔子一

臺北是一個美麗的都市。文藝氣息濃厚。大街小巷，都可以看到很多畫廊、藝廊。

畫廊或藝廊，陳列著成名或未成名的藝術家作品，不定期的展覽或經常的陳列，供人欣賞、選購。

藝廊有的佔地相當廣，有的規模比較小，我那天去的那一家，中等規模。

對於畫、雕塑，我並不內行，可是也很喜歡。我也不會為了冒充風雅而專門到藝廊去，老實說，我那天到那家藝廊去，是給雨趕進去的。

早春，突如其來地下上一陣驟雨，淋得街上的行人狼狽不堪。開始下雨，還想冒雨趕到目的地去，可是雨點越來越大，恰好在這時候，看到有一道樓梯，以一個相當大的弧度通向下，下面，就是一家藝廊。我根本沒有考慮，就急匆匆向下走去。到了下面，用手拍打著身上的雨水，就有人道：「請簽名！」

這才知道，有一個畫展，正在舉行。抬頭看了一下，寬大的藝廊中，相當冷清，我一眼就看到了展出的畫。畫家多數用一種近乎震顫的線條來作畫，風格十分特別，我打算稍微看一下，至少等雨小一點再說。

所以，我接過了筆來，簽了一個名，看展出的畫。我並不是每一幅都仔細欣賞，所以很快地，就來到了另一端的出口處，那個出口，通向另一個陳列室。我看到很多陶藝品，就想快步走過去看看。

就在這時候，我感到後面有人在跟著我走，我向前走，後面腳步跟隨著，腳步聲是女性穿著高跟鞋發出來的，我停了一停，跟隨者的腳步聲也停止。

我想：或許是另一個參觀者，不是在跟我，於是我繼續向前走，又走出了三四步，可以肯定，有人在跟著我！

我感到奇怪，為什麼會有人跟我？沒有人知道我在臺北，我到臺北來，也沒有任何古怪目的。

我再次站定，假裝在看著我面前的一幅畫，但是事實上，那是一幅什麼樣的畫，我根本未曾注意。我不想被跟隨者知道我已經發現了被跟隨，所以我站定了之後，頭略向下低，用一個十分技巧的角度，想看看是什麼人在跟著我。

我看到一雙白色高跟鞋，式樣新穎，上面沾了一點泥水，由於外面在下雨。然後，我看到了一雙線條極其動人、膚色極白的小腿，在腿彎之下，是一條黑色緞子束腳褲的褲腳。這種束腳褲，正是流行款式。

就在這時，在我的身後，響起了一個略帶沙啞，可是聽起來十分優美動聽的聲音：「衛先生，你終於注意到這幅畫了！」

我呆了一呆，在不到半秒鐘之內，我就知道，那個女人，自然是在門口看到了我簽名，這並不算什麼。值得奇怪的是，為什麼她特別重視在我面前的那幅畫？

我站在那幅畫的前面，絕不是因為我注意到了那幅畫，想仔細欣賞。純是偶然發現有人跟我，突然站定，恰在畫前！

在這時候，我聽得那女人這樣說，自然而然，向我面前的那幅畫望了一眼。這一看之下，我不禁有點臉紅，因為我站得離那幅畫十分近，那並不是欣賞一幅畫的適當距離。

那幅畫，畫的是一個人首，可是在應該是眼睛、眉毛的部分，也就是說在鼻子的兩邊，卻被兩片成銳角的扇形物體所佔據。

那兩片扇形的，作青藍色的東西，看起來像是一片被撕成兩半的銀杏樹葉。那個人首的頭部線條，有一種無可奈何的僵直。

由於我站得相當近，所以我同時，也看到了畫旁的標簽，題著「茫點」兩個字。自然就是那幅畫的標題。

我不覺得這幅「茫點」和其他的畫比較，有什麼特別特出。

身後磁性的聲音又響起：「這幅畫的題名是『茫點』。」

我「嗯」了一聲，我仍然沒有轉過頭去，有一部分是為了表示矜持，也有一部分是為了我對繪畫外行，對方可能是藝術家，如果和我討論起這幅畫來，那我就沒有什麼好說。

那動聽的聲音又響了起來：「畫家想表達什麼？眼睛部分不見了，被遮了起來，奇怪畫家為什麼不用『盲點』這個標題，而用『茫點』？」

我隨便道：「那得去問畫家，我想，畫家可能在這裡！」

我強烈在暗示對方不必再和我討論這幅畫了！

可是，那位女士顯然不想就此離去，她又道：「日本有一位大小說家，曾用『盲點』這兩個字，寫過一篇非常精彩的小說。」

我故意表示冷淡，語調冷冷的：「是，那是一篇非常精彩的推理小說！」

磁性的聲音笑了起來，笑聲十分悅耳，絕不誇張，但是卻又充滿了挑戰的意味：

「衛先生，我看過你寫的很多小說。照你自己的說法是：你記述了經歷的許多古怪故事。就這幅畫的標題聯想開去，衛斯理是不是又可以有奇怪的經歷，化成故事？」

我心中感到十分好笑：「聽起來，這有點像點唱節目！」

我的身後，靜了一會，我以為我們之間的談話已經結束，身後又一下低嘆聲：

「我以為衛先生對這幅畫至少可以有一點聯想……」

我道：「任何事都可以產生聯想，但產生聯想是一回事，所產生的聯想，是不是能構成一篇小說，又是另外一回事……」

悅耳的聲音道：「是的，我從來也沒有寫過小說，不知道這些事，可是，我覺得『茫點』可以聯想的，比『盲點』更多！」

我立時道：「對，『盲點』，只不過是眼睛所看不到的一點或幾點，但是『茫點』，卻和人的思想發生聯繫，比『盲點』的範圍大。人類的思想，茫然不知所措的點，或面，太多了。」

那聲音道：「是的，畫家想要表達的，可能就是這樣的意思，衛先生，我真希望你能用文字來表達一下。」

我無可奈何，只好道：「我會考慮。」

在我講了這句話之後，我感到她轉身，又聽到她的腳步聲。

我忍不住好奇，轉過頭去，那位女士已經走到入口處，我只能看到她的背影。她身形高而苗條，長髮蓬鬆地披著，她的雙手白晰，或許是由於她一身衣服，全是黑色的緣故。

由於我沒有看到她的正面，所以也無從估計她的正確年齡，我想，大約是二十到三十歲之間。

我並沒有進一步打量她的機會，她就已經走了出去，我又站了一會，心中忽然想到，我至少可以像她一樣，在簽名簿上，去看看她的名字。

這純粹是出於一種好奇心，我來到了入口處，向簽名簿上看去，極其失望，在我的名字之旁，沒有新簽上去的名字，卻有一個相當大的問號。

我離開了那家藝廊，雨也小了，我一直走著，一面倒很希望在街上再遇上她，一面我在想著，從「茫點」聯想開去，可以想到什麼呢？剛才我說那和人的思想有關，她表示同意。為什麼她會對這兩個字有興趣？她和我的交談，完全是偶然的，還是早有計畫的？

我對這些問題，都無法有答案。接下來在臺北的短暫逗留，沒有再遇到這位女士。

可是，那一段對話，卻一直在我腦際紊迴，直到有一天，我突然領悟到了「茫點」的含意，那是在經歷了一連串怪異事情之後。當時，我完全未曾想到這一點，可能正是由於思想上的茫點之故。

楔子二

以下記述的，是一段十分奇特的對話。

不必去追究對話的雙方是什麼人，在什麼地方，於什麼時間。只注意這段對話的內容。

這真是一段十分奇特的對話。

「世上真有職業殺手嗎？還是那只存在於小說或電影中？」

「當然有！」

「真有？哈，你想，職業殺手遇到的最大困難是什麼？哈哈！」

「你不斷地笑，難道這種困難很可笑？」

「是很可笑，哈，你看，我又忍不住笑。我所說的困難，只怕是每一個職業殺手都有。你想，職業殺手，顧名思義，是接受金錢殺人的一種職業。」

「對。」

「這種職業，和其他職業基本上是一樣的，接受酬勞，為了酬勞去做事！」

「你說了半天，究竟困難是什麼，還沒有說出來！」

「任何職業的從業者，都可以用各種方法，去告訴他人：我是做這工作的。可是職業殺手用什麼方法讓人家知道他是一個殺手呢？他總不能登一個廣告：『殺人專家，取價低廉，保證殺死，妥善可靠。』他也不能在住所掛上一塊招牌：『專門殺人，老幼無欺。』哈哈，算命先生倒可以掛這樣的招牌。他也不能印一張名片，看到有什麼人，像是想殺人的，就送上一張，而在名片上印上『殺手』的頭銜。職業殺手實際上沒有法子兜到生意，沒有生意就做不成殺手。所以，世界上，實際上根本沒有職業殺手這樣的人。」

「你長篇大論，講完了？」

「你能提出什麼論點來反駁？」

「你這種立論站不住腳，販賣毒品，一樣不能招攬生意，但是他們可以生存……」

「全然不同！全然不同！販賣毒品，有一個完整的銷售網，有龐大而嚴密的組織。職業殺手只是個人行動。哈哈，總不見得職業殺手，會雇用經紀人。去替他兜生意吧……」

「真的，你說得也有道理。」

「本來就是！世界上根本沒有職業殺手。」

「唔，其實，還是有的，你不明白——」

「我怎麼不明白？我已經說得再明白也沒有，職業殺手，根本不可能生存。」

「別說得那麼肯定，像我，已經生存了幾十年，而且生存得很好，用你的話來說，生意，也源源不絕。」

「什麼？」

「我說，我是一個職業殺手，並沒有在你的邏輯理論下不能生存！」

「你……是在……開玩笑？你是……一個職業殺手，好，你用什麼方法使人知道你是？」

「哈哈……現在輪到我來笑了。很簡單，找人聊天，故意把話題扯到殺手這上面去，然後就會有人，像你那樣，說世界上根本沒有職業殺手這種人，舉出種種理由想說服我，再然後，我就直截了當告訴他，我就是職業殺手。」

「這……是一種詭辯術。」

「絕對不是，你可以委託我殺人，取價低廉，保證成功。你只要付錢就是，一點麻煩也沒有。」

「你……你……怎麼知道……我想殺人？你……怎麼知道？」

「別緊張，千萬別緊張，那也很簡單。」

「不可能……不可能……你……我還是第一次見到你，你不可能知道我想殺人。」

「那是我的業務秘密——」

「不行，你一定要告訴我，我……從來也沒有表示過，沒有對任何人說過，沒有作過任何文字上的記述——」

「你不必抓住我的衣服搖我，也不必滿頭大汗——」

「不行，你一定要說，你怎麼……知道我……心中秘密？」

「好了！好了，請放手，我告訴你就是。」

「你……說！」

「我早就說過了，很簡單，你今年多少年紀？五十歲出頭了？」

「那和我多大年紀有什麼關係？好，我……五十二歲。」

「你自己想想，五十二歲了，和各式各樣的人相處的過程，總有一兩個人，甚至更多的人，你很樂意看到他死亡，甚至，會有特別的一個人，你願意化點代價，來看到他的死亡！不單是你，每一個人都是一樣。」

「你……是說，你從心理學上猜度，而得出的結論？」

「可以這樣說，人的思想，有一定的範疇，任何人脫不出，不論一個人外表上裝著他如何善於處理人際關係，但是他的思想，總在這個範疇之中！」

「聽來好像……有點道理。」

「哈哈，大有道理，人的思想，可以根據一些規律探索，要瞭解另一個人的思想，不是想像中那麼困難——閒話少說，言歸正傳，我的收費，低廉得出乎你的意料之外，而且，只先收兩成訂金，告訴我，你希望什麼人離開這個世界？」

「這……」

「爽快點告訴我好了，你的意願，很快就會實現，那個人會在世界上消失。我不知道這個人消失之後，會給你帶來多大的好處，但可以肯定，你得到的好處，一定遠超過你付出的代價。」

「這……」

「我們總共只需要見兩次面，今天是第一次，你付訂金給我，然後，參加那個人的喪禮，你再把餘款付給我。再然後，你是你，我是我，這一輩子再也沒有見面的機會，安全妥當，萬無一失。」

「這……」

「你還在猶豫什麼?你想想，你願意看到對方死亡，說不定對方也願意看到你死亡，要是他要我來殺你，那你就後悔莫及了!」

「你……是在威嚇我?」

「不，我是在為我顧客的利益著想，告訴我那個人的名字吧。」

「好。」

楔子三

「嘶嘶」的水聲，在寂靜的黑夜中，聽來十分優美。

桃麗轉了一個身，輕輕地道：「聽，小丑噴泉又開始活動了。」躺在她身邊的，是她的丈夫葛陵，「嗯」地一聲：「你想起身去看噴泉？」

桃麗靠近她的丈夫，把他的身子扳過來，使他們兩人面對面地躺著：「為什麼不能？」

葛陵笑了起來：「親愛的，我現在是在執行任務前的休假，要是每天晚上，起來去看噴泉，或者在灌木叢中等三小時，觀察一個黑熊，只怕到休假完畢，我進了太空船，就得呼呼大睡，無法執行任務了。」

桃麗靠得她丈夫近些，膩聲道：「不去看噴泉，那我們就……」

葛陵少校是隸屬於美國太空總署的太空人。「太空人」只是一個簡稱，比較正式的名稱，應該是「美國太空總署屬下，進行太空飛行試驗的飛行人員」。不論名稱怎樣，大家都知道太空人是多麼重要，和一個太空人，要經歷多麼艱難、長久的訓練過程。

葛陵各方面都合乎標準，沒有任何可以挑剔。

他是長子，從小到大，學業、品行都人人稱道，沒有任何犯罪記錄，有航空工程學博士的頭銜，又是一個極其出色的飛行員。

他今年三十八歲，微禿，顯示他精力極其充沛，他身高接近一百九十公分，標準體育家的身型，相貌英俊，再加上又是太空人，在任何場合下，都備受尊敬。他的妻子桃麗，是標準的金髮美人，雖然桃麗參加競選阿肯薩斯州小姐時落選，但是見過桃麗的人，一致都認為那一屆的評判選評失當，而不是桃麗的美麗不夠標準。

葛陵和桃麗結婚三年，公認天造地設，更重要的是，連他們自己也這樣認為。

葛陵少校受訓練成為太空人已經五年，一直到最近，才接受了任務，他將成為一次太空飛行的主駕駛員，責任重大，這次太空飛行，葛陵和他的兩個助手，將駕駛一艘太空船，環繞地球超過一百轉，估計在太空中逗留的時間，接近十五天。

在接到任務之後，訓練更加吃緊，但即使任務重要，還是需要調劑，於是，葛陵就有了兩星期的假期。

好動而又喜歡野外生活的桃麗，一聽到丈夫有假期，連半秒鐘也未曾考慮，就道：「我們到黃石公園去。」

白天毫無目的地散步、談心、觀賞噴泉，晚上聽音樂，在月色下靜坐。

汽車屋中的燈光很幽暗，他們的喘息聲靜止，小丑噴泉也停止了活動，四周圍一片寂靜。

桃麗將臉龐貼在葛陵寬厚的胸膛上，從這個角度，她要看葛陵，必須儘量把眼皮向上抬，這令得她的眼睛，不住的快速眨動。長睫毛的閃動，使她看來格外動人，葛陵情不自禁，將她擁得更緊。桃麗嬌聲笑著，突然掙脫了葛陵的擁抱，跳了起來，順手抓了一件睡袍，衝到了門口。

葛陵忙叫道：「桃麗，我們附近有人！」

桃麗已經打開了門，跳了下去，葛陵一面搖著頭，一面拉起睡袍來，他先穿上了睡袍，才跳下車去。

他們車子停在一片草地上，葛陵跳下了車子，看到桃麗躺在草地上，睡袍鬆鬆地套在她身上。葛陵向四周看了看，最近的一架汽車屋，離他們大約有兩百公尺。

他來到桃麗身邊，桃麗向他伸出手來。他握住了桃麗的手，桃麗突然發力，將他拉得向草地跌去。

桃麗摟住了他，不讓他再起身，他們碰頭躺在草地上，望著星空。

桃麗低聲問道：「親愛的，你到了太空，地球上最引你注意的，會是什麼？」

「你！」葛陵的回答，又快又簡捷。

桃麗微微噘起了嘴唇：「胡說，你在太空，根本看不到我。」

「當然我看不到你，」葛陵微笑著，「可是我可以想你。人的視力有限度，可是思想沒有限度。」

桃麗輕輕打了葛陵一下：「沒有限度到了可以使你去想外星的美女？」

葛陵握住了她的手：「你是宇宙中最美麗的女性，沒有一個星球上再會有你這麼可愛的女人！」

桃麗滿足地笑了起來，她的笑容是那麼美麗，那麼燦爛，在葛陵眼中看來，比天上的星星更燦爛。

桃麗又道：「葛陵，答應我一件事。」

葛陵笑了起來，桃麗不知道又要耍什麼花樣了。桃麗年紀輕，新奇花樣，層出不窮，有時很難應付，所以他不敢立即答應。

桃麗道：「當電視轉播你在太空艙的活動時，你可以說一句：『桃麗，我愛你！』嗎？讓全世界的人都知道你愛我。」

葛陵故意「嗯」地一聲：「這太奢求了吧！全世界的女人都希望她愛的男人那樣做，你會引起十億以上女人的嫉妒。」

桃麗撒著嬌：「讓她們去嫉妒好了。」

「好，我答應你，如果輪到我講話，我一定講。」葛陵伸出了手臂，讓桃麗枕在他的手臂上：「其實，何必我講，我每天都在想：我愛你，桃麗，每天至少想一萬遍。」

桃麗搖著頭，她在搖頭的時候，頭髮輕磨著葛陵的臉，令得葛陵又舒服又癢。她道：「你的思想，我怎麼知道？一個人沒有辦法知道另一個人在想什麼，雖然我們相愛得這樣深，我在想什麼，你也沒有法子真正知道。」

葛陵在桃麗耳際，低聲講了一句話，桃麗一副嬌嗔的神情，把葛陵的頭推開去。

葛陵笑著：「真的，人的思想，神奇不可思議。天文學家已經發現，最遠的類星體，距離地球一百八十億光年，這雖然有點不可思議。但是總還有一個具體的，拿得出來的數字放在那裡。可是人的思想，全然不可捉摸！」

桃麗靜了一會：「人決無希望把他人，甚至自己的思想弄明白，還是別再去想它的好！」

葛陵道：「我倒真希望可能捕捉到他人的思想，那樣，至少我可以知道你剛才是不是真的——」

葛陵的話還沒說完，桃麗已經轉過頭來。

桃麗一轉過頭來之後，就用她的唇，封住了葛陵的口。

風吹上來，有點涼意，遠處又有一股相當大的噴泉開始噴水，發出動聽的水聲。

楔子四

安普蛾類研究所絕對謝絕參觀。

這個蛾類研究所，位於奧地利的首都維也納，萊茵河的南岸，介乎郵政局和大學教堂之間轉角處的一幢古老的建築物，離科學研究館不是很遠。

那幢建築物，本來並不適宜作研究所，但那是安普女伯爵的物業，當安普女伯爵立意要資助一個昆蟲研究所，而一時又找不到適當的場所，這幢建築物也將就著可以了。

安普女伯爵的頭銜是哪裡來的，人言人殊，有人說她是奧地利帝國時代的女伯爵，有人說她是保加利亞王朝的貴族，那並不重要，重要的是她十分富有，從她二十歲那年起，她不斷結婚、離婚，二十年來，有紀錄可供稽查的，已有六次之多，她的每一位丈夫，都是超級豪富，包括了阿拉伯王子、歐洲著名工業家族的傳人、印度土王等等。

每一位丈夫和她分手，都贈她大量金錢和珠寶，所以安普女伯爵是歐洲高級社交場合中的紅人。她不但有錢，而且極其美麗動人，淡金色的頭髮，碧藍的眼珠，思想極端現代化，容貌罕見的古典，雖然已經四十多歲了，但是她從未生育過，身形之動人，令得許多年輕的女孩子自嘆弗如。

這樣一個富有、美麗的女伯爵，和「蛾類研究所」看來一點也扯不上關係。她和蛾類發生關係，完全出於偶然。

那一年冬天，歐洲風雪連天，到處積雪極厚，安普女伯爵為了炫耀她的闊綽，特地將她的私人座駕機，以最快的時間，改裝成可以在雪地上降落，然後，她發出請柬，派出飛機，邀請了一批人，到她的阿爾卑斯山山麓的那間豪華別墅去賞雪。

這樣的約會，十分刺激，就是別墅周圍的路，全被大雪封住了，只有那架飛機，可以載人離開。那也就是說，應邀者除非不來，一來的話，不得到主人的允許，不能離開——除非等到天氣轉暖，積雪融化，道路暢通。

受邀請的自然全是各國的豪富貴族、知名人士，其中有一位，是維也納大學的教授，著名的昆蟲學家陳島。陳島是一個中奧混血兒，樣子相當東方，一直被人當作是純粹的中國人。陳島的母親是奧地利人，一個極有成就的女高音歌唱家，很受人尊敬。

安普女伯爵在邀請客人之際，忽然想到，在大風雪之後，於阿爾卑斯山麓古堡式的別墅之中，大家至少相聚半個月以上，這一切，全是那麼神秘，在這神秘的氣氛之中，似乎不可少了中國人。

在一些西方人的觀念中，中國始終古老而神秘。

於是，她發了請柬給陳島和陳島的母親，陳島的母親沒有來，陳島來了。

客人到齊之後，每天狂歡，幾個大廳中，大家各自根據自己的興趣，進行著各種各樣的遊戲。外面的氣溫是零下二十度，室內是二十二度，那是人感到最舒服的溫度。各種各樣的美酒，幾乎可以拿來淋浴，食品之多，堆積如山，萬一客人之中，忽然想吃沒有準備的東西，還可以派飛機出去採購，安普女伯爵十分好客，單是乳酪，就準備了八十六種之多，而且，她還特別宣稱，其中有一種，是「中國植物性乳酪」，保證大家都未曾吃過云云。

陳島沉默寡言，三十六歲，未婚，瘦削而高，一副標準學者的樣子。

像安普女伯爵邀請的這種場面，陳島以前很少參加。他也顯得和其餘的人有點格格不入，他只有兩次當眾發言的機會。

一次，是安普女伯爵宣佈，有「中國植物性乳酪」供應，穿著鮮紅金扣子制服的僕人，用純銀盤子，托著那種「珍貴絕倫」的「乳酪」出來，安普女伯爵：「這是來自古老而神秘的中國的食品，請我們的中國朋友發表一點意見！」

在大家的鼓掌歡呼聲中，銀盤子托到了陳島的面前，陳島向盤子一看，幾乎沒有昏過去，所謂「中國植物性乳酪」，也只不過是豆腐乳而已。

在這時候，陳島倒發揮了他高度的幽默感，他不動聲色，開始了他的講話，他是生物學家，腦子裡有的是各種各樣的學名，腐乳是用黃豆做的，黃豆，人人都知道是什麼東西，但如果不是專家，便不會知道GLYCINE　MAX是什麼。當陳島說這種「植物性乳酪」是用這種植物製成之際，全場已肅然起敬，接著，陳島把腐乳的製作過程中的種種化學作用，全用專門名詞來表達，十分鐘的講話，聽得所有人如癡如醉，大家搶著把「中國植物性乳酪」送進口中。

那次講話之後，陳島更被人尊敬，所以第二次他的話，才令安普女伯爵對蛾類感到了興趣。

那個晚上，約莫有十多個人，聚集在一個小客廳中，聽一位女賓唱女高音，由於陳島的母親是著名的歌唱家，所以陳島也被邀請來欣賞。

那位女賓拉開喉嚨直叫，陳島的神情，就像是吞進了一隻穿了八星期未洗的襪子。爲了社交上的禮節，他不得不耐著性子聽下去。這時候，他真不明白，何以人體的結構之中，竟然沒有可以暫停聽覺的這一部分。

正當陳島實在忍無可忍，想奪門而出時，那位女賓，突然發出了一下比較悅耳的高音，令得陳島爲之精神一振。

可是那位女士，在發出那一下悅耳的聲音之後，立時靜了下來，神情駭然，手向前伸著，指著前面的一個大理石雕像，口張得老大。

循她所指的地方看去，原來在那大理石雕像的頭部不知從哪裡飛來了一隻蛾停著，陳島這才知道，那位女士剛才所發出的那一下比較悅耳的聲音，是她的尖叫聲，不是她的歌唱聲。

停在大理石雕像上的那隻蛾，十分肥大，顏色鮮艷，身體是艷黃和深棕的間條，四片翼，兩片是鮮黃色，兩片是深棕色，有著十分複雜的花紋圖案。

等到在場的人都看清楚了那隻蛾時，有幾位女士不甘落後的表示她們的脆弱，也驚呼起來。安普女伯爵卻和別的女人不同，她並沒有呼叫，反倒走過去，雙手交叉放在胸前，用甜得發膩的聲音道：「啊，多可愛的動物！」

在她身邊的一個花花公子立時道：「再可愛，也不及你的十萬分之一。」

安普女伯爵發出迷人的微笑，另一位男士拿起一本雜誌來，想去拍打那隻蛾，陳島提高了聲音：「別打它。」

那位男士轉過頭來：「為什麼？這不過是一隻討厭的飛蛾。」

陳島走過去：「大家請來看看這隻蛾的頭部，它頭部的花紋，給大家什麼印象？」

那隻蛾的頭部圖案，極其特異，只要留心一看，就可以看出，那是十分清晰的一個骷髏，所有人看清這一點之後，都靜了下來——那給人以一種十分可怖的感覺。

陳島道：「這隻蛾的普通名字，就叫骷髏蛾。是歐洲的普通種。」

那男士又舉起雜誌來：「等我打死它。」

陳島冷冷地道：「在你打死它之前，我要請問，你對蛾知道多少？」

那男士瞠目不知所對，陳島走過去，把那隻蛾輕輕地弄到了他自己的手背上：「蛾有一種本領，人類萬萬不及，各位可知道？」

響起了一陣耳語聲之後，又靜了下來。陳島繼續道：「人和人之間的溝通，要靠發出聲音（講話），要靠現出形象（寫字），才能使另一個人明白要表達的是什麼。」

一個中年人道：「有時，做手勢也可以！」

有人笑了起來，但是陳島的神情十分肅穆：「做手勢，也是使對方的視覺系統，接觸到了形象，和看到文字一樣。簡單來說，一個人要明白另一個人的意念，必須通過聽覺和視覺系統。」

一位男士，趁機在他身邊的一位女士的豐滿的臀部捏了一下，那女士一下拍開了男士的手：「你想幹什麼？」

那男士樂了起來：「我只是在做一項實驗，證明陳島博士漏列了一項：觸覺系統，有時也能使對方明白要幹什麼。」

客廳中爆發了一陣哄笑聲，陳島也笑了笑：「是，各位應該注意到，人類溝通，傳遞信息的方法，並不直接由思想感應到，而是一種間接溝通方法。」。

客廳中靜了下來，陳島繼續道：「間接溝通的最大弱點是：可以作僞，一個人明明將對方恨之切骨，但是他的表達方式，卻可以是彬彬有禮，或者對之熱情萬分，人類互相溝通的方法，是間接的，所以一個人絕對無法知道另一個人真正的意念。」

安普女伯爵道：「真可怕！」

那位剛才要打死那隻蛾的男士道：「或許也正由於這樣，人類才得以生存！」

有的人發出幾下無可奈何的苦笑聲。陳島又道：「可是蛾類，卻可以直接溝通，一些雄蛾發出的求偶信息，可以令幾公里之外的雌蛾知道；而生物學家一直不知道蛾類是用什麼方法直接傳遞信息的，有的說是雄蛾發出一種香味，有的說發出的是一種高頻率或低頻率的音波——雖然誰也未曾測到過這種音波，我卻認爲，如果進一步研究，可能是蛾的一種思想波。」

唱歌的那位女士道：「天，陳博士，你以爲昆蟲也有思想？」

陳島道：「正是！」

陳島的肯定，令得各人愕然，他隨即解釋道：「各種生物有各種生物的不同思想方法，以爲只有人類才有思想，那十分可笑。一隻雄蛾絕不會明白安普女伯爵有什麼可愛之處，這是由於思想方法不同之故！」

有人笑了起來，那位要打蛾的紳士搖頭道：「這沒有說服力，蛾類互相之間，就算能直接溝通，也不過是表達一些簡單的信息。雄蛾發出求偶的信息，總不見得會加上一大篇情話？」

陳島不等各人笑聲停止，就大聲道：「主要的只是傳遞消息的方式，而不在於消息的內容。最簡單的數字式：『1+1=2』和『AAa→AA：AA：Aa：A=1：2：2：1』一樣，沒有簡單，就不會有複雜。簡單的信息，可以用直接的方法來表達，複雜的信息，在理論上來說，一樣可以，只不過人類找不到這個方法！」

當陳島的話結束之後，安普女伯爵帶頭鼓掌，其餘人紛紛跟著。安普女伯爵又問道：「陳博士在這方面的研究，一定很有成績？」

陳島聽得女伯爵這樣問，不禁十分沮喪：「很可惜，我提出了理論，但是大學方面，並不支持，這項研究需要巨大的人力、物力——」

安普女伯爵立時高舉她的手來，或許，她舉手的目的，只是想客人把她那隻紅寶石戒指和手鐲，看得更清楚些，或許，她真的對陳島提出來的理論，有了興趣。總之，她在舉起了手之後，就立即宣佈：「陳博士，研究所需要的一切，由我來支持，你只管去進行。」

陳島絕想不到自己的一番發言，會有這樣石破天驚的結果。他想在自己這個還很模糊的理論基礎上，展開研究，苦於沒有經費，女伯爵的提議，當真令他喜出望外，到了極點。

所以，陳島一時之間，講不出話來。女伯爵的笑容十分迷人：「不過，我有一個條件。」

她戲劇化地頓了一頓：「我要首先享受研究的成果。」

陳島有點不明白：「享受研究的成果？」

女伯爵道：「對，要是可以直接知道對方的意念，我就可以知道向我求婚的人是不是真的愛我。」

大家都笑了起來，在笑聲中，有一個人叫道：「看在老天的份上，陳博士，告訴我你剛才念的第二個公式，是什麼公式？」

陳島很平靜地回答道：「那是生物學上，遺傳因子中偶數配偶子突變的一個比例式。」

再去敘述那次聚會是沒有意義的事，在聚會之後，陳島回到了維也納，向安普女伯爵開出了預算，女伯爵慷慨地簽署了巨額的支票，「安普蛾類研究所」就此成立。在第二年，女伯爵在維也納聽歌劇之餘，忽然興致來了，要到研究所去參觀，陳島自然率領全體研究所人員恭迎。

怎知道女伯爵一走進了第一間研究室，就驚叫起來：「天！陳博士，我們講好是研究蛾類的，怎麼你養了那麼多毛蟲？難道毛蟲之間，也能直接溝通意念麼？」

陳島的脾氣不是怎麼好，可是看在安普女伯爵撩人的美麗份上，他也只好耐著性子解釋道：「女伯爵，所有的蛾，全是毛蟲變的，沒有毛蟲，絕不會有蛾。」

女伯爵的殷紅的唇，驚訝的噘成一個圓圈，看來挺誘人，陳島要轉過頭去，才能讓自己不起去親吻她一下的衝動。

女伯爵未曾再到研究所來，因爲她討厭毛蟲。可是研究所需要的經費，她照樣支付。陳島也一直在埋頭研究。

由於研究一點成績都沒有。所以，國際生物學界知道有這樣一個機構的人極少，陳島也討厭外來的干擾，絕對謝絕參觀，關起門來，努力證實他的理論。

楔子五

東京澀谷區八目町有一幢三層高的建築物，三樓是一家圍棋社，棋社並沒有什麼特別，在日本，這樣的圍棋館，大大小小，不下數千家之多。

這一天下午，圍棋館中，照例有幾十個棋友在下棋。氣氛很熱烈，但是決不喧鬧，這似乎是所有圍棋館的特點，因爲下圍棋畢竟用腦來思索，而不用口來講。

也正由於每一個人都殫精竭力在思索，所以雖然沒有什麼聲音，但是那種熱烈的氣氛，還是很容易被感覺得出來。

這一天下午，比較特別的是，平時一直十分穩重的館長，忽然滿面通紅，雙手揮舞著，急步走了進來。

館長不但神態顯得十分興奮，連聲音也充滿了興奮，他一進來，就嚷叫道：「各位請起立，尾杉九段來了！」

所有的人全都霍地站了起來。這真是太意外，也太令人興奮了。

像尾杉九段這樣的棋界高手，居然會降臨到這種小規模的棋社？尾杉九段的棋藝之高，只要知道圍棋的人，就一定知道。他的棋路神出鬼沒，無可捉摸，是日本圍棋中公認的鬼才，不過三十歲左右。

這樣的大人物來了，對棋館所有的人都是一種極高的榮幸。所有的人全站了起來，尾杉九段走進來。個子並不高，滿臉笑容，衣著隨便，一點也沒有高手的架子，他一出現，立時響起了熱烈的掌聲。尾杉九段作了個手勢，請大家坐下。但是大家還是熱烈地鼓著掌，一直到每個人都覺得掌心有點發痛。

尾杉九段在館長的邀請下坐下。館長神情和聲音仍然是那麼興奮：「今天能得到尾杉九段光臨，真是太榮幸了！各位有什麼問題，不妨提出來，向尾杉九段請教，請他指點。」

一個少年立時站了起來，大聲道：「請問尾杉九段，如何才能在和對方作戰中獲勝？」

少年的問題一出口，立時傳來一陣笑聲，笑問題問得太幼稚，這算是什麼問題？這個問題，要是有了答案，人人下棋，都一定勝，誰還會失敗？

少年被眾人的笑聲弄得滿面通紅，可是他並不服氣：「各位笑什麼？下棋，最終的目的是求取勝利！我的問題，有什麼不對？」

有幾個年長的，想要叱責那發問的少年，可是尾杉九段開口了：「對，下棋的最終目的是要勝利，你的問題，問得很好！」

尾杉九段一開口，那幾個想說話的人，都立時縮了縮頭，不再言語。

尾杉九段又作了一個手勢，令那少年坐下來，他側頭想了一想：「這個問題，每一個下棋的人都想知道答案，答案可以有幾萬個，但其實，答案只有一個！」

他講到這裡，顯然是故意地頓了一頓，令得所有的人，都屏住了氣息。

這個問題，竟然真有答案，那真是太不可思議了。

尾杉九段接著道：「下棋，一定是兩個人輪流下子，所以，如果知道對手下一著要把棋子下在什麼地方，知道對手下這一著子的目的何在，知道他心中的計畫是什麼，那就一定可以取勝。習慣上說圍棋是圍地的比賽，實際上是猜測對方心意的比賽。」

這一番話，若是出自他人之口，那麼一定會惹來哄堂大笑，說不定笑聲中還會夾雜著「八格」、「馬鹿」之聲。但是，話卻是尾杉九段講的，大家的神情，都變得極其尷尬，目瞪口呆，不知如何才好。

剎那之間，整個棋館之中，靜得出奇。尾杉九段笑眯眯地望著大家：「怎麼樣？各位以爲我講得不對嗎？」

人人面面相覷，誰敢說尾杉九段的話不對呢？可是如果說他的話是對的，那又實在說不出所以然，仍然是僵持著的沉默。

結果，還是那個發問的少年，先打破了沉默，他顯得有點怯生生地道：「對是對，可是尾杉九段先生，一個人，無法知道另一個人的心意。」

尾杉九段哈哈大笑道：「對，人無法知道另一個人的心意，所以我這個必勝的辦法不管用，各位還是努力下棋，求棋藝上的進步吧。」

尾杉九段這句話一出口，所有的人，都大大地鬆了一口氣。氣氛登時輕鬆，笑聲此起彼伏，原來尾杉九段是在開玩笑，由於一個人不可能知道另一個人的心意，所以下棋沒有必勝之法。

要是人能夠完全、直接地知道他人在想什麼，那麼，不但下棋必勝，做什麼也可以了。

哈哈，尾杉九段真會講笑話，大家都一致公認。

座中有一位年輕人站了起來：「請問尾杉先生，剛才你所講的那些話，可以公開發表嗎？」

尾杉笑著：「既然講了，當然可以發表，請問閣下是——」

那年輕人道：「我叫時造，時造旨人，我是一份家庭刊物的特約作者，寫些有關棋藝的文章。」

尾杉客氣地說：「久仰！久仰！」

時造又道：「請問，我如果用這樣的標題，尾杉先生是不是反對？」

尾杉九段笑道：「那要看你準備用的標題是什麼？」

時造用手在空中寫著字，道：「我的標題是『正因爲尾杉九段能知道對方的心意，所以他的棋藝才如此神出鬼沒！』或者是：『鬼才尾杉九段勝利的秘密，因爲他知道對手在想什麼！』尾杉先生，你看是哪一個標題好，請你——」

時造旨人的話還沒有說完，就陡然住了口。

因爲一直帶著微笑的尾杉九段，這時的神情，實在太古怪了：既發怒，又吃驚，額上青筋凸起老高，雙手緊緊握著拳，就像是一個人正在作奸犯科，忽然被人抓住。

館長驚呼了一聲：「尾杉先生，你怎麼了？」

尾杉掙扎著想講話，可是由於他實在太緊張，以致張大了口。過了好半晌，才道：「我……我感到有點……不舒服。」

他在講了這句話之後，神色才比較緩和了一些，館長忙道：「我送尾杉先生回家去吧。」

尾杉顯得十分吃力地點了點頭，館長忙扶著他站了起來。有修養的棋士，畢竟是十分有修養的，儘管任何人都看得出，尾杉先生的臉如此蒼白，一定真不舒服。可是他來到了門口，還是向大家道：「對不起，失禮了。」

所有的人，都一起站了起來，向尾杉先生鞠躬爲禮。等館長和尾杉九段離開之後，時造旨人才苦笑著道：「不見得是因爲我說錯了什麼吧。」

各人都點頭，時造旨人剛才說的話，他們全是聽到的，沒有說錯什麼，真的沒有說錯什麼。

第一部：白素的怪手勢

五段楔子全交代過了。

請大家注意，在這五段楔子中出現過的主要人物，以出場的次序計，總共有：

我——衛斯理，不必多介紹。

神秘的黑衣長髮女郎——和我討論過一幅題名爲「茫點」的畫，但是自始至終，未曾見到她的模樣。

殺手——一個職業殺手。

殺手的委託人——一個和殺手作了對話之後，終於委託了殺手去殺人的人，身分不明。

桃麗——金髮碧眼的標準美女，性子活潑好動。

葛陵——軍銜是少校，一個受過嚴格訓練的美國太空人。

安普女伯爵——富有，雖然已屆中年，但仍然十分動人，充滿了成熟女性的魅力的歐洲社交場合中的名人。

陳島——中奧混血兒，生物學家，固執地相信自己的理論，埋頭研究蛾類互相之間的溝通方法。

尾杉三郎——日本的九段棋士，在棋壇上，有「鬼才」之稱的高手。

時造旨人——一個未成名的小說家，替一些雜誌寫些零碎的稿件。

這些人，在每一個楔子之中，都發生關連，但是在不同的楔子中，一點關連也沒有。

這些人，能組成一個什麼故事呢？

我是所有故事的當然主角，所以，故事由我開始。

那天，白素不知道有什麼事出去了，我選了一張爵士鼓唱片，將音量扭得十分大，讓咚咚的鼓聲，將我整個人包住。

鼓聲震屋，突然我肩頭上被人拍了一下，回過頭來，看到白素已回來，她皺著眉，正在向我說話，我忙按下搖控聲量的掣鈕，鼓聲消失，才聽到白素的聲音：「你看你，客人在門口按鈴，按了二十分鐘，你也聽不到！」

我這才注意到，門口站著一個男人，那人穿著一件淺灰色的雨衣，雨衣上很濕，我連外面在下雨也不知道。我站了起來：「我好像並沒有和這位先生約定過，他是——」

那男人在我望向他的時候，他正轉身在脫去他身上的雨衣，所以我沒看到他的臉。

等我講完這句話之後，他也脫下了雨衣，轉過了身來。

那是一個年輕人，對我來說，完全陌生，他大約二十七八歲，相貌相當英俊，一副惶急神情。

我看到是一個陌生人，不禁瞪了白素一眼，有點怪她多事。如果我聽到門鈴聲，去開門，看到是一個陌生人，決不會讓他進來煩我，在門口就把他打發走了。

白素壓低了聲音：「這位先生正需要幫助！」

我不禁苦笑，這時，那個年輕人已經向前走來，神情仍然惶急，搓著手：「衛先生，衛夫人，真是冒昧之極，我……如果在其他地方，有辦法可想，決不會來麻煩兩位。」

我聽了，真是又好氣又好笑：「是啊，我這裡包醫疑難雜症。」

那年輕人被我一搶白，滿面通紅，他不是很老練，在那霎時間，他不知道如何應付。白素十分不滿意地瞪著我。我心想，我管的閒事也太多了，什麼事情，都要我去尋根究底，讓白素去理理也好，反正已經有不少人認爲，她比我能幹理智。所以，我讓白素去處理這宗「疑難雜症」。

我向白素調皮地眨了眨眼，我們之間已經可以不必說話，就互相知道對方的心意，白素也立時揚了揚眉，表示「我來就我來。」

我笑了一下，心中在想：別把事情看得太容易了，那年輕人可能說出不知什麼樣的稀奇古怪的事來，到時，看你怎麼應付！

我一面想著，一面已轉過身去，可是就在那時候，那年輕人已經鎮定了些：「我哥哥告訴我，如果真的沒有辦法想，可以來找衛……先生，衛夫人，他也叮囑過我，不到萬一的時候，別去麻煩人家。」

我走向樓梯，聽到白素在問：「令兄是誰？」

那年輕人道：「哦，我忘了介紹我自己，我姓張，單名強，我哥哥叫張堅，一向在南極工作。」

我已經踏上了兩極樓梯，一聽得這兩句話，我不禁呆住了。

那年輕的不速之客，原來是張堅的弟弟！真該死——他爲什麼不一進來就講明自己是什麼人呢？如果他一上來就說他是張堅的弟弟，那當然大不相同，我也絕不會給他難堪。

張堅是我的老朋友，我和他在一起，有過極其奇妙的經歷（「地心洪爐」），他是一個著名的南極探險家，有極其突出的成就。

更令人可敬的是，張堅是一個真正的科學家，是極其有趣、值得崇敬的人！雖然他的弟弟，可能十分乏味、無趣，但是既然是張堅的弟弟，有事找上門來，當然不能置之不理。

我一想到這裡，已經準備轉過身來了。

可是就在這時，我卻聽到了白素的聲音：「哦，原來是張先生，令兄是我們的好朋友，他好嗎？衛先生是最近事情很忙，你有什麼事，對我說，完全一樣！」

白素在說到最後一句時，聲音提得特別高。就算感覺不靈敏，也可以聽出來她說「完全一樣」這句話的意思，是找她比找我更好。

這令我感到非常無趣，不過，來人既然是張堅的弟弟，問候一下張堅的近況，總是應該的。

所以，我在樓梯上轉過頭來：「原來你是張堅的弟弟，張堅好嗎？」

那年輕人——張強——看來一副心不在焉的樣子：「我哥哥？他很好，在南極。」

我心中暗罵了一聲「廢話」，張堅不在南極，難道會在赤道？

我又問了一句：「要和他聯絡，用什麼方法？」

張強這一次，倒答得具體一點：「通過紐西蘭的南極科學探測所，可以找到他，他們會轉駁電話到南極去，最近才有的！」

我「嗯」地一聲：「是啊，利用人造衛星，我應該和他聯絡一下。」

我故意找話說，是希望張強會想到，他是張堅的弟弟，我一定肯幫他忙的。只要他再一開口，求我一下，那我就可以下樓了。

可是張強這小夥子，卻木得可以，一點也不通人情世故，竟然不作第二次懇求，而白素則顯然看透了我的心意，似笑非笑地望著我。我瞪了她一眼，繼續向樓梯上走去。

我把腳步放慢了一些，聽得白素在問：「究竟有什麼問題？」

張強答道：「我真不知道怎麼說才好，衛夫人——」

白素揮了一下手：「叫我白素好了。」

張強道：「這……這種事很……怪，唉……我從十天前開始，唉……」

張強這個人，婆媽得令人討厭，究竟有什麼問題，爽爽快快講出來，我也可以聽得到，可是他卻偏偏支支吾吾，欲語還休，我總不能老賴在樓梯上不上去！

我心中罵了張強兩句，賭氣不再去聽他講，加快腳步，到了書房中，在書桌前坐了下來，順手拿起電話，撥了紐西蘭的電話，問到了那個探測所的電話，再打過去，要他們轉接在南極的張堅。等了約莫二十分鐘，才有人接聽，我說要找張堅，那邊的回答是：「哦，你找張博士，真對不起，他現在不能接聽電話。」

我有點惱怒。道：「叫他來聽，不管他在幹什麼。」

那邊的回答令我啼笑皆非：「張博士和他的助手，駕著一艘小型潛艇，在二十公尺厚的冰層下航行，和外界完全斷絕聯絡，真抱歉，無法請他來聽你的電話。」

我無法可想，只好放下電話，生了一回悶氣，聽到下面有關門開門的聲音，我想是張強走了。張強如果走了，白素該上來找我了。

我等了一會，白素還沒有上來。我等得十分不耐煩，打開書房門，叫了兩聲，沒有回答。我不禁伸手在自己頭上打了一下，真笨，為什麼只想到張強走了，而沒有想到白素和張強一起走。

我下了樓，果然，樓下並沒有人。張強不知道對白素說了些什麼，白素一定去幫他解決困難。這本來也算不了什麼，白素和我，一直都熱心幫別人的忙。

可是我卻看到，客廳的一角，有幾件不應該有的東西在。

那一角，有一組相當舒服的沙發，如果客人不是太多，只是一兩個的話，就經常在那個角落坐著談話，剛才白素和張強，也在那裡交談。

一組沙發中，是一張八角形的茶几，我所指的不應該有的東西，就是在那茶几上。

所謂「不應該有的東西」，絕不是什麼怪異的物品，東西本身極普通，只是不應該出現茶几上：那是幾面鏡子！

我走近去，發現一共是四面，其中一面相當大，長方形，一面是圓鏡，還有一面，十分小，是女人放在皮包中的小方鏡子，還有一面，鑲在一隻打開了的粉盒蓋上。

那隻粉盒，白色琺瑯質，嫩綠色小花，十分雅致，我一看就可以認得出，那是白素慣用的東西。這時，我不禁有點發怔，這算是什麼名堂？那三面鏡子，不是我家裡的東西，一定是張強帶來的，他在門口脫那件雨衣的時候，我就曾注意到他雨衣的袋子很重，像是放著東西。不過，就算那時叫我猜，我也猜不中那是三面鏡子。男人隨身帶著三面鏡子，太怪異了！

從留在茶几上的鏡子看來，張強和白素的對話，一定和鏡子有關，不然，白素的粉盒不會在几上。略爲推理一下，就可以得出這樣的結論：張強的話題，和鏡子有關，他一面說，一面拿出他隨身帶的三面鏡子。而白素有點不信，也拿出了她身邊的鏡子。

我自信，經過的情形，大抵是這樣的。可是，鏡子有什麼值得研究呢？

我一面想，一面拿起鏡子來看著。那只是普通的鏡子。在我對鏡子看的時候，鏡中反映出我，一副大惑不解的神情。

我把四面鏡子全拿起來照了照，結果自然一樣，我對著鏡子在照，鏡子中出現的，一定是我，不會有什麼意料之外的變化。

我心中十分納悶，放下鏡子，我想在白素回來之前，把答案找到。可是我怔怔的想了好久，從各方面去推測，都想不出所以然。

心中有疑問，是十分悶氣的事，等了一小時，好像十小時那麼久，樓上樓下跑了好多次，白素連電話都沒有打來。

好不容易，書房的電話響了，我衝上樓去，拿起電話，以爲一定是白素打來的，可是電話一拿起來之後，那邊傳來的，卻並不是白素的聲音，而是一個聽來極爲興奮的聲音：「衛斯理，你快來，立刻就來，有一些你意想不到的東西給你看。」

聲音，肯定是熟人，但是一時之間，卻想不起那是什麼人來。

我只好道：「請先告訴我尊駕是誰，我該到什麼地方來看那意想不到的東西？」

電話那邊那個人叫了起來：「天，連我的聲音你都聽不出來。」

我「哼」了一聲：「是，我最近耳朵犯聾。」

那邊停了一停：「是我——」他在講了兩個字之後，忽然拉長了語調：「恨君不似——」

他才吟了四個字，我就想起是什麼人了，真是又好氣又好笑：「南北東西，我不相信你會有什麼意外給我！」

那人「哈哈」大笑。「南北東西」當然不是那個人的名字，只不過熟朋友都這樣叫他，因爲他的名字叫江樓月。宋詞中一首「採桑子」，第一句就是「恨君不似江樓月，南北東西，南北東西。」所以，這位江先生的綽號，就叫「南北東西」。

「南北東西」是一個電腦工程師，極早就投入這個行業，參加過許多巨大電腦組合的工作，具有極高級的專業知識，是世界知名的權威。可是這個人並不算是有趣，相當悶，我和他來往並不多，而且，這人是一個棋迷，沒有一種棋他不喜歡，尤其是圍棋。而我對棋類的興趣不很濃，棋藝更是淺薄。我猜想他所謂的「意想不到」，多半是動用了電腦，下贏了一盤名家的局譜之類。

所以我道：「對不起，我現在有點事——」

我話還沒有講完，他已經怪叫了起來：「天！衛斯理，你一定要來，聽聽來自外太空的聲音。」

我不知他所講的「來自外太空的聲音」是什麼意思，他又道：「而且，道吉爾博士在我這裡，他才從美國來，也專門想聽聽你的意見！」

我呆了一呆，道吉爾博士這個人，有略爲作一下介紹的必要。他是「太空生物學家」，這是一門相當冷門的科學，專門研究其他星球上，是不是有生物發生的可能性。

老實說，我對這一門科學，並非十分熱衷，在除了地球之外，宇宙的億億萬萬星球之中，必然有星球有生物，而且，生物的形態，一定有的遠比地球生物來的高級，何必再去研究有沒有生物的可能？

這位道吉爾博士寫的長篇大論，我也看過不少。

我只和他見過一次，那次是一個非正式的科學性聚會，和他見面的過程，很不愉快。那次他正對著幾個人，在侃侃而談，說什麼在金星的表面上，充滿了氯氣，溫度又高，所以不可能有生物存在云云。

聽了之後，我忍不住道：「博士，你有沒有想到過，有些生物，非氯氣和高溫，不足以生存？」

博士非常不高興，仰起頭，翹起了他的山羊鬍子，望著我：「這樣的生物在哪裡？」

我道：「當然不在地球上，你剛說的金星的環境不適宜生物生存，應該是不適宜地球生物的生存。如果金星上有生物，一定需要氯氣和高溫。」

博士發出了幾下冷笑：「那是幻想小說中的東西，不是科學家研究的題材。」

我道：「那麼，科學家要怎樣研究？非等上了金星，在金星表面，看到了生物，才肯定？」

博士斬釘截鐵地道：「是！」

我牙尖嘴利，立時道：「事實上，讓沒有想像力的科學家到了金星上，也沒有用。就算金星的表面上，佈滿了生物，他們也認不出來，因爲認定了所有生命形態和地球生命形態一樣，怎樣去辨認一些形態不同的外星生物？」

博士的反應也來得極快，他「哈哈」笑著：「當你見了一樣東西，不論它的形態多麼怪異，這樣的東西會動，你就可以知道它是生物了。」

我也立時哈哈大笑：「第一，外星的生物未必會動，你提出了會動的東西，把這個原則作爲鑒定生物的標準，那是因襲了地球生物的觀念，沒有想像力，外星生物，或許恰恰是不動的，第二，即使在地球上，動的也未必是生物。」

我說到這裡，向外指了一指。那次聚會，在荷蘭一處村莊上舉行。我順手一指，指著外面聳立著的風車：「風車不斷在動，它就不是生物……」

這一番話，令得不少人大笑起來，也令得道吉爾博士氣得鐵青了臉。我還想進一步，不客氣的指出，像他在從事的那類研究工作，其實一點價值也沒有，重要的是在觀念上，肯定在浩瀚無涯的宇宙中，必然在許許多多星球上，有各種各樣的生物。

可是我才擺定了架子，準備發表慷慨激昂的言詞時，就給聚會的主人硬拉著去看他花園中所栽種的鬱金香去了。主人事後埋怨我：「道吉爾博士是太空生物的權威，你怎麼可以這樣得罪他？」

我自然不服氣：「太空生物的權威？他和什麼太空生物打過交道？我卻有。」

主人道：「你那些事，誰知道是真還是假。」

我怒氣上升：「早知道你這個聚會沒有言論自由，我才不來。」

主人只好苦笑。這次不歡而散，以後有同類的聚會，我再也沒有接到請柬。有幾個朋友，還是每年參加，據他們說，道吉爾博士每次都問起我，而且，把我打聽的十分清楚，總要在人多的時候，把我取笑一番，又封我一個頭銜：「七星幻想專家」。

我不介意人家稱我「幻想專家」，道吉爾博士喜歡把他的畢生精力，花在肯定或否定外星是否有生物，那是他的自由，誰也不能干涉。

有趣的是，這樣一個在觀念上和我截然相反而且又十分固執的人，居然會專程來看我，那爲了什麼？

我「哦」地一聲：「就是那個山羊鬍子？」

我和道吉爾博士之間的事，來龍去脈，江樓月都十分清楚。他笑了起來：「是他，別多說了，立刻來就是！」

我考慮了一下，決定先去看看江樓月，他那邊發生的事，可能有趣。

我道：「好，我就來。」

放下了電話，提起外套，走到樓下，又向茶几上的幾面鏡子看了一眼，仍然無法想出和什麼事情有關。

我駕著車到江樓月家去，他住在郊外，路途相當遠，正是交通擁擠的時刻，我跟在一列長車後面，慢慢向前駛，突然聽到一陣急促的汽車喇叭聲。循聲看去，看到對面駛過來的一列汽車中，白素的車子，赫然在內，而且，按喇叭的正是她。當我看到她時，她正按下車窗，伸手向車窗外指著。

這時，我和她駕著車，向相反的方向行駛。由於我們前後都有車子，不可能停下來，必須保持車子的前進。當我看到她的時候，兩輛車子最接近，繼續保持車子行進的結果，是越來越遠。

我看到白素伸手向車窗外指著，一時之間，弄不懂她想叫我看什麼，我也按下車窗，大聲叫：「什麼事？」

我探頭出去叫，車子的行進，自然而然慢了一慢。後面的幾輛車子，立時大按喇叭，把我的叫喊聲，全都淹沒。

白素顯然比我聰明，她知道叫喊沒有用，所以她只是做手勢，仍然在指著。

她指的是車窗旁邊的倒後鏡。她指著倒後鏡，是什麼意思呢？我立即想到，那是指鏡子。

我立時把一隻手揚起來，放在前面，做了一個照鏡子的姿勢，白素連連點頭，也做著和我同樣的姿勢，接著，她迅速指了指她自己，點頭，再指向她那隻舉起、當著是一面鏡子的手，連連搖頭。

老天，我和白素有的時候，根本不必講話就可以憑藉一些簡單的手勢，甚至眼神，明白對方的心意。但這時，我卻無法知道她的手勢，是什麼意思。

我想再做手勢問她，可是已經沒有機會，因爲車子朝相反方向進行，距離越來越遠，我勉強轉頭去看她，後面車子中一個大個子司機厲聲喝道：「開車子的時候，看前面！」

我一面駕車，一面想，白素的手勢，是什麼意思呢？她不是性急的人，而居然著急地想利用那麼短的機會，用手勢告訴我，那麼，這件事一定十分重要。

可是我卻偏偏想不出她想表達什麼？

她想要告訴我的事，一定和鏡子有關，她的手勢表示，一個人在照鏡子，到此爲止，很容易明白。

可是接下來，她指著她自己，點頭，這表示什麼呢？表示要多照鏡子嗎？再接下來，她又指著代表鏡子的手搖頭，那又是什麼意思，是指鏡子不好嗎？不要照鏡子嗎？

隨便我怎麼想，都想不出來。

（我猜不出白素的手勢想要表達什麼，不是我的腦筋不夠靈活，而是白素想要表達的事，太超乎想像之外，太怪異了。就算她用話來說一遍，也不容易聽懂，何況只是手勢！）

一直到我駛到了江樓月家門口，那是一幢相當大的花園洋房，我一按鈴，在一陣犬吠聲中，開門的是江樓月。我一見到了他，立時把白素的手勢，重做了一遍：「在面前的手代表鏡子，這些動作，什麼意思？」

江樓月是一個瘦子，但是頭相當大，年紀並不大，可是禿頭禿得厲害，前額突出，眼睛相當大，眉毛相當濃，樣子本來就很怪，尤其當他瞪大眼睛的時候，樣子更怪，這時，他一聽得我問了他這個問題，就用這個怪樣子望定了我：「什麼意思？」

我道：「我在問你！」

江樓月仍然瞪著眼道：「誰向你做這種怪手勢？」

我道：「白素！」

江樓月突然哈哈大笑起來：「我知道了！」

他這樣說，我倒並不感到意外，因爲江樓月本來就極聰明，有著縝密而迅速的思考能力，我忙道：「白素想說什麼？」

他一面笑著，一面指著我：「尊夫人是在罵你，她說你是豬八戒照鏡子，裡外不是人。」

我給他說得啼笑皆非，用力推了他一下，罵道：「去你的。」

江樓月笑著：「別理會她這手勢是什麼意思了，快進去，有人等著你！」

我悶哼了一聲：「不行，一定有重大關係，我先去打電話，再去看道吉爾博士。」

江樓月有點無可奈何，可是，電話鈴響了又響，沒有人接聽。江樓月在一旁，十分不耐煩：「喂，你還要等多久，我保證道吉爾博士帶來的東西，更能引起你的興趣！」

白素還沒有回家，我只好放下了電話，跟江樓月進了書房，看到了道吉爾博士。從上次見面爭辯到現在，已經很多年，博士還是留著那簇山羊鬍子。他一看到我，就站起來，我和他握手：「博士，好久不見，你好。」

博士和我握手，有點心不在焉：「是啊，好久不見了。」

他等我們全坐了下來之後，精神才振作了一些：「衛先生，我們的觀點不同，這不必爭論。這次，有點難以解釋的事，你的經歷——」

我見他有點遲疑，笑道：「我的那些經歷，究竟如何，也不必爭論。」

博士點頭道：「對，不過，我認爲你有資格，可以對這個事實，作一分析，至少，可以有幻想性的見解。」

我伸了伸身子：「別在字眼上斟酌，究竟什麼事情？」

博士一伸手，取過了一隻公事包來，那隻公事包相當大，一看就看出，那是一隻特製的公事包。這種公事包，用來放置最機密文件，看來像是皮製品，實際上，皮是表層，在皮下，是一公釐厚的合成金屬，極其堅固，普通工具，絕對不能切割，而且，這種公事包，還有一種特殊的設計，它由密碼開啓，如果轉錯了一個密碼，整個公事包，就會自動爆炸。

所以，我一看到博士拿起公事包，放在他前面的几上，去轉動密碼，我忙道：「博士，希望你肯定記得密碼。」

博士向我望了一眼，像是在怪我的話一點也不幽默。

公事包上，總共是兩排，每排六個可以轉動的數字鍵，博士停下來考慮了一下，我在暗中替他捏了一把汗。

等他轉完了十二個號碼，抬頭向我看了一眼，才取出了鑰匙，插進匙孔中，轉動了一下。公事包發出了「拍」的一聲響。博士直到這時，才向我道：「人家說你什麼都知道，看來不錯！」

我指著公事包：「這種公事包，我見過好幾次，最近一次見到，是在一個國家的太空總署，由一位將軍提著。」

道吉爾博士點頭道：「是，我和他們聯絡過，所以，我才來找你，聽聽你的意見。」

對方居然「虛心求教」，我自然也要客氣幾句，在寒暄中，他打開了公事包。公事包的真正容積，看來比實際體積小，放著一隻扁平的金屬盒子，看來，要打開這隻金屬盒子，還得費一番手腳。

我心中在想，他將要給我看的東西，一定極其重要，極其秘密。

博士把手放在盒上：「衛先生，我要給你看的，不，應該說，我要給你聽的，是一卷錄音帶。」

我心中「嗯」地一聲，江樓月已經說過了，博士帶來的，是「來自太空的聲音」。這時我心中不免有點疑惑，如果他帶來的是外星人的對話，我怎麼能聽得懂？

正當我這樣想的時候，博士又道：「那是一段對話，不，實際上，只是幾句。」

他講得十分鄭重，聽來慢吞吞。我想要他快點把它放出來聽聽，他卻又道：「那幾句對話的來源，它的來龍去脈，十分複雜，我必須詳細向你解釋一下，你才能明白。」

他的手一直按在那鐵盒子上：「上個月，美國有一次太空探索行動，由三位太空人駕駛的一艘太空船，環繞地球飛行十五天。領導這次飛行的，是出色的太空人，葛陵少校。」

我「嗯」地一聲：「是，全世界人都知道這次飛行。指揮員葛陵少校在太空向他的妻子說了一句『我愛你』，成爲世界性的花邊新聞。」

博士道：「是的，就是那一次飛行，很成功，這次飛行，我們稱之爲葛陵飛行，有幾項附加的任務，到現在爲止，還是秘密。」

我明白他的意思，點頭道：「你放心，我不會逢人便說。」

博士繼續道：「近年來，我轉變了研究方向，不再去研究外星是否有生物存在。而是肯定有，改爲研究他們正在用什麼方法，想接近地球，和地球通消息。」

我一聽得他這麼說法，不禁熱烈的鼓起掌來：「早就該這樣了！」

博士悶哼一聲：「科學進步要一步接著一步，誰都知道噴射引擎的飛機比螺旋槳進步，你不能說：早就該是噴射引擎。飛機的發展，必須經過螺旋槳的階段。」

第二部：射向太空的訊息

他說得十分認真，而且也很有道理，我也根本不想和他辯駁下去，只是作了一個手勢，請他繼續講下去。博士道：「太空船上裝上接收能力特強的天線，在太空船飛行的時候，一直使用。目的是想接收來自太空的種種微波信號，這些信號，在地球表面上，由於種種干擾而接收不到。」

我點頭道：「很好的設想。」

博士抓了他的山羊鬍子一下：「這項計畫真只是一項設想，因爲我們根本不可能預料到會有什麼結果，只是必須如此做。」

我作了一下手勢，表示明白。

博士的解說十分詳細，他又道：「我們考慮到，接收到的信號，可能有許多種，必須將這些信號整理出來，這項工作，需要龐大的電腦來配合，這種特種的解析、還原各種信號的電腦，早在三年之前，已經開始裝置，江博士是設計這座大電腦的主要負責人！」

江樓月道：「對，這座電腦，幾乎可以把任何信號分析出來。」

我轉移了一下坐著的位置，博士已經講了很久，還沒有講到他接收到了什麼。我道：「對不起！我要打一個電話。」

我實在有點惦記著白素她的那幾個手勢，所以我按下了電話的號碼掣，但是等了一分鐘，電話還是沒有人來聽。

我只好放棄，向博士揚了揚眉。博士道：「太空飛行十五天，安全降落，和特效天線連結的部分的記錄資料，就交到了我所管理的那個部門，我們將資料送進電腦，用上億個組成的電腦去分析，過程——」

江樓月打斷了博士的話頭：「不必詳細說過程了，那太專門，衛斯理不懂的。」

雖然江樓月的話正合我的心意，可是說得太直接了，令我有點不快，不過那也是事實，我只好悶哼了一聲。

博士道：「是，分析所得，極其豐富，我們找到了微小的殞石，在太空中劃飛的信號，又分析出了太陽黑子爆炸所發出的信號，種類十分多，有一項信號，令我們迷惑，電腦分析不出，而那信號卻十分強烈，我們通過這座電腦，把這組信號演繹爲光電波，使它在示波螢光屏上，現出變幻的波形。」

我看到江樓月似乎又想打斷博士的話頭。

我忙搶在他的前面：「讓博士說下去，我懂。」

江樓月瞪還了我一眼，不再出聲，博士道：「那麼強烈的波形，這真是我們喜出望外的收獲，可是卻研究不出是什麼波形來，我們集中力量研究，那天，一個小夥子忽然說：『真要命，這組波形，看來就像是聲波！』這本來就像是聲波的波形，任何人都可以看得出來。可是那是來自太空的信息，每一個人覺得它像聲波，但是卻不敢講出來。」

我插言道：「有些事，往複雜的方面去想，反而想不到答案，因爲答案很簡單。」

當我在這樣說的時候，我不禁想，白素的那幾個手勢，是不是答案實際上也很簡單，而我卻想得太複雜了，所以想不出來?

道吉爾博士道：「是，當那小夥子說了之後，他自己也笑了起來：『我們收到了外星人的談話，真了不起。』我當時就道：『爲什麼不可能?把它還原成聲音，聽聽看。』整個研究組的人都興奮了起來，想想看，來自外太空的聲音！」

我向那扁平的黑鐵盒子看了一眼，道吉爾博士深深吸了一口氣：「這是一項十分簡單的手續，那座大電腦卻沒有這種功能——」

江樓月「哼」地一聲：「誰知道有朝一日，會用到這項那麼簡單的功能。」

博士搔著山羊鬍子：「我們用了另一具小電腦來做這項工作，不到一小時，已經有了結果，絕對意料之外，我們得到了一段對話。」

我十分疑惑：「外星人的對話？你們能將外星語言翻譯出來？」

博士望了我一眼，又取出了一隻鑰匙來，打開了那隻鐵盒子，原來那盒子，是一具小小的錄音機，他按下了一個掣鈕，並沒有說什麼，只是向我作了一個手勢，要我聽。

於是，我聽到了一段對話。

別以爲那清楚到了和普通錄音機上放出來的兩個人的對話一樣，事實上，那段對話，十分難聽得清，有各種各樣的雜音在干擾。道吉爾博士說他們已經濾去了不知多少雜音，做得最好了。當然用心聽，還是可以聽得出，那的確是一段對話。

對話只不過幾句，我聽了之後，不禁愕然：「這是什麼意思？」

先說說那段對話，對話一開始，我就聽出，那是英語對話，從環繞地球飛行的太空船中，搜錄來的信號，解析出來的聲音竟然是地球語言，這一點，已經是古怪離奇到了極點了。

所以我一聽之下，就怔了一怔，可是博士和江樓月兩人，卻立即向我作了一個手勢，不讓我發問，要我繼續聽下去。

對話的全部如下：

「那個人的名字叫白里契‧赫斯里特，你記住了，我要殺的就是他。」

「哦，這位先生好像很有名！」

「就是他！就是他！只要你能把他除掉，我可以答應你的條件。」

「好，我的條件是——」

「對話」就到這裡為止，總共只有幾句。

我聽了一遍，翻了翻眼睛，看在博士的神情嚴肅份上，我又聽了一遍。但是不論聽多少遍，我的反應，還是一樣的，我有點憤怒：「開什麼玩笑？」

的。」

博士道：「不是開玩笑，這的確是從太空船特種天線接收來的信號中演繹出來的。」

我悶哼了一聲：「聽起來，像是有一個人，在委託殺手殺一個人。」

博士道：「正是如此。」

我用力揮了一下手：「一定有什麼人，嫌你們的工作太悶，在開玩笑。」

博士的山羊鬍子掀動著，十分憤怒：「你以爲我們的工作程序是兒戲嗎？請你排除開玩笑的想法，千真萬確，是特種天線接收到的信號演繹出來的聲音。」

江樓月也道：「因爲事情怪異，怪得逸出了常理，所以，博士才來聽取你的意見。」

我苦笑了一下：「好，我就事論事。首先，我想肯定，這段對話，發生在地球上，不會發生在任何外星上，因爲我不認爲外星人會講地球語言。」

博士和江樓月都點頭，表示同意，博士張口想說什麼，可是卻給我向他用力揮了一下手，不讓他開口。

我又道：「我再假設，這一段對話，不是面對面的對話，而是電話對話。」

我又揮了一下手，不讓博士和江樓月開口，續道：「不但是電話，而且是長途電話，可以肯定，是通過人造衛星接駁的長途電話，各位，問題分析到這裡。我以爲不存在什麼問題了。」

江樓月冷冷地道：「你的意思是，聲波化爲無線電波，傳向人造衛星的時候，恰好由太空船的特種天線，接收到了其中的片段？」

「對！」我在他的肩頭上用力拍了一下，「就是這樣，或者類似的一種情形。」

我得意洋洋地向博士看去，以爲我已經在最短的時間內，替他解決了一個難題，誰知道博士現出十分失望的神情來。

他並不望向我，只是望向江樓月：「江博士，看來衛先生對於一些電話信息的傳遞過程，不是十分瞭解。」

江樓月道：「是啊！」他轉向我說話：「衛斯理，你的假設不可能。我只向你講一點好了，博士設計的，裝在太空船上的特種接收天線，根本不爲普遍的無線電波而設，簡單地來說，地球上發射出去的無線電波，是收不到的。」

我瞪著眼：「不會有意外？事實是收到了。」

博士道：「收到的不是無線電波，是一種十分微弱的信號，我們如今終於能聽到聲音，是經過幾十道演繹手續的結果。」

我有點窘：「可是，你剛才同意，那是地球上兩個人的對話！」

博士道：「是的，我們得到了這段對話，一面大惑不解，但是一面，對白里契・赫斯里特這個名字，又感到熟悉。我們只略查了一下，就查出了這個人是什麼人！」

我怔了一怔，我對這個名字，並沒有什麼印象，所以我反問道：「那是什麼人？」

博士取出一隻紙袋，打開，抽出幾份剪報來給我看。我看了，也不禁一呆。報上刊登著「白里契・赫斯里特在遊艇爆炸中喪生」的新聞。這個人，是紐約華爾街一個十分出名的股票經紀行主理人，在股票投資方面，眼光獨到。他的分析，甚至可以導致被他提到的那份股票的市價上落，他是一個權威的投資顧問，許多投資人喜歡把資金交給他投資，所以他是華爾街的一個大亨級的人物，非同等閒。

他在佛羅里達度假，駕著豪華遊艇出海，遊艇發生爆炸而死，和他一起被炸死的，是三個年輕貌美、職業不明的美女。

那艘遊艇上，只有他們四個人。

報上還有他和三個美女的照片，這位先生，看來是一個花花公子型的中年人，面目英俊，有著體育家的身型。

報上也有著他的小傳，說他在大學求學時期起，已經艷史不斷，他總共結過六次婚，也離了六次婚，如今是美國社交界中的王牌單身漢。

根據佛羅里達警方調查，毫無疑問，遊艇爆炸是由於一枚強力的遙控炸彈所造成，這種爆炸手法，近十年來，頗爲某些職業殺手所用，所以懷疑這次事件，是職業殺手所爲。

最後，報上記載著，由於他的突然去世，消息傳到市場，紐約的股票市場，甚至引起了一陣混亂，幾種和他關係親密的股票，出現了莫名其妙的急劇下跌，云云。

我把所有的剪報，匆匆看了一遍，不禁呆了半晌。

像他這樣的人，在波詭雲譎的投機市場活動，一定有不少敵人，有人買兇殺他，不足爲奇，奇怪的是何以買兇者和兇手的對話，會變成了特殊信號，在太空中飄浮，而被葛陵飛船上的特種天線所收到？

我望著博士和江樓月，思緒十分混亂。

江樓月道：「怎麼樣？你的看法是——」

我只好攤了攤手：「我還是堅持我的第一個解釋。無線電波有時會以游離狀態存在很久，什麼時候，在什麼情形下，被什麼樣的接收器收到，全然無法估計。」

博士點頭道：「我必須指出這段對話，最初是以信號的形式被接收，並不是無線電波的信號，而是一種極微弱的類似脈動磁場所造成的光變信號。這種信號，在天文學上，常可以在脈動變星的光變放射中找到，像天琴RR型變星，就可以利用這種信號，來測定它的光變日期，等等。這是一門十分複雜的學問，總之，你必須明白人發出的語言，絕無可能變成這一類信號！」

我不禁有點冒火：「博士，我懷疑你是不是一個科學家，你怎麼可以漠視事實？你口口聲聲絕無可能，但是事實上，明明有這樣一個例子，如果人的語言，絕無可能轉變成爲那種信號，你又怎麼會收到這一段對話？」

對博士解釋的那些專門學問，我自然不是很懂，但是我所說的那番話，卻合乎最簡單的邏輯，博士沒有法子反駁。

博士不斷抓他的山羊鬍子，不斷眨著眼，江樓月的神情也一樣，兩個人一句話也說不出來。

我又道：「我們只可以這樣說，由於某一無所知的原因，世上某兩個人的交談，忽然變成了……那種信號，而且，從地球的表面上放射出去，被葛陵飛船上的特種天線接收，又被你以種種複雜的手續還原，成了原來的聲音。」

他們兩個人向我望來，我忙作了一個手勢，要他們容我講完，我又道：「由於有這樣一件事實在，所以，我的分析是一定的。問題在於一無所知，那才需要研究。」

博士首先吁了一口氣，道：「你的意思是，人在地球表面講的話，會變成類脈動磁場信號，發射向遙遠的太空中？」

我道：「我已經講過，只有這個可能，你才會有這段對話，那兩個人，總不見得是在你想到過的什麼天琴RR星座中商量如何殺人的吧？」

江樓月苦笑道：「當然不會！」

博士低聲把我的話重複了幾句，神情突然變得十分嚴肅，望著我和江樓月，卻欲語又止再三，我皺著眉望著他，心中已決定，要是他再不出聲的話，我又要打電話去找白素了。

可是，就在我把手伸向電話之際，他像是下了最大的決心一樣，開了口，道：「事實上，我們收到的類似的信號，不止這一段，還有另一段。和這一段的時間，大約相隔了三天。怪異的是，兩段信號收到時，太空船都是在它在飛行軌跡的同一點上。」

我「哼」地一聲：「那有什麼怪？只要在一個地方容易碰到這種信號，自然會在同一個地點，碰上兩次。」

江樓月道：「還有一段，博士，你怎麼剛才一見我的時候，提也不提？」

博士苦笑：「那一段信號演繹成語言之後，內容十分驚人，唉，我不知道是不是該向你們提，好，還是讓你們自己聽聽吧。」

他說著，按下那個小錄音機的掣鈕，令磁帶迅速地轉過了相當多，然後再按下放音掣，於是，我又聽到了他提及的另一段話。

那不是一段對話，聽了之後，我和江樓月都不禁發怔，江樓月也立即原諒了博士爲什麼不一早提及，真的，關係太重大。那是一個人的獨白，用的也是英語，有濃重的美國口音，有幾個字的發音，聽來相當特別。

那段獨白如下：

「我一定要做一件驚天動地的事，最好，是把那個三流西部片明星幹掉，那就誰都會知道我了。」

獨白很短，聽了令人吃驚的原因，自然是一聽就知道那個「三流西部片明星」指的是什麼人，把他幹掉，的確可以世界揚名。

我和江樓月都不出聲。這段獨白，和那段對白不一樣，對白中的事，已經發生，可是獨白中的事，還沒有發生，要是那個人已經幹了這件事，一定舉世皆知。

博士嘆了一聲：「是不是很驚人？我們考慮了兩天，覺得必須把這件事報告。於是，由我簽署了一份報告，交給有關方面，告訴他們，有人企圖謀殺美國總統，結果——」

他苦笑了一下，臉紅了紅：「結果，人家問消息的來源，我據實說，如果不是我在科學界極具名聲，只怕就會被當面訓斥。」

江樓月「嗯」地一聲：「本來就是，在美國，起謀殺總統念頭的人，看來很多。」

博士攤著手：「對，或許這種事，永不會發生，可是，這段獨白，說明我們手頭上，已經有兩個例子。」

我立時道：「這更證明我的說法對，由於某種不明的原因，地球表面上，人的語言，會轉化為一種十分奇怪的信號。」

博士用力打著他自己的頭，江樓月也皺著眉，這兩個大科學家，看來有得傷腦筋了。我和他們的立場不同，他們是在探究原因，我則在幻想方面著想，所以，我忽然道：「要放射一艘太空船，到接收這種信號的地點去，應該不是難事？」

博士呆了一呆：「當然，在技術上不是難事。」

我指著他：「那就好辦了，把你的特種天線改良，專為接收這類信號而設，然後，裝在太空船上，先發射到那個地點去，看看是不是可以接收到更多的地球上人與人之間的交談。」

道吉爾博士在聽得了這樣說法之後，一開始，現出了極興奮的神情來，但接著，便連連搖頭：「開玩笑，開玩笑。」

我不服道：「怎麼是開玩笑？」

博士道：「美國每一項太空發射，都是經過長期企畫，怎麼可以突然之間加一項？那絕無可能。」

我不喜歡聽的話，就是「絕無可能」，偏偏博士就最喜歡說這句話。我立時道：「怎麼會絕無可能？事實上，不需要一艘太空船，一枚小型的人造衛星，就可以勝任有餘。」

博士沉吟道：「這倒是真的。」

我又道：「現在，連一些比較像樣的商業機構，都在發射人造衛星，你的發現如此重要，以美國政府的力量，發射一枚人造衛星去搜集這種信號，算得了什麼，一定可以做得到！」

我在這樣說的時候，當然也知道，我說得簡單，真要做起來，也相當困難，但至少不是「絕對做不到」。

博士被我說的有點意動，江樓月在一旁道：「我看還是不行，除非那個想殺美國總統的人，把他的話變成了行動，恐怕美國政府才會考慮。」

博士嘆了一聲：「一定要做，未嘗沒有可能，但這樣做了，又有什麼用？只不過收到多一些對話。地球上每一秒鐘，不知道多少人在對話，光是去證實這些對話是不是會變成事實，沒有意義，重要的是，地球上的對話，何以會變成了那麼複雜的信號！」

我有點不耐煩：「所以，才要有進一步的實驗，我剛才的提議，是唯一的辦法。」

江樓月仍在不住的搖著頭，以爲我是在胡鬧，博士緊皺著眉，看來像是認真在思考我的提議——爲了這些奇怪來源的信號，專門發射一枚人造衛星到太空去。

博士看我像是急於想離去，忙道：「衛，我想聽聽你的意見——你常有十分古怪的想法，在常理之外，可是卻又很有啓發作用。」

我一聽得博士這樣說，不禁又是好氣，又是好笑。雖然他用的詞句十分委婉，可是那仍然分明是在說我好作不切實際的胡思亂想！

江樓月看出了我的不快，十分正經地道：「衛斯理，你別生氣，人類科學上所有的發展，全從虛無的設想上來。」

博士忙道：「是啊，要不是有人夢想飛上天，根本不會有飛機。」

我給他們兩個人的恭維，逗得笑了起來：「好，這件事，要叫我來設想的話，那只是一個偶然的事件——」

博士立時道：「偶然的事件，也必然有它的成因。人類第一次見到火，可能是由於偶然的雷擊，擊中了木頭所引起，但如果不是雷擊的能量，使這塊被擊中的木頭，達到了它的燃點，偶然的起火，就不會發生。」

我點頭道：「當然，誰也不能否認這一點，我也不會說你在太空上接到了信號，是完全無中生有的事。人在講話中發出聲波，就有可能被接收到。」

博士嘆了一聲：「你還是不明白，我接收到的信號，和聲波的狀態相去十萬八千里，絕不相同！」

我瞪著眼，道：「或許，由於種種不同的原因，使聲波轉換成了你接收到的那種類似電磁脈動的信號。」

博士不出聲，只是一味搖頭。我只好攤手：「老實說，我實在想不出其中的緣由，請原諒。」

博士向江樓月望去，忽然向江樓月講了一句德語。我猜想他可能以爲我聽不懂德語，因爲他講的話，對我無禮至極。

他望著江樓月道：「我想他真的想不出什麼，他連他太太對他做的一個手勢都不明白，我真懷疑他是不是有想像力。我以前叫他幻想專家，看來叫錯了。」

江樓月知道我全然懂德語，博士講到一半，他已連連搖手，示意他不要講下去。可是博士全然未覺，還是把話講完。剎那之間，江樓月的神色，尷尬到極點，我自然大怒，重重悶哼一聲：「兩位，再見！」

我這一句話，就用純正的德語，話一出口，博士嚇了一大跳，我狠狠地瞪了他一眼，轉身朝門外就走。

我來到門口，聽得博士和江樓月同聲叫我，我頭也不回走了出去。

我駕車回家，一路上，仍然不斷思索著白素那幾下手勢的意思。可是總想不出來。自己也覺得十分窩囊，正如博士所說，連自己妻子所做的手勢都想不出，可以說沒有想像力到了極點。而我，卻一直自負想像力十分豐富！

到了家，推開門，大叫白素，可是白素顯然沒有回來。

我十分氣悶，來回走著，又打了幾個電話去找白素，都沒有結果。我把手按在電話上，思索著白素可能到什麼地方去，一面仍想著她那幾下手勢。

突然，電話鈴聲大作，我以爲那一定是白素打來的了，誰知道拿起電話，只聽到一連串急促的喘息聲，我連說了幾聲「喂」，對方以一種迸出來的聲音叫道：「天，你聽到沒有？」

那是江樓月。我無法知道他在搞什麼鬼，不過聽他的語氣，像是有八十個惡鬼正在追著要咬他的屁股。我道：「聽到什麼？」

江樓月仍在喘氣：「你聽聽收音機，或打開電視看看，天！」

喜歡在緊張的時候叫「天」，原是江樓月的口頭禪，這時他連連叫著，可知他的緊張程度。我還想問，他又連叫了兩聲：「我和博士，立刻就來你這裡。」

接著，他就掛上了電話。我呆了極短的時間，打開收音機，也聽到了江樓月要我聽的事。

收音機中，傳出播音員急促的聲音：「本台才接到的消息：美國總統雷根，在一個公開場合中遇刺，行兇者當場被保安人員擒獲，雷根總統據說傷勢嚴重，正在醫院急救，有進一步的消息時，再向各位聽眾報告，請各位隨時留意收聽。」

播音員一直在重複著這幾句報告，我聽了之後，也不禁呆了半晌。

道吉爾博士在太空中收到的信號！

從他收到信號之中解析出來的對話或講話，都會變成事實。

這種現象，確然令我震驚，我繼續留意新聞報告，這是世界上每一個人所知道的事實，不必再詳細敘述新聞報告的內容。

大約在半小時之後，門鈴響，我打開門，看到面色蒼白的江樓月站在門外，他一見到我，就道：「天，果然發生了，果然發生了。」

我向他身後看了一下，他的身後沒有人，我問：「博士呢？」

江樓月定了定神：「他本來要和我一起來，但臨時改變了主意，回美國去了，他覺得你的提議，在發生了這件事之後，進行起來容易得多。」

我深深吸了一口氣，江樓月又道：「他還要你立刻去，我已經問過了，一小時之後，有一班直飛美國的飛機，你快點收拾行李。」

我呆了一呆：「為什麼我也要去？」

江樓月道：「你是提議人，博士怕他不能說服上頭，所以要你去幫他。」

我啼笑皆非，這真是沒來由到了極點，要是太空總署不肯放一枚人造衛星上天，我去了又有什麼用？我又不是美國總統，也根本沒有左右美國高層決策的能力。

所以，我搖著頭：「算了吧，我還是留在家裡，猜猜妻子的啞謎好了。」

江樓月嘆了一聲：「你怎麼變得這麼小器？」

我仍然一個勁兒搖頭，江樓月道：「好，你不去，也由得你。這事情，可大可小。如果有一種方法，可以把地球上所有人的對話接收，那就等於在每一個人身上，裝上了偷聽器，人和人之間，再也沒有秘密可言，這種能力，如果落在有意稱霸全球的政治野心家手中，那不知是什麼局面了。」

我悶哼了一聲：「這是三流電視連續劇中的情節，一點也不新鮮。」

江樓月瞪了我一眼：「我不是在說笑——」

我連忙道：「我也不是在說笑，我真的不想去。」

江樓月嘆了一聲，坐了下來，神情十分沮喪，我也不和他說話，他坐了一會，又站了起來：「我再和你聯絡。」

我無可無不可地點了點頭，江樓月垂頭喪氣地離去。

一直等到天黑，白素仍然音訊全無。

我打電話給小郭，托他去找張強。不多久，小郭就有了結果。

小郭在電話中道：「張強的職業是醫生，精神病科醫生。他在一家精神病院工作，我詢問過，今天他不當值，明天一定會到醫院去。」

小郭的調查工作，可以說無懈可擊。我向他道了謝，放下了電話。知道了張強的身分，可是我仍然無法和他立時聯絡，也不知道他來找白素是爲了什麼。

我來到書房，坐在書桌前，又將白素的手勢想了一遍，還是想不出是什麼意思。我百般無聊，打開晚報不經意地翻著，忽然看到一則小消息：

「日本著名棋手，曾有棋壇怪傑、鬼才之稱的尾杉三郎，突然神經錯亂，進入精神病院治療，日本棋壇及愛好棋藝人士，均大為惋惜。」

新聞所佔據地位極小，這位尾杉九段，倒是相當出名的人物。本來，這段新聞，也引不起我的注意。我想多半是因爲我才知道了張強是一個精神病醫生，兩件事之間，可算是略有聯繫，所以才注意了這則新聞。

白素竟然到了凌晨兩時，還是音訊全無，這真是怪到了極點，我有點心神不寧的躺了下來，一直到天濛亮，我才胡亂睡了一回。

醒來，白素還沒有回來。也沒有心思進食，駕車直駛向那家精神病院。

在我離家之前，我留了一張字條給白素，告訴她找我的行蹤，同時要她如果回來了，千萬別再出去，一定要等我和她見了面再說。

那家精神病院的正式名稱是「安寧療養院」，位於市郊，規模不算很大，但是設備十分完善，收費極高昂，普通人不能進來。

這年頭，不少病人，可能是有錢人更容易得精神病，所以，我駕車來到門口，看到綠草如茵的草地上，不少病人，每一個都單獨由一個護士陪同，有的在散步，有的一動不動坐著，有的正在對著樹或椅子說話。

我下了車，在門口的傳達室中，表明了我的來意。傳達室打著電話：「張醫生，今天還沒有到醫院來。」

我呆了一呆：「他什麼時候才來？」

傳達道：「他早應該來了，不知道爲什麼今天還沒來？我想——」

我不容他「想」下去：「讓我見一位他的同事。」

傳達才道：「好，你……可以見梁醫生，梁醫生是張醫生的好朋友。」

傳達又聯絡了一會，才打開門，讓我進去，告訴我梁醫生辦公室的所在。

我走了進去，穿過草地，進了醫院的建築物，經過了一條走廊，看到了一扇門旁，掛著「梁若水醫生」的名牌。

我敲了門，順手一推，門打開，裡面沒有人，我抬頭一看，就陡然怔呆：辦公室的牆上，掛著一幅畫，那幅畫，正是我在臺北一家畫廊中看過的，還爲它和一位女士討論過的那幅「茫點」。我走近幾步，可以肯定就是這幅畫。我正在想：怎麼那麼巧？在我身後，已有腳步聲傳了過來。我轉過身，看到一個穿著醫生白袍的年輕女郎，正站在門口，以十分驚訝的神情望著我。

我道：「對不起，我來找梁醫生。」

第三部：精神病患者

那女郎的神情更加訝異，這種神情，只有當一個人看到了一個絕不應該出現的人，忽然出現在眼前，才會表現出來。可是，這個女郎，我可以肯定，以前沒有見過。她有著略為尖削的下頦和極其白晰的皮膚——現代女性，很少有那麼白晰的肌膚！她顯然是真的感到驚訝，當我說了那一句話之後，她睜大了眼望著我，一副不知如何才好的神態。我按捺著心中的好奇：「我來找張強，可是傳達說他不在，又說梁醫生是張強的好朋友，我想梁醫生可能會知道張強的住址！」

那女郎又吁了一口氣，這才道：「原來是偶然的。」

她一張開口，我也不禁「啊」地一聲，那是一個略帶沙啞，可是聽來十分優美動人的聲音，人，我沒有見過，聲音，我是聽過。

我立時想起她是什麼人來了，指著牆上那幅畫：「真太巧了，梁醫生不在？」

那女郎伸出手來：「我的名字是梁若水。」

我和她握手，吃驚於她的年輕：「這更巧了。」

梁若水微笑著，也向牆上的畫望了一眼：「我們討論過這幅畫！」

我想起在臺北畫廊中那段對話，點了點頭：「你喜歡這幅畫，買下來了。」

梁若水望著畫，有點發怔，我感到相當好笑。當時，我曾在街上，想再見到她，可是沒有結果。我也曾猜想過這個女郎的身分，可是隨便我怎樣想，我都想不到她會是一個精神病醫生，張強的同行。

看來，傳達的話不錯，張強和梁若水，年齡相仿，職業又一樣，平時他們一定很接近，所以醫院中的人，知道他們是好朋友。

我道：「張強的住址，梁小姐——」

梁若水轉過身來：「我知道，可是他不在家。」

我略怔了一怔，梁若水坦然道：「他就住在醫院附近，我每天經過他的家，就會響喇叭，今天他沒有出來，我以爲他先來了，結果也不是。」

張強在昨天來找我，顯然是遭到極度困擾，我越想越覺得事情有點不妙，神情緊張起來，問道：「最近可曾有什麼事令他困擾的？」

梁若水一怔，不知道我這樣問是什麼意思。我約略將昨天張強來找我的經過講了一遍。

梁若水搖頭道：「我不知道他有什麼事，那次在臺北，我看到你的簽名，張強時常提起你，說他的哥哥有一個極其出色的朋友，就是你。他是你的崇拜者。」

我聽得梁若水這樣講，不禁有點臉紅，張強一定有重要的疑難，才來找我，可是我對他卻十分冷淡，幾乎沒有把他趕出門去。

我忙道：「他住在什麼地方，請你告訴我。」

梁若水道：「就在附近，你駕車向右，可以看到一排小巧的平房，他住在第五號，牆外種滿了竹子，十分容易找。」

我向外走去，才到門口，就看到有一位少女，神情焦急地在旁邊一間辦公室前，不斷敲著門，用相當生硬的英語在問：「張醫生在麼？」

我向她敲著的門看了一眼，門上掛著：「張強醫生」的名牌。

梁若水向那少女走去：「張醫生不在，請問你——」

那少女神情惶急：「我哥哥怎麼了？我一接到通知，立即趕來，請告訴我，我哥哥怎麼了？他一直是好好的，怎麼會發瘋？」

我佇立聽到這裡，已經知道那少女是病人的家屬，我也沒有興趣再聽下去，向梁若水作了一個手勢，就向外走去。

在我向外走去之際，還聽得梁若水和那日本少女在交談（那少女的聲音和她的神態、動作，一望而知她是日本人）。梁若水在問：「你的哥哥是——」

那少女急急地道：「我哥哥的名字是時造旨人，我是時造芳子——請多加指教。」芳子在急促的說話中，也沒有忘記日本人初次見面時應有的對話禮貌。梁若水「啊」地一聲：「你是時造先生的家人？時造先生是張醫生的病人，張醫生又不在——」

那位時造芳子小姐顯然焦急無比：「讓我見見我哥哥，我哥哥一直好好的，他現在怎樣了？我是他唯一的親人。」

梁若水嘆了一聲：「時造小姐，你可能不明白，我們這裡，每一個醫生負責治療若干病人，由於精神病患者，和別的病患者不同，主治醫生要對病人進行細心的觀察，整個治療過程，是一個十分精密的計畫——」

芳子打斷了梁若水的話頭：「我不知道這些，只要見我哥哥。」

梁若水卻自顧自繼續說著：「這個計畫不可能被打擾，所以，如果不是主治醫生的批准，其他任何人，都無權決定病人是不是可以接見外人。」

芳子的聲音中，充滿了哭聲：「我不是外人，我是他的妹妹。」

梁若水又解釋著，我已經聽不到她在說些什麼，走出了醫院，來到草地上。我想：那個時造旨人，病情一定相當嚴重，不然，那個叫芳子的少女，大可以在草地上找到她的哥哥。

這些事，當時想過就算，當然想不到，這個時造旨人，正是導致張強要來找我的主因。

經過了草地，快要來到大門口時，突然有人叫道：「等一等。」

我停了腳步，看到一個中年人，慌張地向我奔來，他奔得十分快，有一個護士在後面追著他。那中年人穿著病人的衣服，在這間醫院中的病人全是瘋子，一個瘋子叫我等一等，還有什麼好事？我已準備把他推開去，這個中年人喘著氣，來到我的面前：「先生，我給你一樣東西，你等一等。」

這時護士也追了上來，扶住了他：「洪先生，你該回去休息了。」

那中年人掙扎道：「不，我要給這位先生看一樣東西，你看，你看。」

他一面說，一面將雙手舉在我的面前。我注意到他雙手虛攏在一起，像是雙掌握著什麼。這時，他舉手向我，神情認真，雙手緩慢地打了開來：「請看，先生，請看！」

看他的動作神情，像是他手中握著的東西，在他雙手一打開之後，就會飛走。我十分好奇，不知這個精神病患者給我看什麼，自然向他緩緩打開的手中看去，一看之下，我真是啼笑皆非，自己罵自己，怎麼會和一個瘋子打交道。

這個人手中，什麼也沒有！

可是，這個人仍是一本正經地望著我：「先生，你說，那是什麼？我手中的是什麼？」

我沒好氣地道：「是空氣。」

那中年人怔了一怔，搖頭道：「空氣？不對，不對，空氣是無色的氣體，可是你看，這個固體，你看，這東西的顏色多麼鮮艷，請告訴我，這是什麼？」

他在問我的時候，想求得答案的神情，十分真摯動人，使人不忍心去斥責他，可是實在又不知如何回答才好。

那護士苦笑道：「先生，他是一個病人！」

我苦笑著：「我知道，他……這就是他的病癥？」

我一面說著，一面向那中年人虛擺的雙手，指了一指，護士神情無可奈何地點了點頭，我只好聳了聳肩，那中年人更焦急，攔住了我的去路：「請你再看看仔細，這東西，是不是——」

他在「是不是」之後，說了一個相當長的我聽不懂的詞，聽來有點像拉丁文。

我嘆了一聲：「先生，你手裡，什麼也沒有。」

那中年人一聽得我這樣說，神情十分憤怒：「怎麼什麼也沒有，我看一定是——」

他又說了一遍那個名詞，我模仿著他的聲音：「那是什麼？」

中年人笑了起來：「哦，那是一種蛾它的學名。真奇怪，我真不能肯定，根據一切文獻記載，這種蛾，只有南美洲被發現過，這裡是亞洲，怎麼也會有這種蛾？」

中年人說的時候，護士不斷拉他的衣袖，想叫他離開。那中年人發怒：「別碰我，要是這隻蛾飛走了，上哪裡再去捉第二隻去？你可知道，這可能是生物學上的大發現！」

他態度認真，以致令得我懷疑是不是目力有問題，我再探頭向他的雙手之中看去，他也小心翼翼地將雙手靠得我近了些。當我又看了一眼之後，我不禁又罵了自己一聲蠢蛋，他手裡當然什麼也沒有，要是真有一隻蛾，那麼，那一定是一隻隱形蛾，那倒是生物學上的一大發現了。

我決定不再理會他，轉過了身去，那中年人還想和我說話，護士已大聲道：「洪先生，維也納有信來了，是陳博士給你的。」

那中年人一聽，立時現出十分高興的樣子，連聲道：「信在哪裡？在哪裡？」看來，這位「維也納的陳博士」，對他來說十分重要，所以他才一聽得有陳博士的信，就緊張了起來。我趁機向外走去，自然，沒有再回問「維也納的陳博士」是什麼人。

一個自以為雙手之中有一隻蛾的神經病人，我心中暗自覺得好笑又可哀，一隻蛾，這種想法是怎麼來的？為什麼不是別的東西？

胡亂想著，來到了車房，上了車，根據梁若水所指的路，向前駛去，不一會，就看到了一排平房。其中有一間的周圍，種滿了竹子，我在門口停了車，去按門鈴。門鈴響了好一會，沒有人來開門。

張強不在家。這令我很躊躇，可以肯定的是：張強一定有什麼重大的困難不能解決，所以才來找我。

我令張強失望，不過，白素一定盡全力幫他。令我不明白的是，白素在幹什麼，以致令得她非但不能回家，連一個電話聯絡也沒有？

我一面想著，一面打量著張強住的房子。要進入這樣的平房，再簡單不過，我來到窗前，伸指在玻璃上叩了幾下，考慮敲碎一塊玻璃，打開窗子，跳進屋去。

我俯身拾了一塊石頭，準備去打玻璃，身後有人叫道：「衛先生，我有鑰匙。」

我認出那是梁若水的聲音，轉過身來，梁若水向前奔來，在她的身後，跟著那個日本少女時造芳子。

她們兩人來到了門口，梁若水取出了鑰匙來，我道：「張強不在家，我怕有什麼意外，所以想進屋子去看看。」

梁若水諒解地點著頭，對芳子道：「張醫生不在家，你可以進去看看。」

芳子的神情十分不安：「我哥哥……張醫生要是不在，真的不能見？」

梁若水已推開了門：「一來，這是醫院的制度，二來，你突然出現，可能使你哥哥的病情加深。」

芳子喃喃地道：「也有可能，我哥哥一見到我，病就好了，他一直很正常。從來也沒有……精神病……」

梁若水同情地望著芳子：「精神病有很多例子是突然發作的。」

芳子嘆了一聲，不再出聲，先跨了進去。屋子陳設相當簡單，出乎意料之外，單身漢的住所，竟然十分整潔。我心中想：這多半是梁若水持有這房子的鑰匙的緣故。

當我這樣想的時候，我向她望了一眼，梁若水像是知道我在想什麼，俏麗的臉龐上，略紅了一下，然後，她大方地道：「我和張強，十分接近。」

我為了避免梁若水難為情，將話題岔了開去：「那麼，他究竟遭遇了什麼困難，你應該知道。」

梁若水搖著頭：「不知道，我猜想是他業務上的事，我們工作性質相同，曾經有過約定，相互之間，不談工作，因為平時談話也談工作，未免太無趣。」我四面看了一下，沒有發現什麼異狀，倒是梁若水忽然發出了「咦」的一聲。我向她看去，看到她的視線停在一面牆上，那牆上什麼也沒有，但是卻有著一個橢圓形的印子顏色比印子旁的牆紙來得新，可想而知，這牆上原來掛著東西。

我隨口問道：「少了什麼？」

梁若水道：「一個鏡子。」

牆上掛著一面鏡子，十分普通。就算掛在牆上的鏡子取下來，也不足爲怪。可是這時，我一聽到「一面鏡子」，就陡地震動。

鏡子！

張強所遭遇到的不可解決的事，一定和鏡子有關！白素在車中向我打手勢，也一直指著倒後鏡。

大約是我在剎那間，神情變得十分古怪，是以梁若水向我望來，帶著懷疑的口吻：「怎麼啦？」

我道：「我覺得，張強遇到的事，一定和鏡子有關。」

梁若水怔了一怔，顯然她不明白我這樣說是什麼意思。我也無法在三言兩語中解釋明白，只好揮了揮手。

梁若水指著牆：「這面鏡子一直掛在牆上，我不明白他爲什麼要把它摘下來。」

她一面說，一面推開了一扇門，回頭道：「放到這裡來了。」

我向門內望去，那是一間臥室，那面橢圓形的鏡子，就放在床邊的一張椅子上。那無論如何不是放鏡子的好地方，鏡子要這樣放在床邊的唯一理由，只有一個，那就是使人躺在床上，就可以在鏡子中看到自己。

我悶哼了一聲：「張醫師的習慣好像太怪了些。」

梁若水沒有回答，皺著眉，顯然她心中也有著想不通的問題。在臥房中看了一會，退出來，又推開書房的門，書房中也沒有什麼異樣，書桌上堆滿了書，我們略看了一下，全是探討精神病的書籍。一隻相當大的天然紫石英結晶的鎮紙，壓著一疊文件。我移開了鎮紙，看了一下：「看，這是時造旨人的病歷。」

在一旁的梁若水忙道：「衛先生，精神病患者的病歷，是一項個人的秘密。」

我當然知道這一點，本來我也沒有打算去看它。可是芳子卻立時道：「我哥哥的病歷？他究竟嚴重到什麼程度？我可以看看？」

她一面說，一面向前走來，但是梁若水卻有禮貌地攔住了她：「這是只有主治醫師才能知道的資料。」

梁若水這種過分尊重醫院規則的行動，令我有點反感，我道：「把病人的病歷，從醫院中帶到家裡來研究，是不是合乎規則呢？」

梁若水聽出了我的不滿，她向我抱歉地微笑了一下：「通常很少醫生會這樣做，但是張強一定有他的原因，所以才這樣的。」

我指著那份病歷：「小姐，張強一夜未歸，現在還下落不明，他在離開住所之前，很明顯是在研究這份病歷，他的行動和這份病歷有關！我覺得我們應該看一看才對。」

梁若水卻固執地搖頭：「不能。」

我知道無法說服她，剛才我說張強的行動可能和這份病歷有關，也純粹只是一種猜測，她堅決不允許，我也只好算了。

梁若水把鎮紙又放在病歷上，轉身走了出來，對芳子道：「張醫生不在家，也不在醫院，我也無法找到他，你還是回酒店去，等醫院的通知。」

芳子愁眉不展，但是也無可奈何。我悶哼了一聲：「這種醫院規則，真不近人情。」

梁若水假裝沒有聽見我這句話，向外走去，當我和她一起走到門口的時候，她轉過頭，現出頑皮的神情來：「我知道，你會找一個適當的時刻，偷進時造旨人的病房去。」

我笑：「爲什麼？」

梁若水眨著眼：「這正是你的一貫作風。」

我又好氣又好笑：「放心，我不知有多少事要做，沒有空在精神病院中多逗留。」

梁若水像是還不相信我的話，似笑非笑地望著我，忽然又道：「時造小姐要回市區去，你可以順便送她回去？」

我無可無不可地笑應著，這時，已經來到了車子旁邊，我打開車門，讓芳子先上車，梁若水駕著她自己的車子從醫院來，在她進入車子前，我叫道：「一有張強的消息，立刻通知我。」

梁若水答應著，我也上了車，駛向市區。好不容易找到了張強，他卻不在，這令得我好氣憤，所以也不向芳子說什麼。芳子對我這個陌生人，當然也不好貿然開口，所以我們一直維持著沉默。

等到車子進入市區，我才問芳子住在哪一家酒店，芳子道：「我住在哥哥的地方。」

我隨口問道：「哦，時造先生在這裡擔任什麼工作？」

芳子道：「我哥哥是作家，本來一直住在日本，可是前幾個月，他……寫了一篇報導，惹了亂子，所以只好到這裡來，一方面是避一避，一方面轉換一下環境，有助於寫作，想不到，唉——」

她講到這裡，低低地嘆了一口氣。我有點生氣：「報導文章怎麼會惹亂子？關於什麼人？是政要還是黑社會頭子？」

芳子苦笑了一下：「都不是，是一個九段棋手，尾杉三郎。」

我眨了眨眼，尾杉三郎，這個名字很熟，對了，我想起來了，昨晚翻報紙，就看到一則小新聞：有棋壇鬼才之稱的尾杉三郎，因爲神經錯亂，進了精神病院。這不禁使我感到好奇，時造旨人寫了一篇報導，是關於尾杉三郎的，現在，兩個人都進了精神病院，這是一種異樣的巧合！

我道：「這位尾杉先生，好像也進了精神病院。」

芳子又嘆了一聲：「消息終於瞞不住了，他早已進了精神病院，人家都譴責我哥哥，說是……尾杉先生是被我哥哥那篇文章，刺激得變成瘋子的。真可怕，文章發表的那天晚上，尾杉先生衝了進來，簡直瘋了，要殺我哥哥。」

我越聽越奇，一篇報導文字，爲何會令人瘋狂？如果文字與事實不符，大可循法律途徑告作者誹謗。如果一篇報導文字，可以令人瘋狂的話，那文字的力量，也未免太大了。

我當時只是不以爲然地搖著頭，芳子繼續道：「唉！哥哥不知道是不是受了太大的壓力，又後悔寫了這樣的文章，所以精神上無法負擔，才……」

她說到這裡，雙眼潤濕，忍不住淚花亂轉，我好奇心越來越甚：「你哥哥究竟寫了些什麼？」

芳子道：「我一直把哥哥的文章帶在身上，有人非議，我就取出來和人爭論，實在，我哥哥並沒有寫了什麼，大家這樣譴責他，太不公平了。」

她一面說，一面打開了手袋，取出了一看便知道是從雜誌上撕下來的一頁。

我正在駕駛，沒有法子看：「請你讀出來我聽聽。」

芳子點了點頭，就讀了起來。

「尾杉九段的大名，大家都知道，在一個偶然的機會，有緣見到尾杉九段，又聽到他關於棋藝的妙論……」

接下來，芳子讀出的，時造旨人所寫的報導，就是在楔子之五之中所敘述過的一切。

時造旨人接著這樣寫：

「尾杉九段身體突然不適，使我們棋迷都十分關心他的健康，一個好棋手，真要有強健的體魄才好，鉤心鬥角的棋賽，棋手需要殫智竭力，盡自己一切可能去制壓對方，看起來，他們雖然坐著不動，但是他們全身每一個細胞都在急速地活動，比什麼都勞累，健康狀況不佳的人，負不起這樣劇烈活動的重擔。

「當然，如果像尾杉九段那樣，有辦法知道對方心中在想些什麼的，那又另當別論了，哈哈。」

芳子讀完了時造旨人的文章，我更加愕然。

老實說，文章寫得並不好，可是文章再壞，也沒有理由把人氣得發瘋。

我望向芳子：「就是這一篇短的報導，令得尾杉九段想殺人？」

芳子咬著下唇，點點頭：「是！」

我好奇心大熾：「當時的情形怎樣？」

芳子偷偷抹了一下眼淚：「哥哥不是一個很出名的作家，所以每當刊出他的作品，他都會很高興，那天，也是一樣，他買了一本新出版的雜誌，興高采烈地向我揮著——」

時造旨人一面揮著雜誌，一面叫著：「芳子，快來讀我的文章，刊出來了。」

芳子正在廚房中煮飯，她和哥哥合住一個小小的居住單位，爲了讓芳子有一間臥房，旨人睡在客廳的沙發上。旨人是一個小作家，收入不好，芳子則是一家著名百貨公司的女裝部售貨員。

芳子從廚房中探出頭來：「可是，我正在煮飯。」

旨人大聲道：「不行。快出來讀，不吃飯不要緊，不讀我的文章卻不行，況且，有了稿費，我們可以到外面去吃，我請你到六本木去吃海鮮火鍋。」

芳子伸了伸舌頭，並不解下圍裙，抹了抹手，自她哥哥的手中，接過雜誌。文章很短，一下子就看完了，但是芳子為了要使她哥哥高興，故意看得很仔細，多拖了一點時間。

然後，她抬起頭來，由衷地道：「寫得真好，把尾杉九段寫得活龍活現，你一定會成為名作家，至少，像司馬遼太郎——」

旨人很高興，但假裝生氣，指著芳子道：「你每次看完了我的文章，都說出一個著名作家的名字來，說我會像他們。」

芳子道：「本來就是嘛。」

旨人搓著手：「那天真是湊巧，恰好尾杉九段到了，我能有機會寫這樣的名人，真是好的開始。來，請把圍裙解下來，我請你去吃飯。」

芳子扮了一個鬼臉：「真的到六本木去吃海鮮火鍋？」

旨人神情有點尷尬：「那……等到稿費到手之後再說，我們先到——」

旨人可能是爲了掩飾他的窘態，是以一面說著，一面已經過去開門，芳子看到哥哥這種樣子，抿著嘴在笑。芳子的笑容突然僵住了，她看到旨人打開門，望著門外，神情極其吃驚。

門外站著一個男人，樣子相當神氣，一看就知道在盛怒中，他雙眼像是要冒出火來，臉色煞白，盯著旨人，手中拿著一本雜誌，正是芳子剛才看過的那本。旨人在看到那個人的時候，神情之驚訝，真是難以形容，張大了口，傻瓜一樣地盯著對方。

芳子也認出那個男子是什麼人，就在那本雜誌上，有著他的相片，他就是棋壇鬼才尾杉三郎。芳子感到極度的驚訝，但是她比旨人鎮定一些，她發出了一下低呼聲，準備招呼尾杉進來。

可是她還未曾開口，尾杉發出了一下怪叫聲，怪叫聲將芳子嚇呆了，本來想要講的話，也全被嚇了回去。

旨人不知所措。而尾杉揚起手，用手中的雜誌，向旨人劈頭劈臉打了過來，一面打，一面仍然不斷發出怪叫聲。

旨人躲也不是，不躲也不是，只是抱著頭，芳子看到這種情形，心中更是害怕，僵立在當地，只是不斷地道：「尾杉先生，尾杉先生。」

尾杉打了旨人十多下，尖聲道：「你真的寫出來了，你這雜種。」

旨人幾乎哭了出來：「尾杉先生，當時你……同意的，我並沒有歪曲什麼。」

尾杉的聲音聽起來是越顯尖銳，簡直令人全身打顫：「你這雜種，你以為這樣揭發別人的秘密，就能使你成名？」

他一面叫著，一面撕著那本雜誌，把雜誌撕得粉碎，旨人結結巴巴地道：「尾杉先生，我並沒有……揭露你的什麼秘密！」這一句話，不知什麼地方激怒了尾杉，尾杉陡然怒吼了一聲：「還說沒有！」

他吼叫著，突然伸出手來，扼向旨人的喉嚨。本來，旨人的身形比較高大，也壯健得多，可是尾杉的行動，太出人意料，任何人都想不到，這樣著名的受人尊敬的棋手，會突然做出這樣的行為。因此旨人連一點反抗的機會都沒有，整個脖子就已經陷入了尾杉十指的掌握。

芳子嚇得尖叫了起來，奔過去，想去拉開尾杉的手，可是尾杉卻飛起一腳，踢得芳子向門外跌出去。

旨人住的是公寓式的房子，門外是一條走廊，走廊兩旁，全是居住單位，這時，已經有幾扇門打開，看是什麼人在爭吵。

芳子仆跌在地，還未曾站起來，就已經叫道：「快來幫忙，尾杉先生，尾杉先生……」

她急得講不下去，鄰居有幾個人奔了過來，一看到尾杉掐著旨人的脖子，旨人的臉，已經紅得可怕，奔過來的人，全想去拉開尾杉，可是尾杉的力氣大得驚人，那幾個人，不是被他用肘撞開去，就是被他踢開去。有人驚叫起來：「快叫警察！」

有兩個人大叫道：「真等警察來，時造要死了！」

這兩個人一面叫著，一面從尾杉的背後，死命抱住尾杉，將尾杉向外拉著，可是結果卻把尾杉和旨人一起拉了出來。

芳子站了起來，看看情形不對，尾杉再不放手，旨人真要被他扼死！她一發急，衝了上去，也用手去扼尾杉的頸。

這一下，果然有效，尾杉開始還不肯鬆手，但沒有多久，他就鬆開了旨人，用力將芳子推開去。

芳子的背撞在牆上，一來是由於疼痛，二來是由於害怕，大聲哭了起來。

而尾杉在放開了旨人之後，旨人的臉色難看至極，身子搖擺著，跌在地上。可是尾杉還不肯放過旨人，大聲吼著，簡直就像是一頭野獸，又向前撲上去，旁邊的人死命拉住他，在混亂中，兩個警察飛步趕來，用相當粗野的手段，將尾杉打倒在地，反扭過手，加上了手銬，一場紛亂，才算平息。

芳子仍然哭著，旨人手捂著脖子，當警員請他拿開手時，他的脖子上，現出十隻可怕的深紅色的指印，一個警員忍不住踢了尾杉一腳：「兇手！你簡直是想殺人！」

旨人啞著聲，說道：「別踢他，他是尾杉九段，著名的棋手。」

在日本，著名的棋手，都有著極崇高的社會地位，受到各階層人士的尊敬。那剛才踢了尾杉一腳的警員一聽，嚇得呆了。

可是尾杉這時，一點棋手的風度也沒有，他還在亂罵著，雙手被銬住了，他甚至想衝過來，張大口，要去咬旨人，神情可怕之極。

旨人的聲音也啞得可怕，連聲道：「尾杉先生，我的文章並沒有得罪你，並沒有得罪你啊。」

他叫到後來，幾乎哭了出來。

接著，有更多的警員來到，把尾杉三郎帶走，芳子和旨人互相抱著哭。尾杉在被警員硬拖著離去之際，還在大聲叫著：「你這雜種，洩露了我的秘密。」

有一個警官，請旨人和芳子也到警局去，以明白爭執是怎樣發生。

到了警局，尾杉更加瘋狂，除去了手銬之後，打傷了一個警官，警方再將他制服，召來了醫生。當旨人和芳子離開的時候，在警局門口，看到了精神病院派來的車子。

第二天，雜誌社召見時造旨人，告訴他一個不幸的消息：尾杉九段證明發了瘋，要長期在精神病院之中醫療，不知有沒有痊癒的希望。

接下來的幾天中，來自各方面對時造旨人的指責，使時造旨人幾乎精神崩潰。幸好雜誌社同情他，覺得他的文章，絕不是令尾杉發瘋的原因，所以才借了一筆錢給他，勸他離開日本，暫時避一避。

第四部：白素涉嫌謀殺

芳子不由自主哭泣：「哥哥離開日本，不斷有信給我，我一直很擔心他，忽然接到了通知，說他進了精神病院，我……我……」

我忙安慰她道：「我看時造先生的精神病，不會嚴重。」

芳子道：「但願如此……文章你也看過了，會那麼嚴重，令人發瘋？」

我笑道：「當然不會，這個尾杉，本來就是瘋子。」

芳子搖頭道：「不，尾杉先生是一個出色的棋手，棋藝極其高超。」

我「哼」地一聲：「那麼，他不斷叫著洩露了他的秘密，又是什麼意思？難道他真的可以知道別人在想什麼？」

這時，車子到了目的地，旨人住的是一幢大廈，芳子下了車，忽然又道：「衛先生，哥哥在寫給我的信中，提到了一些……很古怪的事……」

我和芳子的對話，本來只是閒談，並沒有特別目的的，這時聽到她這樣講，也沒有引起我多大的興趣來。芳子頓了一頓：「可惜他的信，我沒有帶來——」

我沒有等她再講下去，就道：「不要緊，下次有機會，再給我看好了。」

芳子沒有再說下去，向我鞠躬：「謝謝你了。」

我向她揮了揮手，駕車離去。

車子緩緩向前移動著。芳子十分有禮，一再在車旁鞠躬，這更使我不好加速，車子在芳子的身邊，緩慢地滑向前。

我詳細地描述著當時情形，因爲只有在這樣的情形下，才會有以後的事發生。

芳子還在鞠躬，我禮貌地望向她，向她揮著手。

就在這時，芳子鞠完了一個躬，直起身子，車子還在她的身邊，我向芳子揮著手，突然之間，我看到芳子盯著前面，現出了驚訝之極的神情，給人極度悸怖之感。

一個人現出了這樣的神情，那一定是他在突然之間，看到了吃驚的東西。

我連忙循她所看的方向看去，心中已作了打算，準備看到最可怕的東西，可是卻什麼也沒有。

芳子看的，是我車子的車頭部分，那裡，可以看到的地方，都很正常，我的車子上，也沒有爬著什麼金綠色的怪小人。

我忙回頭向芳子看去，只見她那種驚悸之極的神情，還沒有減退，一面卻用手在揉著眼。她的這種動作，更使我相信她剛才真的是看到了什麼，她心中吃驚，認爲看到的東西不應該存在，所以下意識地揉一下眼睛，想看得清楚一點，這是人在吃驚狀態下的正常反應。

我忙打開車窗：「時造小姐，什麼事？」

芳子並沒有立即回答我，只是放下手來，仍然向前看著，接著吁了一口氣。她驚悸的神情，已經緩和，雙眼發直，向前望著。這一次，我再跟著她一起望去，肯定她望著我車子旁突出的倒後鏡。

我忙向倒後鏡看去，心頭倒也不免突突亂跳，因爲如果有什麼東西，出現在鏡子中，那倒真恐怖絕倫。

可是，倒後鏡中反映出來的一切，全很正常，我又聽得芳子吁了一口氣。

我推開車門，指著倒後鏡：「時造小姐，剛才你是不是看到了什麼？」

芳子震動了一下，搖著頭：「沒有……沒有。」

芳子這樣回答，我當然不滿足，而且，在那一霎間，我想到事情又和鏡子有關！

張強和白素離去，留下了鏡子。我和白素各自駕車，道中相遇，她無法和我交談，手指著鏡子，向我作了我想破腦袋還未曾有答案的手勢。而如今，芳子望著倒後鏡，現出極度驚怖的神情。

我又道：「你一定看到什麼，告訴我，你究竟看到什麼？」

芳子望向我，不知所措。我苦笑了一下，放緩了語氣：「你要是在鏡子中看到了什麼不應該看到的東西，請告訴我。」

芳子仍然搖著頭：「我真的……沒看到……」

我立時道：「要是你沒有看到什麼，那麼剛才你的神情，何以如此驚怖？」

芳子吸了一口氣：「我沒有騙你，真的，我沒有騙你，一定是我眼花了，我沒看到——」

她講到這裡，我已經又好氣又好笑，忍不住打斷了她的話頭：「你又說沒有看到什麼，又說自己眼花，那不是自相矛盾？」

芳子對我的話的反應十分奇特，她喃喃地道：「真的，我也不知道，可是我真的沒騙你。」

我心中在想：這個日本少女，可能精神有點不正常，她向我講的，關於她哥哥和那個棋手之間的事，也不知道是真的還是假的。

芳子一面說，一面後退，我注意她在後退之際，視線還不斷射向車子的倒後鏡，一面看，一面現出安慰的神情來，顯然是第一次突然之間令她吃驚的東西，未曾再在鏡子中出現。

我一肚子沒好氣，等到她轉過身去之後，才又上了車，一面駕車，一面不禁留意倒後鏡，鏡中未有什麼怪異。

我心中在想，鏡子誠然是一種十分奇怪的東西。關於鏡子的想像，可以有幾千百種，有的想像到人進入了鏡子，再也出不來，堪稱怪異絕倫，而妖精在有的鏡子之前，也會現了原形。

有關鏡子的普通問題，已是相當高深的物理學，例如：一面能使照鏡人看到自己全身的鏡子，最低的長度應該是多少？又例如為什麼鏡子出現的反影，左右和實物相反，但是上下卻又不變，等等。

想來想去，白素的手勢，究竟表示什麼呢？

我駕車回到家門，推門進去，白素還沒有回來，我寫的字條，還留在原來的地方，我一直向前走去，氣憤得把一張椅子重重地踢在地上，走上樓梯，陡地想起，在書房另外有一具電話，有電話錄音裝置。平時很少使用。白素莫名其妙去了那麼久，會想到用那具電話。

我衝進書房，拉開抽屜，按下電話錄音設備上的一個掣鈕，不到五秒鐘，我已聽到了白素的聲音，忍不住在自己頭上狠狠打了一下。

白素的話令我呆了半晌。留話一共有兩段，每一段都只有幾句話，顯然她打電話的時候，相當匆忙。

白素的第一段話是：「我在機場，和張強在一起，立刻就要上機，到東京去。」

白素和張強到東京去幹什麼？真叫人摸不著頭腦，白素隨便走得開，張強在醫院裡有許多病人，他一走開，誰來照顧他的病人？像芳子，老遠趕來，就因爲張強不在，連想見她的哥哥都見不到。醫生是需要對病人負責，張強的這種行爲，未免太不負責。我第一次見到他時，對他的印象並不是十分好，看來很有道理。

白素的第二段留話，在錄音機上，有著國際直撥電話的電腦控制機件的「克拉」

聲，那是她從日本打來的，也很簡單：「我和張強已經到了日本，我們在追查一件相當怪異的事，你有興趣，可以來，我住在京王酒店，一九三〇。」

兩段留話，都沒有提及她向我作的手勢是什麼意思。我立時取起了電話。在還沒有撥號碼之前，我想了一想，我是去日本，還是不去呢？

白素說她和張強在「追查一件怪異的事」，這本來應該是我的「專利」，我想等他們的追查略有結果，我再出馬，這比較好些。

可是在撥了號碼之後，我主意又改變——還是快點去吧。免得在這裡，心癢難熬，不知道他們究竟在幹什麼。

電話撥通，向酒店的接線生說了房號，沒有人聽，過了片刻，接線生的聲音來了：「對不起，客人不在房裡。」

我道：「這是直撥的長途電話，請你代我做兩件事。第一件，留言給一九三〇號房間的住客，我會到日本來。第二件，請替我查一查，一個叫張強的住客，是住在第幾號房。」

接線生答應著，等了片刻，這位聲音本來聽來很甜的接線生，忽然之間，聲音變得十分驚訝：「張強先生，是他？」

我感到意外：「是的，和一九三0號的白素一起的。」

接線生在不由自主喘著氣：「張強先生，那位張強先生，他……墜樓……自殺了。」

我陡地一呆，一時之間，以爲自己聽錯了。張強怎麼會跑到日本去自殺！可是當我再問一遍的時候，接線生的聲音還是很異樣，但是聽來已經清楚得多。

張強的確墜樓死了。

詳細的情形，我當然想追問，可是接線生卻說不出所以然來，只是不住地道：「真可怕呀，從十九樓一直墜下來，很多人都去看，可是我不敢看。」

我道：「請你說仔細一點，大酒店的窗子都是密封的，他怎麼會墜樓？」

接線生的語調有點誇張：「他打碎了窗子上的玻璃才跳下來的喲！」

我再想問，接線生也說不出所以然來，我放下了電話，一時之間真是不知道該想什麼好。

我先想到梁若水。這位美麗得有點離塵味道的女醫生，聽到了她親密的男朋友這樣離奇死亡的訊息，會有什麼反應？

我又想到白素，我相信白素的能力，可是如果張強關在房間中，打破了窗子，從窗口跳下去，只怕白素也沒有什麼辦法。

反而我最後想到的是，張強為什麼要自殺？

我又拿起電話來，想把這個不幸的消息，通知梁若水，但是只撥了幾個號碼，就放了下來。

沒有人願意把這種不幸的消息帶給人，讓她慢一點知道吧。

那麼，我應該怎麼辦呢？答案倒是再簡單不過了：到東京去。

我站了起來，就在這時，電話鈴響了起來，我拿起電話來，先聽到接線生的聲音，說是東京來的長途電話，接著是一個男人的聲音：「對不起，我找衛斯理先生，我是東京警視廳的高田警官，我們曾經見過的，健一警官曾介紹我們相識。」

高田警官，我記不起這個人了。前一個時期在東京我和一個叫健一的警官，有過不平凡的遭遇（「願望猴神」），可能就是在那時候，曾經見過。

我有點不耐煩：「什麼事？」

那邊高田警官繼續所說的話，真是令得我目瞪口呆。他道：「有一個神經錯亂的女人，在謀殺了一個男子之後，自稱是你的妻子，我們知道衛先生你身分非凡，所以來求證一下……」

他話還沒有講完，我已陡地叫了起來：「等一等，慢慢說一遍，你說什麼人？」日本人說起話來都十分快速，這位高田警官，比別的日本人說話又快了些，我請他再說一遍，以為自己聽錯了。

高田警官又說了一遍，我沒有聽錯，這令得我鼻尖冒汗，我又道：「這個神經錯亂的女人，她叫什麼名字？」

高田警官道：「我們找到她的身分證明，不知道她的名字，應該怎麼讀——」他接著讀了幾個字，我已經大不耐煩，對著電話叫道：「她的證件上，一定有她的名字的英文拼音，你直接念出來吧。」

高田警官連聲道：「是，是，她叫……白素。」

其實我早就知道，高田警官所說的就是白素。不然，我也不會鼻尖冒汗，但是當我千真萬確證實了這一點，還是不禁感到了一陣昏眩。

這是怎麼一回事？我從來也未曾想到會有這樣的事情發生。日本警方說白素「殺了人」，這倒還可以想像，白素當然不會主動去殺人，但是受到襲擊，她會出手自衛。以白素的武術造詣而論，普通的打手，十個八個，不是她的對手。可是，日本警方卻說她「神經錯亂」，這算是什麼形容詞？

我思緒紊亂，急得一時之間，講不出話來。高田警官聽不到我的聲音，發起急來連聲道：「喂，喂，衛先生——」

我略定了定神：「請問，白素，我的妻子現在在什麼地方？」

高田警官道：「在精神病院的看守病房之中，阿破野精神病院。」

我沒有聽說過這家精神病院，心中又是焦急，又是啼笑皆非，這兩天，不知是倒了什麼楣，竟然接二連三，和精神病院發生關係，先是張強和梁若水是精神病院醫生，後是——

我一想到了張強，連忙又問：「和白素一起到日本的，有我的一個朋友，叫張強——」

我才講到這裡，就聽到高田警官發出了一下呻吟似的聲音來，我更是一怔：「怎麼了?」

高田警官的回答是:「這位張強先生,就是尊夫人涉嫌謀殺的死者。」

我一句「放你媽的狗臭屁」,幾乎要衝口罵出,可是實際上所發出來的,是一下類似呻吟的聲音。當我還想再問什麼時,高田警官已經急急地道:「對不起,我想你必須來一次,在電話裡我無法和你詳細述明,而且,長途電話收費很貴,警視廳的經費不算是太充足,我想——」

我真是給他的話弄得哭笑不得,我急得全身在冒汗,他卻在計較電話費!我吼叫起來:「你電話號碼是什麼?我打給你好了。」

高田警官嘆了一聲:「何必浪費時間?衛先生,你早一點來,不是更好嗎?」

我焦急得快昏過去,真的,我從來沒有這樣焦急過!

我可以相信全世界的人都神經錯亂,但決不相信白素會。問題也就在這裡,一個並非神經錯亂的人,被捉進了精神病院的看守病房,處境可以說糟糕之極了。

看來在電話中也真的講不明白,所以我只好道:「我立刻到機場去,會乘搭最早的一班到東京來。」

高田警官道：「我會查到這班機，在機場等你。」

我放下電話，亂得團團打了幾個轉，口中不斷喃喃地叫著白素的名字，這時，我看來倒像神經錯亂的人。

我衝出書房，剛到門口，電話鈴又響起來，我忙衝回去，抓起來，聽到了江樓月的聲音：「衛斯理，道吉爾博士已經回到了美國，打了電話給我——」

我實在忍不住了，大聲道：「那關我屁事。」

我已經著急得幾乎想發瘋，他還拿博士的事來煩我。給我一罵，江樓月也生氣了：「他堅持要你去，說是有一些事發生了，非你去幫忙解決不可。」

我連聲道：「我不會去，告訴你，白素在日本出事了，我立刻要趕去！」

我說完之後，不等江樓月再回答，就用力放下電話，衝出了門口。

這時，大約是中午時分，我一出門口，陽光照在我的身上，初夏的艷陽天，本來最令人心曠神怡，可是我看出去，眼前的人，彷彿全是黑影子，房子似乎都在搖動。

我吃了一驚，喘著氣，伸手揉了揉眼睛，眼睛卻感到一陣刺痛，原來我滿面是汗，自己也不覺得，這一揉眼，把汗水全部弄進眼睛中去了。

這一生中，我不知道經歷過多少怪異的事，但是這次怪異發生在白素身上。白素被當作「神經錯亂的女人」，這無法不令得我手足無措，大失常態。

我一面繼續揉眼，一面走向車子，到了車子邊上，我感到自己實在不適宜駕車，恰好有一輛計程車經過，我截停了它，上了車，把一張大鈔送到他的面前，道：「用最快的速度送我到機場去，給你的錢，包括違例駕駛的罰款在內。」

那司機是一位年輕人，大聲答應著，他倒真會爭取時間，一下開車衝上前，令得我的身子向後一撞，撞在椅子的靠背上。

這一撞，倒令我清醒了一些，司機把一條毛巾向我抛來：「抹抹汗。」

我用他的毛巾抹著汗，他一面飛快駕著車，穿過了一個紅燈，一面問我：「你才幹了什麼，搶了銀行？」

我悶哼了一聲，那司機又道：「附近沒有銀行啊，你是不是殺了人？」

我悶哼了一聲：「就快殺人了，如果你再囉嗦。」

那司機陡地吞了一口口水，不敢再說什麼，只是專心駕駛，他的駕駛技術真好，不管紅燈綠燈，一律飛馳而過，等到了機場，兩輛警方的摩托車，呼嘯而至，我一下車，警員就迎了上來。

這一點，我倒早有準備，立時取出一直隨身帶著的國際警方特別證件，交給其中一個警員，那警員顯然未曾見過這種證件，神情還在猶豫，我道：「你回去向你們上司查這種證件持有者的身分。我有極重要的事，半分鐘也不能耽擱。」

我真的半分鐘也不能耽擱，因爲若是耽擱了半分鐘，就趕不上了那班飛機。當我一進機艙，才跨出了一步，機門就在我身後，發出金屬摩擦的聲響關上，艙中有幾個人向我怒目而視，因爲我最遲登機，耽擱了飛機準時起飛。

我坐了下來，閉上眼睛一會，好使我狂跳著的心恢復平常，然後，向空中小姐要了一份當天的日本報紙，急速地翻看。

像這種著名的大酒店有住客自酒店高層墜下致死的事件，報上應該有新聞。果然，翻到第三頁，就看到了這則新聞。

報上的新聞可以算是相當詳細，只是有些混蛋猜測，全然不符事實。

新聞如下：

「今晨七時許，東京新宿區京王酒店的一名住客，突然從他所住的十九樓房間，弄破了玻璃窗，穿窗跌落，落在酒店側面的行人道上。幸而當時還未到街道最繁忙的時間，路人不多，所以未曾傷及路人。墜樓者已經由警視廳幹練人員迅速查明，登記的名字是張強，身分是醫生，來日原因不詳。和他一起登記入住的是一名女子，登記姓名是白素，職業欄空白。」

「張強墜樓後，警視廳人員急欲找到這名和死者一起入住的女子。但是這名女子不知所終。警方正從這一雙男女耐人尋味的關係，去尋找死者墜樓的原因，這名叫白素的女子，和張強各自入住一間單人房，入住的時間是昨晚十一時許，據酒店侍應及工作人員供稱，兩人辦了登記手續，並未進入房間，就在櫃檯上，打了一個國際電話，只講了幾句，立即外出。」

「警方已找到當時接載他們的計程車司機，司機的姓名是上遠野。司機說，兩人上車，那女子操流利的日語，聽來是正宗的關東口音。如果不是面對著她，一定認為她是本國人。他們去的地址，是東京澀谷區一條街道。上遠司機說，他們下車之後，行動十分倉猝，那男的不斷說著一句話，可惜上遠聽不懂那句

話是什麼意思。」

「上遠司機由於覺得這一男一女的行動十分怪異，所以加以注意，停了一會才開車離去。這就給警方提供兩人行動的寶貴線索，本報記者訪問上遠司機時，上遠君堅稱，那女子美麗而高貴，決不是普通的女人，本報的美術部人員，根據上野君的描述，繪下了這名神秘女子的畫像。請讀者判斷上遠君的形容。」

日本報紙的工作精神真叫人佩服，有一幅素描在新聞之旁。

那個叫上遠野的計程車司機對白素的印象，一定相當深刻，素描竟然有五、六分像。

新聞繼續報導：

「警方根據上野司機供述看到這一男一女進入一幢公寓的線索，到那幢公寓去調查，公寓中有三位住客，證明看到過他們，他們到三樓的一個居住單位找人，但是那單位經常住的兩個人都不在，他們的拍門聲，叫醒了一個鄰居，是某實業公司企畫科的一個職員，名字是河作新七。河作君曾和他們交談，本報記者向河作君作了採訪。河作君說，他和那一男一女的交談，他每一個字都記得。如下：括弧中的是雙方的動作和神情，可助瞭解當時的情形。

（河作君開門出來）

河作君：「時造先生不在東京啊，你們幹什麼？」

（那居住單位的主人，叫時造旨人，職業是一位作家，這位時造先生，前些時也曾鬧出過新聞，牽涉到著名的棋手，現已進入精神病院裡的尾杉九段。）

（那男的似乎不會講日語，女的日語極流利。）

女子：「我們知道時造先生不在家，可是時造先生的妹妹呢？不是和時造先生住在一起的麼？」

（河作君用手敲自己的額頭。）

河作君：「啊，你們真來的太不巧了，芳子——她就是時造先生的妹妹，也遠行，聽她說，好像是時造先生有了什麼意外，她要去看他，芳子還請我照顧一下，要是有什麼重要的信件來，由我代收，可是我每天要上班，哪裡能照顧什麼。」

（那男的神情十分失望，和女的講了一句話，河作君聽不懂，女的十分鎮定，也回了一句。然後，女的又向河作君說話。）

女子：「那麼真是不巧極了，對不起，吵了你了。」

「據河作君說，女子講話的神態，極其優雅高貴，這一點和上遠司機的描述相近。

「那女子講了這句話後就離去，河作君回去睡覺，但由於睡著之後被吵醒，所以並不是那麼容易睡著，朦朧中恍惚聽到鄰室，也就是時造旨人的住所有聲響傳出來，但是他卻不能肯定。

「以上所報導的，是警方人員和本報記者調查墜樓死者活動所得的結果。本報美術部人員所繪的素描，曾經和這名女子接觸過的人士過目，一致認為十分近似，若發現這名女子下落，請和警視廳高田警官聯絡，電話是……」

看完了新聞，呆住了。

要是我早看到這段新聞，我一定在來東京之前，先去做兩件事：找時造芳子和時造旨人。

張強和白素行動的目的，顯然不是去找人，而是在於那個居住單位。河作新七後來「恍惚聽到鄰室有聲響傳出」，當然是白素去而復返，進入了時造的住所。

問題是在於她為什麼進入時造的住所呢？

這真是難以想像：時造旨人在精神病院，而張強作為他的主治醫師卻老遠跑到日本來，想在時造的住所之中找尋什麼！

一定有重大的原因，不然白素不會跟著張強來。白素和我不一樣，性格不衝動，她深思熟慮，是什麼事情促使她那麼急的趕來日本？

他們進入旨人住所，不論懷有什麼目的，這目的可曾達到？

不知有多少疑問塞在我腦中，卻沒有一個想得通，那種情形，真是悶人到了極點。

飛機正以時速九百公里的速度在向前飛，可是我只覺得太慢，我甚至有點坐立不安，只好翻來覆去的看報上的那段新聞，看得快可以背出來了。

報上的新聞說白素「下落不明」，但是高田警官卻告訴我，白素在精神病院，由此可知，在離開旨人的住所之後，白素和張強可能分別行動，但是何以高田警官又說白素是謀殺張強的涉嫌者？

航程結束，機艙門一打開，我第一個衝出去，向移民官員說明了外面一個警官在等我，有要緊的事。日本人辦事本來很古板，可能是我焦慮的神情打動了他們，居然變通了一下，讓我立刻過關，我高聲叫著：「高田警官？哪一位是高田警官？」

才叫了兩聲，就有一個身材相當矮小，但是一臉精悍之色的中年人，向我走過來。一看到這個人，我就記起來了，我曾和他見過幾次，我也不和他客套：「我立即要和白素會面。」

高田吸了一口氣：「可以，不過……」

他說著，搖了搖頭，我急道：「不過什麼？」

高田苦笑了一下：「尊夫人的病情很嚴重，我看就算你見了她，也沒有用處。」

我又陡地一呆，「很嚴重」，那表示什麼？表示白素見了我會不認得我。或者神智不清到無法和我交談？我揮著手：「見了她再說。」

高田並沒有異議，我們快步來到停車站，高田駕的是一輛小車子，汽缸容量不到一千立方公分的那種，他一面打開車門讓我上車，一面解釋道：「衛先生，我知道你對許多怪異的事，有獨特地見解和處理能力，所以才堅持要你來。可是我上頭卻主張按照平常的程序來處理。所以，我和你的會面，全是私人時間，只好用我的小車子。」

我根本沒有耐性聽他解釋：「希望你用最短時間趕到目的地。」

高田的駕駛技術相當高明，可是，從機場到醫院的路程相當遠，幸好高田和我不斷地在交談，不然這兩個多小時，真不知道怎樣捱過去。

我們兩人的交談，是我先開始的，我道：「關於張強墜樓的事，我已看過報紙上的報導。」

高田「啊」地一聲：「是啊，報上登得相當詳細。還有尊夫人的素描。」

我單刀直入：「你說白素涉嫌謀殺張強這話怎麼說？」

高田抿著嘴，沉默了一會，才道：「根據普通刑事案件辦案程序得出的結論。」

我道：「請你別繞著彎講話，是不是有相當確鑿的證據？」

高田望我了一眼，現出抱歉的神情，立時又轉回頭去，點了點頭。

我又道：「請你把一切經過告訴我。」

高田連連點頭，可是他卻又不立即開始說，沉默了好一會兒，才道：「報上的記載漏掉了一點。我們發現時造旨人的住所，曾被人偷進去過。而且，在他的住所之內採集到了死者張強和尊夫人的指紋，所以可以肯定，他們兩人曾進過時造住所，目的是在尋找什麼東西。」

這一點，我早已猜到，所以我立時道：「有一件事你可能不知道，張強是一個精神病醫生，時造旨人是他的病人，如今仍在張強的醫院中治療。」

第五部：「三條毛蟲的故事」

高田顯然不知道這一點，所以震動了一下，發出一下低呼聲。我又道：「旨人的妹妹芳子，我也見過，她去探望她的哥哥。」

高田皺著眉，像是正在沉思著什麼，然後才道：「酒店——他們投宿的酒店的工作人員，看到張強和尊夫人一起回來，是淩晨一時左右。」

我「嗯」地一聲：「從時間上看來，他們在旨人的住所並沒有耽擱多久。」

高田低嘆了一下：「進入旨人住所的兩個人中，一定有搜尋專家，我們進入旨人的住所之際，他的住所，任何稍有經驗的人，一眼就可以看出，曾經過徹底的搜查。」

我對於高田這種迂迴曲折的說法方式，並不是十分欣賞，悶哼了一聲：「當然，張強是醫生，不懂得如何去搜查一間房間。」

高田沒有再發表什麼別的意見，只是繼續道：「他們兩人才走進酒店大堂，尊夫人就像是想到了什麼重要的事情，又匆匆轉身走了出去。當值的幾個酒店工作人員都覺得奇怪，他們都說，張強的神情，十分興奮，他一個人上了樓。」

我沒有插口，聽高田說下去。

高田繼續道：「酒店的夜班值班人員，交班的時間，是早上八時，所以，整個晚上發生的事，他們都可以看得到。」

我道：「你不必向我解釋這些，只要說事實的經過好了。」

高田扭轉方向盤，轉了一個急彎之後，才繼續道：「張強上樓之後，沒有什麼異動，而尊夫人卻一直未見回來，一直到六時四十五分左右，才看到她進入了酒店。」

他講到這裡，又頓了一頓，才道：「衛先生，尊夫人是一個十分吸引人的女子，所以，酒店值班人員對她的一切，都記得十分清楚，而且一個女住客，凌晨一點回酒店，一進大堂，立時又離去，一直到天亮才回來，這種情形不常見，是以特別惹人注目。」

我雖然心急，但是高田的說話方式是這樣，也沒有辦法可想。

高田又道：「尊夫人回來的時候，手中提著一隻方形的紙盒，有一個職員走向她，問她是不是要代勞，尊夫人拒絕了，只是走向打電話的地方，那是由大堂打向酒店房間去的電話，那位職員看了一下，她撥的房間號碼，是張強的房間。」

我「嗯」地一聲，覺得事情對白素十分不利，張強七時墜樓，而白素卻在六時四十五分左右，自大堂打電話到房間去，目的當然是想到他的房間去。

高田吸了一口氣：「電話好像有人接聽，她放下電話，就去等電梯，她進入電梯，有一個旅行團的嚮導，和她一起走進去。這個嚮導曾和她招呼，但是她並沒有什麼反應，看來神情很焦切，或是正在凝神想著什麼，根本沒有聽到那嚮導的話。」

我倒可以立時肯定，白素一定正在凝神想著什麼，沒有聽到有人向她打招呼，要不然，她決不會吝嗇一句「早安」。

高田又道：「她在十九樓出電梯。這一層，住著一個旅行團，旅行團和行程排得很密，一早就出發，女工開始清潔房間，有兩個女工，都看見她敲張強的房間，門打開，那兩個女工，也看到了張強。」

我聽到這裡，陡然作了一個手勢：「等一等，那個女工肯定開門的是張強？」

高田道：「是，我們曾再三盤問過，那是張強。衛先生，你爲何這樣問？」

我道：「張強從高處墜下致死，骨折筋裂，這一類的死亡，可以掩飾掉真正死亡的原因。譬如說，張強在一小時之前已被人打死了，在一小時之後再被從高處抛下來，那麼，再高明的法醫也查不出真正的死因。」

高田點著頭：「是，我們也考慮過這一點，但是那兩個女工的確看到張強開門。他一打開門，立時和尊夫人講話，兩個女工聽不懂，只覺得他講得十分急促，尊夫人進了張強的房間。」

我嘆了一聲：「那時正確的時間是──」

高田道：「六時五十四分。」

我有點惱怒：「何以如此肯定？」

高田揚了一下手：「當時，那兩個女工看到她進入張強的房間，其中一個道：『那麼早就來探訪男朋友了！』另一個就看了看手錶：『不早了啦，已經六點五十四分了。』正確的時間，就這樣肯定下來，而張強墜樓的正確時間，是六點五十六分，也就是尊夫人進入房間之後的二分鐘。」

我問：「也是那兩個女工提供的？」

高田道：「正是。尊夫人進入房間之後，那兩個女工又閒談了一會，她們突然聽得房間之中，傳來了張強的一下驚呼聲──」

我搖頭道：「你的說法太武斷了，那兩個女工聽到的，至多只是一個男人的驚呼聲，不能肯定是張強的驚呼聲。」

高田瞪了我一眼，像是怪我太講究字眼了，我又道：「再分析得詳細一點，甚至於不一定是男人的驚呼聲，可能是一個女人假扮著男人的呼叫聲，也可能是出自錄音帶中的聲音，也有可能，那不是驚呼聲，只是一個呼叫聲，或者類似呼叫聲的聲音。」

高田給我的一番話，講得不住眨著眼，他顯然十分不服氣，是以道：「衛先生，你維護尊夫人的心情，我們可以明白——」

我立時打斷了他的話道：「你錯了，我不是在維護什麼人，而只是告訴你，只憑兩個人聽到了一下聲響，絕對不能引申為『張強的驚呼聲』這個判斷，高田警官，你應該對於推理學有點經驗。」

由於我相當不客氣的申斥，以致高田的臉漲得通紅，連聲道：「是。是。是。」他在一口氣說了幾聲「是」之後，停了一停，喘了兩下，才又道：「那兩個女工，聽到了……那一下……聽來是男人的呼叫聲，相顧愕然。他們沒有見過尊夫人，因為這是她第一次上樓，她們認為尊夫人是男住客的女朋友。女朋友一早來探訪，男住客沒有理由發出呼叫聲來，所以那令得她們驚訝莫名。」

我嘆了一聲，心中亂成一片，這兩個女工，是十分重要的證人，我只想到了這一點。

高田又道：「正當那兩個女工錯愕之際，房間中又傳出了……一個聽來像是……女子的叫聲……」

我聽得高田這樣形容，真不知道是生氣好，還是好笑好，我揮了一下手：「還是照你原來的方法說吧。」

可是高田卻十分認真：「不，你說得有道理，不能太武斷。」

我只好嘆了一聲，他說話的方式本來已經不厭其詳，這樣一來，自然更增加了敘述的緩慢。高田道：「這一來，那兩個女工更吃驚，她們略微商議了一下，決定一個向高級人員去報告，另一個則先去敲門，如果住客見怪，就假裝來收拾房間。隨機應變，本來就是一個大酒店工作人員的起碼條件，譬如說，如果不小心進入一間房間，裡面有一個女客正在換衣服，就應該——」

我忙道：「行了。那女工拍門之後，裡面反應怎樣？」

高田給我打斷了話頭，停了一停：「女工敲門，並沒有反應，只聽到房間裡繼續傳出聲響，像是重物墜地，再接著，又是一個女子的呼叫聲，這時，另一個女工和一個負責十九樓的管事急急走了過來。」

高田講到這裡，略頓了頓，車子駛過了一個公路的收費站，他吃力地搖下車窗，掏錢，付錢，然後駛過收費站，再搖上車窗。

我只好耐著性子等他，等他又準備開始講時，立時說道：「你講到管事匆匆走來，講過的不必重複。」

高田道：「因爲管事匆匆走來，所以，聽到玻璃破裂聲的人，一共有三個。據他們三個人說，玻璃的破裂聲十分驚人，因爲玻璃相當厚，要擊破它，並不是容易的事情。這一來，管事也吃驚之極，這位管事的名字是寶田滿，他——」

高田向我望了一眼，我道：「名字叫什麼，無關重要。」

高田道：「是，可是寶田滿這個人，在整件案子中，卻十分重要。」

我揚了揚眉，一時之間，不知道他這樣說是什麼意思。同時，我心中在想，高田曾說張強墜樓的時間是六時五十六分，就是白素進去之後的二分鐘。那也就是說，當這個叫寶田滿的管事，聽到玻璃碎裂之際，張強應該已經跳下去了。

這一切，說明在張強墜樓的時候，白素和他一起在房間中，決不能構成白素是謀殺張強的兇手的結論。我感到日本警方的推理、判斷太草率了。

可是，高田接下來所說的話，卻令得我目瞪口呆：「我必須略作解釋，負責一層的管事，全是專業人員，他們都受過嚴格的專業訓練。」

我攤了攤手，示意他儘量簡短。

高田道：「所以，他們有資格配帶一把鑰匙，這把鑰匙，可以打開這一層每一間房間，而且，他們都受過訓練，可以用最短的時間，打開房間，所以——」

我聽到這裡，已經感到事情有點不妙，一股寒意，陡然升起。

高田向我望了一眼，現出了充滿歉意的神色：「玻璃的碎裂聲一傳出來，寶田滿就立時衝向前，幾乎立刻地，他打開了門，於是，他和兩個女工都看到——」

高田又吞了一口口水，我雙手緊握著拳，手心已經冒冷汗。

高田吁了一口氣，這一次，是三個人「看到」，而不是「聽到」了，所以他可以「痛快」一下：「三個人都看到，尊夫人正在推張強出窗口，窗口的玻璃已經破了一半，張強在被尊夫人向外推去的時候，是面對著房門的，所以他——」

我陡然叫了起來：「等一等！」

高田停止了敘述，好像是專心一志在駕車的樣子，連望也不向我望一下。

我用十分沉著的聲音說話，以表示我絕不是意氣用事，同時，也表示絕對的肯定：「白素決不會做這種事，決不會！我和她多年夫妻，知道她決不會做這樣的事。」

高田嘆了聲，仍然不看我：「衛先生，三個人都看到的啊。」

我道：「我不管，就算有三萬人看到，我也是這樣說，白素決不會做這樣的事！」

高田性格很可愛，換了別人，聽得我這樣固執一定會生氣，但是他卻還十分客氣地問我：「衛先生，是不是說那三個人全看錯了？」

我的心情苦澀之極，感到異常的乾渴。高田的這個問題，我沒有法子回答，我總不能說這三個人全看錯了。

我還是不相信，我已經有了想法，如果我直接說，高田不會接受。

高田是不是能接受我的想法，極其重要，對白素的命運有直接的影響，是以雖然我的心中焦急萬分，但還是好整以暇地道：「我不說他們看錯了——你有沒有聽過『三條蟲的故事』？」

高田陡然一怔，他正駕車在高速公路上行駛，身子一震，車子陡然向旁一歪，幾乎撞向路邊，他忙扭轉方向盤，然後，用疑惑之極的目光，望了一下：「什麼？三條蟲的故事？」

我道：「是的，三條蟲的故事，你沒有聽過，我講給你聽。」

高田的雙眉，變得緊擠在一起，喉嚨發出一下咕噥的聲音，我聽不清楚他想講什麼，但可想而知，一定不會是動聽的話。

我不理會他的反應怎樣，自顧自道：「你仔細聽著：有三條蟲，成一直線向前爬行，第一條蟲說：我後面有兩條蟲；第二條蟲說：我前面有一條蟲，後面也有一條蟲。第三條蟲說：我前面沒有蟲，後面也沒有蟲。第三條蟲爲什麼會這樣說？」

高田呆了片刻：「第三條蟲是盲的，看不見。」

我搖頭道：「不對。」

高田又猜了好幾次，我都搖頭。他在十分鐘之後，嘆了一口氣：「你說了吧，唉，這時候，來玩這種智力測驗。」

我道：「答案其實極簡單：第三條蟲在撒謊！」

高田「哈哈」笑了起來：「真是——」

他立時望向我：「你的意思是，管事和那兩個女工在撒謊？」

我吸了一口氣：「我只是說，他們三個人，有可能爲了某種原因，而在撒謊！」

本來，我也知道，要高田或是任何人，接受我這種說法的可能性微之又微，但是我也想不到高田的反應如此之強烈。

他陡地高聲罵了起來，罵的那句話，多半就是剛才他在喉際咕噥的那個字眼。

不過，他畢竟君子，在實在忍不住的情形之下，罵了一聲之後，立時漲紅了臉：「對不起。」

我只好苦笑：「算了，不過，可能性總是存在的。」

高田道：「請你聽我繼續講下去，我還沒有講完。」

我除了眨眼之外，沒有別的可做。高田的聲音變得十分低沉：「由於張強面向著房門，所以，寶田滿管事和那兩個女工，都看到他充滿恐懼的神情，還看到他被推下去時，伸手抓住破裂了的玻璃邊緣，企圖這樣抓著，就可以不跌下去……」

雖然高田警官儘量使聲音保持冷靜，但是我可以聽得出他內心激動。事實上，如果那三個目擊者沒有說謊，這種情形是冷血的謀殺，任何人講起來，都會激動。

由於高田講得這樣詳細，我心直向下沉，我仍然不相信白素會做這樣的事，但是我全身卻麻痹！

高田還在繼續：「推張強向外的力量十分大，張強抓住了碎裂玻璃的邊緣，並沒有用處，三個人都看到了碎裂玻璃鋒利的邊緣，割破了他的手掌，鮮血並濺，這時，寶田管事尖叫著，向內衝進去，可是張強已經跌下去了。」

我口渴得難以忍受，每呼吸一下，喉際就像是吸進了一口火。

我什麼也說不出來，高田嘆了一聲：「寶田管事說，尊夫人在那時，轉過身來。寶田管事驚呆之極，他說他再也想不到，兇手竟然會是這樣美麗高雅的一位女士。」

我嘶聲道：「白素絕不會是兇手。」

高田苦笑道：「衛先生你現在這樣說，我可以諒解，可是尊夫人當時所說的，卻……卻真是……唉，卻真是太……過分了。」

我呆了一呆，舔著口唇：「她當時說了些什麼？」

高田警官把車速略爲減慢了一些，說出了當時的情形。

由於那一段極短時間內所發生的事，十分重要，所以我用另一形式把它記述下來，可以看來更直接一點，那一段時間，只不過是幾句對話的時間而已。

當時的情形是：寶田管事進房間，張強已經跌下去，下面已經隱約有喧嘩聲傳上來，一個女工膽子較大，跟了進來。另一個女工在門口，嚇得不住發抖。白素轉過身來，寶田一看到白素的樣子高貴優雅，呆了一呆。

白素先開口，她的樣子極其驚恐、悲痛，聲音有點失常：「他……跳下去了。」

寶田管事十分富於正義感，一伸手，抓住了白素的手臂，又驚又怒，說道：「兇手，是你推他下去的。」

白素的神情充滿了驚訝：「你說什麼？」

寶田管事厲聲道：「你推他下去，我們三個人都看到了。」

白素的神情，這時反倒鎮定了：「你們全看到了？看到了什麼？」

那個進了房間的女工，這時看到寶田管事已抓住了白素，膽子更大，接口道：

「看到你推他下去。」

白素這時的神態，更是怪異，她側著頭，略想了一想：「看到我推他下去，我並沒有推他，你們真看到了？」

性子剛強的寶田管事怒不可遏，揚起手來，想去打白素的耳光，可是白素這時，身子半轉手腕一翻，不但已掙脫了被抓住的手臂，而且同時伸足一勾，把他勾得直向前跌出去。

寶田管事大叫，白素向外直衝，那兩個女工當然阻止不住她。

我叫了起來：「你看，白素說了，她並沒有推他下去。」

高田苦笑道：「這實在太過分了，三個人眼看著她……可是她卻立即否認，這……實在太過分了。或許，她當時已經神經錯亂！」

我狠狠瞪了高田一眼：「白素當時離開酒店，後來又是怎樣找到她的？」

高田道：「寶田管事這一跌，摔得很重，當他掙扎起身時，尊夫人已經下了樓。他叫著追了出去。」

我心中「哼」地一聲：「那還追得到麼？當然追不到！」

白素的本事我是知道的，如果她要離開，再多人也阻不住。果然，高田警官攤了攤手：「是，追不上了，那兩個女工和寶田管事，形容她奔逃的速度像……像……一樣。」

高田並沒有說出像什麼一樣來，只是含糊地混了過去。可想而知，酒店管事加在白素身上的形容詞，不會是什麼好話，決不會是「像仙女」就是了。

我沒有什麼好說的，雖然我絕對不相信白素會做這樣的事，但是我相信，在那三個證人的證供之下，就算集中全世界最好的律師，也難以爲她洗脫「罪名」。

這時我只是不斷地在想：究竟發生了什麼事？究竟事實的真相怎樣？看來，只有當見到了白素之後才會有答案，白素如果真是神經錯亂，那麼，豈不是當時的情形如何，再也沒有人知道了？我已經下了一個決定，如果白素真的因爲精神失常而不能提供真相，那麼我要好好去拜訪一下寶田管事和兩個女工，弄清楚他們是不是聯合起來，做那「第三條蟲」。

我保持沉默，高田警官也不出聲，又經過了一個收費站，咕噥著發了幾句「收費太多」之類的牢騷。

我勉力定了定神，問：「後來又是怎麼找到她的？」

高田警官向我望了一眼，現出一種十分奇怪的神色：「事情相當怪，尊夫人自酒店逃走之後不久，警方人員就趕到，也立刻獲知了事情發生的經過情形，當然立即下令，先要找到尊夫人再說，機場的駐守人員在第一時間接到通知，可是她卻沒有到機場去。」

我「哼」地一聲：「她根本沒有做什麼！爲什麼要離境。」

高田警官的脾氣已經算是夠好的了，可是這時，他忍無可忍，陡地漲紅了臉，提高了聲音：「衛先生，你理智一點好不好？」

我立時反擊：「你才需要理智，像你這樣，已經認定了白素是犯罪者的態度，最不理智！」

高田的臉漲得更紅：「那麼，請問在要什麼樣的情形下，才能確認一個人是罪犯？」

連我自己也覺得有點強詞奪理，可是我實在無法相信白素會做這種事，所以一開口，居然仍理直氣壯：「要瞭解整個事實的真相。」

高田被我氣得半晌說不出話來，他陡然把車子開得飛快，令得他那輛小車在這樣的高速下，像是要散開來。我知道他需要發洩一下，也沒阻止。過了一會，他才將車速減慢：「我們別再在這個問題上爭論了！」

我只好點頭表示同意。我明白，再爭下去，也無法令高田相信白素無辜。

高田警官的神色，恢復正常：「當天，一直到正午十二時之前，尊夫人的行蹤，有幾個人可以提供，其中一個是一間圍棋社的女主持人，大黑英子。」

我苦笑了一下，我的腦中已經裝了太多日本人的名字，而日本人的名字又是那麼難記，這個大黑英子，又有什麼關係？

高田又現出奇訝的神情來：「尊夫人的行動，真是不可思議。這位大黑英子小姐，年紀輕，又能幹又美麗，她是一位著名棋手，尾杉三郎的情婦，尾杉是九段棋手，在日本棋壇上，有鬼才之稱——」

我嘆了一聲：「我知道這個人。」

高田無可奈何地道：「對不起，我習慣了在講述一件事的時候，從頭到尾詳細地說。」

我更無可奈何：「這樣也有好處，請說下去。」

高田想了一想，在想如何把敘述精簡，可是效果顯然不好。他續道：「由於英子的介入，尾杉和他的妻子分居，英子住在尾杉家中，他們的關係，已經是公開的秘密。尾杉最近，由於一些不幸的事，進入精神病院。」

我連連點頭，表示已經知道這些，我在想，似乎有一條無形的線，將這些人連了起來。尾杉、旨人、芳子、張強、白素，他們之間都有著聯繫，可是究竟是一件什麼事，把他們貫串起來的？一無所知。

我問：「你剛才說白素的行動不可思議，那又是什麼意思。」

高田道：「她去找大黑英子的時間，是九時三十分，英子才到棋社，尊夫人……假冒了一家週刊記者的名義，去訪問英子。」

高田講到這裡，停了一停：「在凶案發生之後兩小時多一點，尊夫人竟然鎮定得像是什麼事也沒有發生過，太不可思議了！」

我對高田的這句話表示同意：「是的，至少我就做不到。」

高田道：「大黑英子看到了報紙上的素描，主動和警方聯絡。據她說，一來，她和尾杉之間的事，並不怎麼值得宣揚，但是尊夫人優雅的談吐、高貴風格，卻令得她幾乎對她講了三小時。最主要的是，尾杉日常的生活，好像尊夫人對之感到特別有興趣。她們還一起進午餐之後才分手。」

我「哼」了一聲：「高田先生，你看這是一個才犯了謀殺案的人的行動？」

高田忙舉起手來：「我們剛才已經有過協議，不再爭論這件事。」

我道：「好，至少，她的行動很正常，那怎麼又說她精神錯亂？」

高田道：「在英子和尊夫人分手之後，有兩小時左右，尊夫人行蹤不明，然後，在下午三時，尊夫人出現在銀座的大街上，揮舞著一根鐵棒，向每一輛迎面駛來的汽車揮擊。她打碎了超過十輛汽車的玻璃，引起了大混亂，先是有十多個路人，想阻止她，其中有幾個，還是柔道的高手，可是——」

高田的神情再度尷尬，我報以微笑，那些人想要和白素動手，豈不是自討沒趣？

高田續道：「後來，警察趕到，尊夫人還是……還是沒有停手的跡象，警察向她包圍，她一面尖叫著，一面……後來，還是她自己突然不再動手，被警察……制服，帶到了警局。」

我知道高田的這一段話，有點不盡真實，在替警察人員掙面子。

想起白素大鬧銀座街頭的情形，我自然想笑，但是我卻又笑不出來。因爲那絕不是白素的所爲，她難道是真的精神錯亂？

高田警官把車駛進了一條支路：「就快到了。」

他略停了一下，才又道：「尊夫人到了警局之後，所有的動作和言語，全表示她是一個精神極不正常的人。由於她看來這樣動人，就算在發狂的時候，也引人同情，所以她被精神病院的車子載走，我們幾個同事，忍不住唏噓嘆息。」

我苦笑了一下：「謝謝你的好評。」

高田深吸了一口氣：「她到了精神病院。幾個醫生一致認爲她極不正常，這真令我們束手無策。她身上的證件，找到了她和你的關係，所以才請你前來。」

高田講到這裡，車子停下，前面是兩扇大鐵門，和一列相當高的紅磚牆。在門旁，掛著一塊招牌：「阿波野精神病院」。

病院不但圍牆很高，門口還有警衛。高田一面下車，一面道：「這裡面的病人，全是嚴重的精神病患者。」

進門，是一個相當大的院子，全是灰色的，光禿禿的水泥地，看起來單調得可以。病院是一個三層建築。窗子十分小，而且每一個窗口上，都裝有手指粗細的鐵柵。一看到這種環境，想起白素就在這樣的一個小窗口後，心中不禁又是一陣難過，高田在我的神情上，看出了我的心意，是以他又補充道：「在這裡的，都是有危險性，曾經攻擊過他人的精神病患者，所以看起來……看起來令人不很舒服。」

我悶哼了一聲，沒有什麼特別表示，進了建築物，兩個警員迎上來，一個道：「病犯很安靜，好像沒有再發作。」

這時，一個醫生也走了過來，我忙道：「我是她的丈夫，她就是——」

我向高田警官指了指。在醫院中受羈留的疑犯不會太多，所以我想那醫生應該明白，果然，那醫生明白了我所指的「她」是什麼人，他立時現出十分同情的神色來：「唉，真可惜，尊夫人，唉！」

他這種神態，倒令我擔心起來，我忙道：「她怎麼樣了？」

我們在說話的時候，又有一個年紀較大的醫生走來，剛才那醫生立時對他低語幾句，又介紹道：「這位是我們的院長。」

（年輕醫生在介紹時，說出了這個醫生的名字，但是我實在沒有心思再去記日本人的名字，所以我忘了他的名字，只好稱他爲院長。）

院長也向我現出同情的神色：「尊夫人一定受了極度的刺激。」

我急不可耐：「我們一面走一面解釋她的病情可好？我急著要見她。」

院長答應著，我們幾個人一起向前走去，又上了樓梯，走廊的兩旁，全是病房，在白色的房間後面，不時有一些極其怪異的呼叫聲傳出來，聽了令人遍體生寒。

我不是第一次進入精神病院，可是這次不同，白素被關在裡面，我心情之亂，無以復加。

院長一面走，一面道：「精神病最難探索真正原因，一般所知，只是患者的腦神經，有反常的活動，因而引起患者的行爲失常。尊夫人的情形，十分嚴重，她拒絕任何人接近她，她……她像曾受過柔道的訓練？」

我苦笑了一下：「是的，不過更主要的是中國武術。我相信，她如果不讓人接近，那就沒有什麼人可以接近她。」

院長喃喃地道：「怪不得，怪不得。對這種行動狂亂的病人，我們通常會先注射強力的鎮靜劑；但是尊夫人完全不讓人接近，那真是沒有辦法，總算好，她看到我們護士長，突然靜了下來。」

我呆了呆，不明白他這樣說是什麼意思。這時，我們大家全在樓梯上，院長停了下來，做著手勢：「她看到任何人都攻擊，只有看到護士長，表現相當友善，甚至有笑容，護士長就勇敢地擔當起了替她注射的任務，可是旁邊有人，她就不肯，所以，我們所有的人只好全退出來，讓護士長和她單獨相對，這才完成了注射，她總算安靜了下來。」

年輕的醫生補充道：「我們決定讓她好好休息，等她自然醒過來，才進行檢查，一般來說，這種強力鎮靜劑可以令人沉靜五十小時以上。」

我不禁叫了起來：「五十小時沉睡。」

院長忙道：「沉睡對於一個精神病患者，可能是最佳的治療，這時……她……可能還沒有睡醒。」

我在院長的敘述之中，已經隱約地感到，事情古怪：白素的行動，雖然看來十足是一個瘋子，但是在某種程度下，她卻又很清醒。她爲什麼對那個護士長特別表示好感？我感到這種行動，好像是有計畫的。

我皺著眉：「我可以叫醒她？」

院長道：「一般來說，那不容易。」

我道：「等一會，讓我一個人進病房看她可好？說不定她醒了之後，又會襲擊人。」

院長和那年輕醫生一副心有餘悸的樣子，連聲道：「好。好。」

院長取出了另一串鑰匙來，找出其中一柄，遞給了我。又指了指走廊盡頭處的一扇門。我心中充滿了疑惑，快步向前走去，一面心中在盤算，是不是有辦法，帶著白素離開這裡。

因爲我知道，整件事，從她和張強一起來日本開始，就透著極度的古怪，只有她獲得了自由，我和她合作，才有可能將他人的觀念挽回過來。

當我這樣想的時候，我回頭看了一下，院長、年輕醫生、高田和兩個警員。三個人有武裝，兩個人沒有。我要對付五個人。

如果白素真是神智不清，對付五個人很困難，但是我可以挾持其中一人，使三個有武裝的人不敢妄動，那麼，院長自然是最理想的人選。

第六部：兩個關鍵性人物

我來到了門口，定了定神，從門上的小窗子望進去，我看到白素穿著精神病院特有的那種病人衣服，蜷曲著身子，臉向牆躺著。

我用鑰匙開門，推開門，立時將門關上，叫道：「素！」

我一面叫著，一面向病床走去，來到了病床邊上，將她的身子扳過來，陡地一驚，立時又將她推得面向牆壁，心頭怦怦亂跳。

躺在病床上，人事不省的，根本不是白素，而是一個四十歲左右的陌生女人，有著典型的日本女人臉譜。

在那一霎間，我知道白素從頭到尾，有計畫地在進行著一件事，她的目的，是要混進這間精神病院來。

我不知道她爲什麼要這樣做，但是她顯然成功了！這個躺在床上的女人，九成就是白素對她表示過友善的護士長。

我正想轉身走出去，忽然看到，床上那女人的手緊握著，有一小角紙片，自指間露出來。我扳開那女人的手，她的手中所握的，是一張小心折疊好的紙片，上面寫著字。

門上傳來了聲音，我轉頭看去，看到了高田的臉，在門上的小窗處出現，我連忙把字條捏在手中，向他作了一個無可奈何的神情，向門口走去，打開了門。

我一開門，就道：「我沒有法子叫得醒她，看來只好等她自然醒來。」

院長道：「是啊，很難叫得醒。」

我又緊張又興奮。沒有向他們說明白素根本不在病房中，白素這樣計畫周詳，一定有她的目的的，讓人家遲發現，對白素來說，就有利一些。

院長十分緊張地自我手中接過鑰匙來，將房門鎖好。我一時好奇心起：「院長，那位護士長替我妻于注射了之後不感到害怕？」

院長道：「好像很害怕，她推開病房時，頭也不回，向前直走——進了尾杉三郎的病房。」

我幾乎直跳了起來，但是外表上卻保持著冷靜，「哦」地一聲，看來若無其事地道：「尾杉三郎？就是那個棋手，他在這裡？」

院長點了點頭，我也沒有再說下去，可是我的心中卻在狂叫：「我知道爲什麼要假裝瘋子了，爲了尾杉三郎！」

我竭力克制自己：「尾杉……也是一個危險的病人？」

院長道：「是啊，他曾企圖扼死一個作家。」

我向前走去，來到了尾杉三郎的病房前，從門口的小窗向內張望，可是我卻發覺，那小窗從裡面，被一幅布遮著，看不到病房中的情形。

這時，我不禁躊躇：是不是應該要求院長，把這個病房的門打開來看看？如果這樣做，會不會壞了白素的事？

當我這樣考慮的時候，我想到，我至少應該看看白素留下的字條，再作決定。

我一抬頭，看到了洗手間的指示牌，我向之指了一指，就急急向前走去。

進了洗手間，迫不及待打開字條。上面的字跡十分潦草，顯然白素匆忙寫下。

「理，知道你一定會來看我，希望那時『我』還沒有醒來。我沒有殺人，整個事神秘莫名，我正在盡力追查。尾杉是關鍵人物，我會把他弄出醫院去。

時造旨人也是關鍵，你快回去，從他那裡著手進行，不要管我，我會設法和你聯絡。素」

白素要我回去，在時造旨人那裡調查，可是整件「神秘莫名」的事，究竟是什麼事，她卻沒有提起！

我想了極短的時間，就有了決定，我在走廊中，又和高田、院長他們見面，我道：「附近有沒有旅館，我想先休息一下。」

我不知道白素將會用什麼方法把尾杉三郎弄走，也不知道尾杉三郎何以是關鍵人物，但是我決定不去打擾白素的計畫，回去找時造旨人。

高田道：「也好，隨便找一家旅館就可以了吧。」

我的目的是擺脫他，當然不在乎旅館的好壞，所以隨口答應著，高田陪著我，離開了醫院，臨走的時候，吩咐兩個警員在病房外守著。

當我和他一起上了車之後，我才知道，我實在太低估了這個身材矮小，說話又快又囉嗦的警官。才一發動車子，他就對我道：「據我知道，還有一班飛機，只要路上不是太阻塞，可以帶你離開日本！」

我陡地震動，尷尬和吃驚的程度，真是難以形容。

高田看來是沒有什麼特別的事發生：「尊夫人當然不在病房中了？代替她的，我看是那個倒楣的護士長。」

我乾咳了一下，清了清喉嚨，才講出了一個字來：「是。」

高田揚了一揚眉：「一個人，絕不可能在上午還清醒的可以假冒記者，下午就變成不可藥救的瘋子。」

我又清了一下喉嚨：「高田警官，我很佩服你的判斷，但是我不明白，何以你不揭穿她佯作神經錯亂，而任由她？」

高田一面駕車向前駛著，他的神情極為嚴肅，那表示他說的極其認真。他道：「衛先生，那是由於我對你們兩位的尊重。雖然張強的死，有三個目擊證人的證供，但是我心中的信念，和你一樣：其中一定另有曲折。所以我不揭穿她，她有計畫地在進行著一件事，我不想破壞她的計畫。」

高田的話，真使我感動到了極點，我忍不住在他的肩膀上打了一拳：「你這個壞蛋，爲什麼我下飛機時，你不對我說，害我著急了大半天？」

高田扮了一個鬼臉：「我也是直到看到你從病房中出來時輕鬆的表情，才肯定尊夫人已不在病房中的啊，怎麼怪我？」

我憋了好久的笑聲，到那時候，才算一下子爆發了出來，我大笑，不斷地笑著，足足笑了幾分鐘，才停了下來。

高田橫了我一眼：「如果我是你，我不會笑，因爲她推張強下去，還是有三個人看見的。」

我吸了一口氣：「我建議你用各種方法，重新盤問那三個證人，這是白素留給我的字條，你不妨看看。」

我把白素的字條給他看，又翻譯給他聽，講完之後，我強調：「她說，她沒有殺人。」

高田皺起了眉，搖著頭：「如果是一件神秘之極的事，那不是警官工作的範圍了。」

我道：「是啊，所以當精神病院發現白素和尾杉三郎同時失蹤時，你也不必太緊張了。」

高田苦笑了一下：「到那時，通緝尊夫人歸案，是我的責任。」

他略停了一停：「衛先生，尊夫人再能幹，畢竟是一個女人，她……你真相信她能處理一切？」

我毫不考慮：「絕對能。」

高田沒有再出聲，只是專心駕車，過了不多久，他車中的無線電話響了起來，他拿起來聽了一會放下：「死者張強，無法聯絡到他的家人，他只有一個哥哥，在南極探險隊工作。」

我心中對張強的死，感到十分難過，嘆了一聲：「他哥哥是著名的探險家，我的好朋友。」

高田又道：「張強是精神科醫生？」

我道：「是，那個時造旨人，就是他的病人。」

高田想了一會兒，嘆道：「事情好像十分複雜。」

我大有同感：「是，簡直太複雜了，一點頭緒也沒有？唉，我真後悔——」

我真後悔那天張強來的時候，我對他的態度，這時我想，如果我不是對他那樣，結果會不會不同？

（後來絕對證明，結果不會不同，但是在全部神秘的幕沒揭開之前，我實在無法不內疚。）

我把張強來找我，以及白素和他一起離去的經過，詳細和高田講了一遍。高田用心聽著，聽完之後，他的神情，也是一片迷惘。

我道：「那個手勢，是什麼意思？」

高田道：「我連那第三條蟲也猜不出來，當然不知道尊夫人的手勢是什麼意思，她是要你照鏡子？」

我搖著頭：「當然不是。」

我在這時候，我陡然想起了一件事來！「啊」地一聲：「張強和白素，進過時造旨人的住所！我知道他們想找什麼了！」

高田向我望來，我急速地揮著手：「時造芳子曾對我說，她哥哥曾寫信給她，提到了一些奇怪的事，可惜她並沒有帶來。這些信，當然在時造旨人的住所，他們想要知道這些信中寫的是什麼。」

高田苦笑：「爲什麼他們不向芳子要？」

我想了想：「他們不知道芳子恰好會去找旨人，他們第一次去的時候，想找芳子，芳子不在，他們才偷進去。」

高田喃喃道：「太神秘了，真是太神秘了。」

我道：「我回去之後，立時去見時造旨人，白素還在日本，我一定會再回來，到時，我會將得到的資料，向你奉告。」

高田連聲道謝，等到車子又回了機場，我及時趕上了班機。

經過幾小時的飛行之後，飛機著陸，在機場大廈，我打電話給梁若水。

梁若水動聽的聲音傳過來，我真不知道如何開口把噩耗告訴她。

我吸了一口氣，才道：「我在機場，才從日本回來，要立刻見你。」

梁若水像是猶豫了一下：「好。」

她講了一個字之後，頓了一頓，又道：「是不是有什麼不幸的消息？」

我苦笑了一下，仍然不知怎麼說才好；梁若水沉默了片刻，才又道：「你放心，我經得起任何打擊。」

我乾咽了一口口水：「還是等見了面再說好。」

我清楚地聽到了她吸氣的聲音，我又道：「你在醫院等我，我立刻就來。」

離開機場，直赴醫院，下車時，我看到梁若水在醫院門口，我急急向她走了過去，她的臉色十分蒼白，緊抿著唇，看來她已明顯的預感到不幸，當我們兩人面對面站定之際，我故意看向別處。

梁若水低嘆了一聲，她的嘆息聲聽來，令人的心直向下沉。在一下嘆息之後，她才道：「衛先生，在電話中，我已經聽出在你的聲音中，含著極大的不幸，別忘記，一個精神科醫生，必須同時是心理學家。」

我仍然不直視她，盡量使我的聲音平淡，但事實上，我一開口，聲音仍然不免微微發顫：「梁小姐，張強死了。」

當我終於鼓起勇氣說出來這個不幸的訊息之後，我才敢向她望去。可是，她的神態，卻並沒有我預期中的震驚，只不過她的臉色，變得更白。

這時，正是夕陽西下時分，我們站在醫院建築物前的空地上，斜陽的餘暉，籠罩著她的全身。在金黃色的陽光下，她臉上的那種煞白，看起來有一種異樣的愴惘。

她仍然筆挺地站著，只是口唇在顫動，看來像要說話，但又不知道該說什麼才好。

我又乾咽了一口口水：「他墜樓死的，死因……十分離奇，到現在爲止，一點頭緒都沒有，但是有些事，一定要你幫忙，才能弄明真相。」

我本來想立刻向她說出白素曾留下條子，說時造旨人是一個關鍵人物，要她帶我去見他。可是我看到她蒼白的臉上那種淒愴的神情，深知此刻她心中感受哀傷，覺得不應該在這時候再去打擾她，所以便暫時停了口，沒有再說下去。

梁若水眨著眼，看來是想竭力忍住了淚，不讓淚水湧出眼睛來，接著，她抬頭向天，緩緩地說了一句話，當她第一次說那句話的時候，我沒有聽清楚，但是她接著，又重複了一遍。

這一次，我聽清楚了，她是在說：「你我進入了不幸之城，陷身於永恒的痛苦之中。」

我怔了一怔，這句話，佛萊茲・李斯特寫在他的「但丁交響曲」總譜上，梁若水在這時候說了出來，是不是表示她心中的極度哀痛呢？我嘆了一聲：「放棄希望吧。你們已來到這裡的人。」

我接下去的話，和梁若水剛才所說的那句話，同一來源。這時候，連我自己不明白爲什麼要這樣說，只是自然而然接上了口。

梁若水低下頭來，向我看了一眼，又繼續抬頭向上，彷彿這樣子，眼淚就會倒流回去。

我默默地等著，過了一會，她才道：「看到他的屍體了？」

我不禁怔了一怔。到了日本之後，只見到了高田，聽他敘述了一切過程。本來，還準備和白素見面，可是白素另外有行動計畫，沒有見到她。

張強死了，這是毫無疑問的事，我連想也沒有想到過去要看他的屍體。直到這時，梁若水這樣問我，我也感到沒有這個必要。

我在一怔之後，道：「沒有，我只是看到了報上的刊載，和一個警官對我的敘述。」

接著，我就把事情的經過，約略向她講述了一遍。一面說著，一面在漫無目的繞著醫院的建築物走著，看起來，我們像是一面在漫步，一面在閒談，只怕誰也料不到我在說的事情，如此嚴重。

梁若水只是和我一起慢慢向前走，凝神聽著，一點也不打斷我的話頭。倒是有一個人，阻止了我的敘述片刻。

這個人，就是那個第一次來到這家醫院，離去時碰到的那個中年人。由於我正在專心向梁若水敘述，並沒有注意到他如何突然出現，擋住了我的去路。他的雙手仍然虛攏著，像是手中有著什麼活的東西。滿臉企求的神色，把虛攏的雙手，伸到我的面前來，我知道他又想我看看他雙手之中的什麼，我厭惡地，剛想用力推開他，兩個醫護人員就走了過來，抓住了他的手臂，把他強拉著走了。

他在被拉走的時候，在叫著：「你們看，這隻蛾飛走了，它是亞洲第一次發現的新種，它飛走了，你們要負責，要負責。」

他叫得十分認真，叫到後來，簡直像是在號哭。我皺著眉，向他看去，看到他在被兩個人拉走的時候，雙手分了開來。雙手分開，自然他就認為被他罩在手中的「那隻蛾」飛走了。

他不但在號叫，而且還不斷在掙扎著，一個醫護人員大聲道：「別吵了，有一個人來看你，是維也納來的陳博士！」

我又好氣又好笑，上次，這個瘋子胡鬧的時候，醫護人員對他說「維也納的陳博士有信來」，他就老實了，這次，又對他說維也納的陳博士來了，看來這是令得這個瘋子安靜下來的唯一法門。

果然，那瘋子一聽，立時不再掙扎，而且現出十分高興的神情，跟著那兩個醫護人員走了。

我被他打擾了片刻，又繼續說下去。等到說完，我強調了一下：「白素的神智，顯然極其清醒，她不會殺人，也知道自己在做些什麼，和做過什麼。」

梁若水幾乎連想也沒想，就道：「她當然不會殺人，絕不會。」

一聽得她講得這樣肯定，我心中真是十分感激。本來我還怕為張強的死，令她感傷過度，也相信了張強被白素殺害，要向她解釋，那就困難得很。我心中感激之餘，連聲道：「謝謝你。」

梁若水苦澀地笑了一下：「可是，根據你的敘述，要旁人相信她不會殺人，那太困難了。」

這個問題，我不知已想過了多少遍，聽得她這樣講我只好苦笑：「是啊，她說，時造旨人是一個關鍵人物，所以我必須見他！」

梁若水皺了皺眉，我不等她開口，就道：「事情已到了這地步，別再理會什麼醫院的規章了，你一定有辦法令我見到他的。」

梁若水想了一想，點了點頭。

我們繞回到了醫院的門口，梁若水向我作了一個手勢，示意我進去。

我心中十分緊張，白素說時造旨人是關鍵，一定有理由。可是時造旨人卻是一個精神病患者，就算他是關鍵性人物，他是不是可以講得明白呢？我一面想著，一面走進了醫院的建築物。

梁若水緊跟在我的後面，經過一間會客室，聽見一個人，用極其流利的德語、法語、英語混雜著在說話，他不但同時動用這三種語言，而且還夾雜著一些拉丁文。

這個人的聲音我十分熟，就是一再叫我看他手中的那隻「蛾」的中年瘋子。倒想不到這個瘋子的語言修養那麼好，所以不由自主，向會客室看了一眼。

我看到那個瘋子，正神采飛揚，雙手不斷揮動，興高采烈，在他的身後，是兩個醫護人員，擺了一副隨時可以把他抓起來的姿勢。

這個瘋子說話的對象，是一個三十歲左右，瘦而高，看來十分有學養的年輕人，正皺著眉。

那瘋子口沫橫飛：「陳博士，我在這裡發現了——」

（他接著說出的是一個拉丁名詞，我相信就是「那隻蛾」的學名。）

他繼續道：「這是多麼偉大的發現，還是第一次，可能和中南美洲所發現的略有不同，是一個新種。」

他陡然叫了起來，伸手指向前：「看，它就停在那裡，我還以為它飛走了，看！多麼美麗的小傢伙。」

他說著，向前疾走出了兩步，走向一隻茶几，到了茶几之前，動作突然慢了起來，小心翼翼，雙手漸漸合攏，像是要從那茶几上，去捕捉什麼東西。

我站在門口看過去，可以看得十分清楚，那茶几之上，實在什麼都沒有。

那年輕人嘆了一聲：「我看不到有什麼。」

那瘋子叫了起來：「你看不見？」

他叫了一聲，又像是怕自己的叫聲嚇走了那隻「蛾」，立時又靜了下來，緊接著，雙手合攏，歡呼一聲：「我捉到它了。」

他轉過身來，將雙手伸向那年輕人，那年輕人神情苦澀，目光越過了他，向他身後兩名醫護人員看去：「看來他的情形，一點也沒有改善。」

一個醫護人員道：「是的，他一直以爲自己發現了一個亞洲從未見過的新種蛾。」

那年輕人嘆了一聲，這時，瘋子已來到年輕人的身前：「陳博士，你看，只要你一鑒定，我就去寫報告。」

瘋子把雙手舉到年輕人的面前，從瘋子的稱呼之中，我已經知道，那個年輕人，一定就是「維也納來的陳博士」。

那位陳博士，可能是瘋子的朋友，也可能是他的親戚，我已經沒有興趣再看他如何去應付那個瘋子了，正準備繼續向前走去，只聽得陳博士道：「老洪，你，唉，真可惜，我們的研究已經有了成績，我想——」

他講到這裡，向那兩個醫護人員問：「誰是他的主治醫生？我想找醫生談一談！」

那瘋子還在不斷地道：「陳博士，你看一看。」

我走了開去，看到梁若水在她辦公室的門口等我，我進了她的辦公室，又聽得陳博士在問：「張強醫生不在？總得有人負責吧。」

我心中想了想：原來那個瘋子的主治醫師也是張強。想起張強年紀輕輕，不知爲何死在異鄉客地，心中不禁黯然。

等我來到了梁若水的辦公室時，梁若水已經在打電話，和她通話的，好像是醫院的負責人，梁若水的臉色仍然蒼白，但是聲音和神情，都很鎮定，她對著電話道：「是的，我也是才知道這個不幸的消息。張醫生主治的病人有十二個，他們都不能一日沒有主治醫師的照顧。」

電話那邊講了幾句，梁若水又道：「我可以負責，不要緊，加上我原來的病人，我辛苦一點，可以應付……會，我會……好好檢查那些病人的病歷，不必謝我，誰都料不到會有這樣的不幸。」

梁若水放下了電話，停了極短的時間，吸了一口氣：「現在，我是時造旨人的主治醫師，我們是先研究他的病歷，還是先去看他？」

我忙道：「當然是先去看他。」

梁若水點頭，按下了一個鈴，進來了一個護士，梁若水囑咐道：「請張醫生的幾個護士，到我的辦公室來，我已經負責兼顧他的病人。」

那護士答應著，走了出去，梁若水解釋道：「病房的鑰匙，全在護士的手中，等他們來了，就可以去看病人。」

我在她的辦公室中來回踱著，感到十分緊張。就在這時候，辦公室外傳來了陳博士的大聲叫嚷聲：「張醫生不在是什麼意思？去找他回來，我有重要的事要和他商量。」

另一個人解釋道：「張醫生已經有好幾天沒來上班了，不知道發生了什麼事。」

陳博士的聲音聽來十分惱怒：「難道沒有人接替他的工作？」

梁若水聽到這裡，皺了皺眉，來到辦公室的門口，陳博士和院中人爭吵的地方，就在會客室的門口，離她的辦公室相當近，梁若水一到了門口，就反手向辦公室門口所鑲的她的名牌，指了一指，道：「我是梁醫生，張醫生的工作，暫時由我接替，閣下有什麼事？」

這時，我也到了門口，我看到陳博士向梁若水望來，陡然怔呆了一下，想來一定是心中在驚訝，何以那麼年輕美麗的一個女郎，竟然會是精神病醫生。

然後，他的視線從梁若水的身上，轉移到了門口的名牌上。

名牌上不但刻有梁若水的名字，還有她在醫院中得到的頭銜的縮寫，那些字所代表的學歷，很容易看得懂。我就看得出，其中一個是英國愛丁堡醫學院的院士，一個是德國柏林大學的醫學博士。

陳博士看了名牌之後，雙眉略揚，神情更是訝異，向前走來，來到梁若水的面前時，已經取出了名片來：「我姓陳，叫陳島。」

梁若水接過名片，我斜目看了一下，陳島的頭銜倒很簡單，只印著「安普蛾類研究所」的字樣。可是在他的名字下面，那種縮寫字母的學銜，看來比梁若水還要多。

梁若水也不由自主揚了揚眉：「陳博士，我很忙，有什麼事，請你直截地說！」

或許是梁若水的態度太冰冷了一些，令得陳島的樣子有點難堪。這時候，我只是在想：「安普蛾類研究所」這算是一個什麼樣的機構，從來沒有聽說過，蛾類，那瘋子不是堅決地認爲他發現了一種新的品種麼？

想到這裡，我忍不住發出了一下輕輕的悶哼聲。陳島向我望了過來，神色之中，殊乏友善。

很多人說我風度不好，可是這次，我風度至少比陳島好得多，他幾乎是瞪了我一眼，但是我卻微笑著，向他點了點頭。

陳島又轉向梁若水：「洪安先生是我主持的研究所中的研究人員，我想帶他出院。」

那時，一個醫護人員走過來：「梁醫生，洪先生的病——」

梁若水作了一個手勢，阻止那醫護人員再說下去：「那要等我研究過洪先生的病歷之後，才能答應你。」

陳島神態高傲：「我看不必了，我有更好的方法，可以使他恢復正常。」

梁若水揚了揚眉：「陳博士，如果你沒有認可的精神病醫生資格，只怕你不能這樣做。精神病患者，和惡性傳染病患者一樣，對社會構成威脅，所以有法律規定他們必須接受正式醫生的治療。」

梁若水的詞鋒，十分逼人，陳島給她一番話，講得一時之間，回不了口。

梁若水看到幾個男女護士，已陸續走了過來，她作了一個手勢：「如果你沒有別的事，對不起得很——」

陳島提高了聲音：「洪安在你們這裡幾個月了，一點進展也沒有。」

梁若水道：「我說過，我才接手，但是我會認真研究他的病歷和考慮你的要求。你可以留下一個聯絡電話，我會通知你我的意見。」

陳島看來有點負氣，他甚至不禮貌地伸手出來，指著梁若水：「我給你二十四小時，明天這時候，我再來這裡聽你考慮的結果！」

他講完了之後，神態傲然地轉過身，向外走去，恰好洪安——那個瘋子——在一個醫護人員的陪同下，自會客室走了出來，他的雙手仍然虛攏著，陳島伸手在他肩上拍了拍：「你放心，明天我來，一定會把你帶走。」

梁若水沒有說什麼，只是略現厭惡，接著，她就向已來到的護士說明她接了張強的工作（她並沒有宣佈張強的死訊），然後問：「有一個病人，是日本人，叫時造旨人，他的病房鑰匙，由誰掌管。」

一個男護士應聲道；「我。」

梁若水道：「帶我們去看他。」

男護士答應著，轉身向前走，我和梁若水跟著他，來到電梯口，搭乘電梯，到了三樓。

醫院的三樓全是病房，一條長長的走廊，雖然燈光明亮，也給人十分陰森淒慘的感覺。

我道：「明天，我會通知時造芳子來看她的哥哥。」

梁若水輕輕地「嗯」了一聲，那男護士來到了一間病房門口，先從小窗子向內張望，用鑰匙開門：「這個病人很安靜，他只是反覆地講那幾句話，好幾句日本話，連我也聽得懂了。」

我向內看去，病房相當寬敞，佈置得簡單而實用。

時造旨人坐在一張沙發上，神情木然，雙手抱著頭，他抬起頭，陡然看到了陌生人，先是一怔，然後立即道：「你們，你們可帶了鏡子來？」

我一聽得他劈頭就問我們有沒有帶鏡子來，就不禁一呆。

剎那之間，我心念電轉：在幾件不可測的事情之中，「鏡子」好像扮演著十分重要的角色！

張強和白素離去，就留下了幾面鏡子。從此開始，鏡子不斷出現，包括我至今未曾猜透內容的白素的手勢。如今這個關鍵性人物，一開口就提到鏡子，令我怦然心動。

我忙踏前一步：「鏡子？帶來了又怎麼樣？」

時造瞪著我，還沒有開口，在我身後的那個男護士已經道：「他一見人就問有沒有帶鏡子來，先生，別忘了他是病人！」

我惱那男護士多口，向後用力揮了揮手，示意他別說話，把剛才的話，又問了一遍。

時造嘆了一聲：「要是你有鏡子……借我照一照，借我照……一照。」

照鏡子，再普通不過，一天照上幾百次不算稀奇。可是時造這時，問我要鏡子照一照時的神態和語氣，就像是照鏡子是一種嚴重之極的事情。彷彿他不是向我借鏡子，而是要向我借一柄尖刀，插進他自己的心口！

這時，我倒真想有一面鏡子，可以借給他，可是哪有男人隨身帶著鏡子的？我立時向梁若水望去，希望她有鏡子帶著，可是梁若水搖了搖頭。

我又向他走近些：「我身邊沒有鏡子——」

我才講了一句，時造就現出極度失望的神情來，我忙又道：「不過替你弄幾面鏡子來，也不是什麼難事。」

時造在不由自主喘著氣：「謝謝你，快……替我弄幾面鏡子來。」

我向那男護士作了一個手勢，可是那男護士卻站著不動，而且一臉不耐煩的神色，我有點生氣：「請你去弄幾面鏡子來。」

男護士看來比我更氣惱：「先生，他是病人，他一天到晚，就是想照鏡子，有一次，我替他弄了超過一百面鏡子來，他還嫌不夠。」

第七部：真的揭穿了秘密

我聽了這樣的話，也不禁怔了一怔，心想時造是一個精神病患者，也難怪男護士不肯。時造一臉懇切盼望之色，我順口問道：「鏡子有什麼好照的？你沒有照過鏡子？」

我只不過是隨口一問，但沒想到這一問，會問出一個關鍵性的答案來。

時造旨人語帶哭音：「我要照鏡子，我要照遍全世界上所有的鏡子……」說到這裡，他真的嗚咽了起來：「我……想總有一面鏡子，可以使我看到自己。」

時造一面在嗚咽，一面在說話，說的話聽起來，自然不免有點含糊，何況日本話講得快起來，音節和音節之間，可以說一點空隙也沒有，更不容易聽得清。我雖然在實際上，已聽清了他在說什麼，但是卻聽不懂，只不過他的話，令我心頭之中，陡地一震。我失聲道：「你說什麼？」

時造失神地抬起頭來：「我是說，我希望，照遍了所有的鏡子之後，總有一個鏡子，可以使我看到自己。」

這本來是一個瘋子的瘋話，任何人，只要一照鏡子，就可以在鏡子之中，看到自己，任何鏡子都有這個功能，何必要照遍了全世界的鏡子，去找一面可以看到自己的？

可是，我聽到他這樣說，感到了極度的震撼，那是因爲由他的話，我陡然想起了白素在車中向我做的那幾個手勢的意思！

我陡地吞了一口口水：「時造先生，你是說，你在照鏡子的時候，看不到自己？」

時造，一副傷心欲絕的神情，講不出話來，只是用力點了點頭。

這一下，我便明白了，白素的手勢是告訴我，有人對著鏡子，可是卻不能在鏡中看到自己。

這個謎團一下子揭開，心中自然痛快。可是我卻被更多的謎團所包圍。白素用手勢告訴我，有人在鏡子中看不到自己，那個指的自然是時造旨人，可是時造旨人是瘋子，白素爲什麼要將一個瘋子的話，那麼迫不及待地告訴我？

時造旨人說他在鏡子中看不到自己，那情形，和另一個叫洪安的瘋子，手中明明沒有什麼，卻堅稱其中有一隻蛾一樣。那純粹是精神病患者在精神錯亂之下的一種幻覺，又有什麼值得重視之處？

難道張強當初來找我，就是爲了時造說他在鏡子中看不到自己？

當我轉念至此時，我突然又想起了時造芳子，在我和她分開時，她曾盯著我車子的倒後鏡，現出駭然欲絕的神情。

當時，我以爲她一定看到了極可怕的東西，可是她又堅稱沒有看到什麼。現在想起來，她真的可能是什麼也看不到，包括她應該看到的鏡子中自己的身影。一個人，若是望向鏡子，鏡子之中，竟然沒有他的身影，所感到的驚駭，不會低於看到任何可怖的東西。

時造芳子是不是當時忽然發現她自己的身影未曾出現在倒後鏡中？如果是，那麼，她也和她哥哥一樣，神經失常？

一剎那間，我思緒亂成了一片。當然，那並不會太久，我立時自身邊取出了一隻打火機來，那隻打火機的機身，有一面十分平滑的金屬面，可以起鏡面的反射作用。

我把打火機平滑的一面，對準了時造旨人，一剎那間，我的心情也不禁十分緊張，唯恐鏡中看不到身影，並不是他一個人的幻覺，而是他真是一個沒有身影反射的人！可是立即，我不禁啞然失笑，時造的臉，清楚地反映在打火機的機身上。

我道：「看，這不是你麼？」

時造的眼睛睜得極大，盯著打火機。

這樣子看法，任何人都可以看到自己的身影了。可是時造旨人卻陡然發出了一下慘叫聲，雙手掩住了臉，轉過身去。

他在轉過身去之後，聲音嘶啞著：「我看不到，我看不到自己，我……不見了。我……不見了。」

我有點啼笑皆非，那男護士悶哼一聲，神情有點幸災樂禍：「我早已說過了，他是一個病人！」

我有點尷尬：「除了這一點，沒有別的花樣？」

男護士道：「別的倒還好，和正常人一樣。」

我想了一想：「時造先生，你不能從鏡子中看到自己，那有什麼關係？大不了不照鏡子，你完全可以照樣工作，照樣生活，一點不受影響！」

時造轉過身來，望著我，過了半晌，他才慘笑道：「你倒說得輕鬆！你……想想：一個人，連自己是什麼樣子都不知道，自己完全看不到自己……那他還怎麼活得下去？

我還想說什麼，梁若水突然接上了口：「其實，世界上沒有一個人，自己看得到自己。至少，沒有人看得淸自己。」

時造的聲音之中，充滿了淒慘的哭音：「我不和你討論哲理上的問題，小姐，我說的是實際上的事，我看不到我自己，是真正的看不到，並不是心理上看不到的。我什麼都可以看到，就是看不到我自己，我還存在麼？還是我根本已不存在？」

他說到後來，聲音嘶啞，聽了令人又同情又難過。我聽得他這樣說，不禁怔住，時造是一個瘋子嗎？瘋子能說出這樣的有條有理的話來？然而，如果他不是瘋子，他為什麼又堅稱不能在鏡子中看到自己？

我想不出其中的緣由，指著梁若水：「時造先生，這位，會接替張醫生來照顧你。」

時造陡然震動了一下：「為什麼？為什麼？張醫生呢？他為什麼不理我了？」

時造的神態，惶急已極，他不但急促地叫著，而且，抓住了我的衣服，搖晃著我的身子。

我忙道：「請你放手，張醫生他——」我話還沒有說完，梁若水已疾聲打斷了我的話頭：「張醫生有遠行，你放心，我會好好研究他留下來的病歷和醫治記錄，一樣照顧你——」

時造旨人聽著梁若水講話，他的反應，奇特到了極點，先是極度的惶急，接著，又變成了極度的驚恐，臉色煞白，張大了口，像是離了水的魚兒，不住喘著氣。

我在一旁看著，只覺得奇怪，因為病人轉換醫生，絕用不著如此驚怖。

梁若水還沒有講完，時造已經叫了起來：「不！不要換……醫生，我要張強。把他叫回來。」

梁若水柔聲道：「時造先生，他有極重要的事，我一樣可以照料你。」

時造的神態更是焦切，他團團轉著，又毫無目的地揮著手，喘著氣：「我不要任何醫生，只要他。你們知道什麼，只有他，才知道我根本沒有精神病，我……我……只不過不能在鏡子中看到自己，我沒有病。」

梁若水道：「時造先生，你的影子在鏡子中，旁人都可以看得到，你放心，我想你不久就會痊癒，完全恢復正常。請你——」

梁若水的話，被時造一個突如其來的動作打斷，時造陡然伸出手來，直指向梁若水，疾聲道：「你不用騙我，是不是張強醫生遭到了什麼意外。告訴我！」

他最後的那句話，聲嘶力竭叫出來，聲音淒厲尖銳，令人駭然。

時造的一切言行，看來全很正常，就是「看不見」自己在鏡中的身影。我本來就有點疑惑，這樣的情形，是不是應該把他當作精神病患者來處理，這時，陡然聽得他這樣叫，我心裡不禁又是驚駭，又是疑惑。

時造爲什麼會以爲張強有了意外？是一個精神病患者神經過敏的胡思亂想，還是一個思想正常的人根據一些事實所作出的推斷？

剎那之間，我心中亂成一片，不知該如何才好，梁若水也有點慌亂，被時造指著，不由自主側過臉去：「你說什麼？意外？什麼意外……」

梁若水看來並不善於說謊，她那兩句話，聽來艱澀生硬，誰都可以聽得出她言不由衷，即使時造被認爲是一個精神病患者，他也聽出來了。

剛才，他的臉色還只是發白，但這時，卻轉成了死灰色，顯然他的心中，驚恐、絕望，已到了極點，他仍然伸手向前指著，身子卻連連向後倒退。看來，他並不是想繼續指著梁若水，只是由於過度的恐懼，令得他肌肉僵硬，以致他抬起來的手無法放得下來。

他連連退了幾步，才雙腿發軟地，坐倒在沙發上，雙手緊緊抱著頭，喉際發出驚怖的聲音，氣喘著，叫道：「張醫生一定遭到了意外。」

這時，我已從震驚中定過神來，我道：「你爲什麼肯定張醫生會遭到意外？」時造的口唇發著抖，說不出話來，我向他走過去，又用相當嚴厲的口吻，再向他問了一遍。

時造道：「一定是的，告訴我，是不是死了？」

我陡地吸了一口氣，肯定時造這樣講，一定有原因，我向梁若水望去，徵詢她是不是把張強墜樓的事告訴時造。但是梁若水卻搖了搖頭。

我正想再追問時造，時造陡然向門外衝去，那男護士一伸手去攔他，可是卻被他一手推了開去。我立時一轉身，伸腳在他的下盤一勾，把他勾得向前一跌，但又立時將他扶住。

時造叫了起來：「放開我，讓我離開這裡，我要去找人！」

我把他拉回來：「不管你要去找誰，你如果要離開，一定要醫生批准。」

時造怒道：「我又不是囚犯，爲什麼沒有行動自由？我要走，我要去找一個人。」

我道：「你完全正常？能在鏡子中看到自己了？」

這句話，顯然擊中了時造的要害，他刹那之間，變得十分沮喪，垂下頭來，喃喃地道：「張強醫生有了意外，我一定要去找那個人。」

梁若水道：「你想找誰，我們可以代你去通知他，請他來見你。」

時造接受了梁若水的提議：「好，你去找他，這個人，張醫生說他能幫助我，這個人的名字叫衛斯理。」

不論時造說出什麼人的名字，我也不會感到驚訝，鬧了半天，他要見的人竟然是我。

刹那之間，我不禁感到好笑，是的，我們一進入病房，時造就向我要鏡子，再接下來發生了許多事，他並不知道我是什麼人。

當下，我吸了一口氣：「我就是衛斯理。」

時造陡然一呆，盯著我，隨即哈哈大笑。他的笑聲之中，帶著極度的憤懣：「你是衛斯理？衛斯理，你好，我是亞歷山大大帝。」

他一面說，一面伸手出來，要和我相握。

我又是好氣，又是好笑。當然，我知道，他想要見衛斯理，衛斯理就出現在他的面前，這很難令人相信，實在太巧。但是在這種情形下，我也無法作什麼解釋，我只好又道：「我真是衛斯理。」

誰知道時造旨人神情一本正經，也道：「我就是亞歷山大大帝。」

梁若水皺了皺眉：「時造先生，這位，真是衛斯理先生，他才從日本來。」

時造怔了一怔，打量著我，看來仍然不是很相信，我道：「是，我才從日本回來。」

時造的聲音忽然發起顫來：「你……你和張醫生一起去？」

我搖頭：「不是，我妻子和張醫生一起到日本去，我隨後去的。」

時造現出十分焦急的神情來，看他那種樣子，像是不知道有多少話要對我說，可是他又望著梁若水和那男護士，神情猶豫。我看出，他是不想別的人在場，只想對我一個人說話。

我忙向梁若水道：「你們是不是可以出去一下？」

梁若水一揚眉：「太過分了，我現在是他的主治醫師。」

我道：「現在可以不計較這些，他有話要對我講，如果他是一個精神病患者，對他一定有幫助，是不是？」

我並不是精神病醫生，但是我卻也知道，一個精神病患者，如果急切地想對某一人講話，一定要讓他把所有的話全講出來。

我把時造稱爲「如果他是一個精神病患者」，也有理由，雖然時造堅稱他不能在鏡中看到自己，這一點是極其怪異，但是撇開這一點，他實在十分正常。而且十分敏感、機靈。我也隱隱可以感到他心中蘊藏著一個巨大的秘密，正要告訴我，這可能也是白素說他是一個「關鍵人物」的原因。

果然，時造聽得我這樣說，向我投了一個感激的眼色。他連那細微處都能注意到，這更證明他的神智十分清明，並非瘋子。

梁若水聽了我的話之後，想了一想，和我作了一個手勢，示意我和她一起出去一下。我和她一起走出了病房，留下那個男護士，虎視眈眈監視著時造，時造的神態卻泰然自如。

我和梁若水來到了門外，梁若水壓低了聲音，她的聲音本來就十分動人，壓低了嗓子之後，聽來更有一種夢幻般的美麗：「衛先生，時造一下子就料到了張強發生了意外，看來，張強到日本去，爲了什麼，他早已知道。」

我點頭：「是，他心中有著大秘密——他說在鏡子中看不到自己，以你的意見來看，那是怎麼一回事？」

梁若水略想了一想：「一般來說，看不到東西，是眼睛的組織有了毛病，不能把形象的東西，傳給腦神經細胞去分辨，這是生理上的現象。但是時造什麼都看得到，單單看不到自己，照我的推斷，這是心理上的一種現象，他心理發生某種障礙，使他以爲自己看不到自己。」

就醫生立場，她已經把問題說得盡可能明白，可是她的解釋，我總覺得不能接受，當時，我也說不出所以然來。

梁若水的說法，是依據人類醫學、心理學上已知的知識分析得出，一般來說，依據這種邏輯得出的結論，被人稱爲「科學的結論」。然而，這一類的結論，全然沒有想像力，也否認了人類的知識領域其實還十分狹窄的這個事實，有許多人類知識觸角還未能碰到的事，就一概被否定，這種態度，其實最不科學。

梁若水也看出了我對她的話，並未接受，她道：「這是我目前所能作出的唯一解釋。」

我吸了一口氣：「好，聽聽他怎麼說。」

梁若水道：「我在辦公室等你。」

她推開門，把那男護士叫了出來，那男護士的神情大大不以爲然，但是醫生的話，不能不聽，他有點悻然地走了出來，當他在我身邊經過的時候，我聽得他咕噥著在道：「衛斯理？衛斯理是什麼東西？」

我聽得他這樣說，童心忽起，伸足在他的足踝上，輕輕勾了一下，這一下勾得十分巧妙，他可能根本沒有什麼感覺，但是那已足以令得他的身子，陡地向前仆了出去。

他跌在地上，莫名其妙，一點也不知道被我暗中做了手腳。梁若水望著我，有點責備，看來像是要責備一個頑童。我不禁有點不好意思，作了一個鬼臉，走進了病房，把門關上。

我先開口：「時造先生，你有什麼話要對我說，只管說！這裡不會有偷聽器！」

我當然知道精神病房中，絕不會有偷聽器，這樣說，無非是想令得氣氛變得輕鬆一點。

時造聽了，反應十分奇特，發出了一下苦澀之極的笑聲：「偷聽器？你真是衛斯理？偷聽器，那太落後了。」

我呆了一呆，一時之間，倒還真不容易明白他那樣說是什麼意思。

我本來不想就這個問題和他爭論，因爲我不知有多少重要的話要和他說，但是我忍不住：「偷聽器落後了，什麼先進？」

時造的神情，剎那之間，變得極其難過，他先嘆了一聲，然後，指了指自己的頭：「先進的是，你在想什麼，別人知道！」

我十分疑惑。我本來就是明白他話中的意思，現在更不明白了。頓了一頓，我才有反應：「你是指心靈互通這種現象？」

時造大搖其頭：「不是心靈互通，而是你在想什麼，完全不用發出聲音來表達你所想的，就已經有人可以知道你在想什麼。」

我有點啼笑皆非：「這倒是一個偉大的發明。」

時造居然聽不出我話中的諷刺意味，反倒十分肅穆地道：「是的，偉大的發明，實在太偉大了，偉大到了整個人類的生活，要起天翻地覆的變化。」

我仍然在諷刺他：「是啊，一個人可以知道另一個人在想什麼，其實，這倒也很好，至少人和人之間，不會再有欺騙這回事，人性的卑劣面，可能因之大大改善，以後人類的歷史要改寫了。」

時造仍然一點也聽不出我在諷刺他：「唉，如果每一個人都有這樣的能力，那倒也不成問題，人和人之間還是平等的。可是如果只有少數人有這種能力，你想想，那會是什麼樣的局面？」

時造說得十分認真，我想了一想：「這倒很難推測，那些能知道他人在想些什麼的人，自然變成了高人一等的人。」

時造又嘆了一聲：「是超人，他們是武裝的，而別人完全不設防，在有這種能力的人面前，任何人就像赤裸，完全沒有抵抗能力，任由擺佈。」

我點頭道：「算了，還是去擔憂天掉下來怎麼辦的好，不會有人有這種力量的。」

時造的神色凝重之極：「有！」

我有點冒火，但是還儘量使我自己的語氣保持輕鬆：「有？試舉一例以說明之。」

時造旨人先是緊抿著嘴，然後，自他的口中，吐出了一個人的名字來：「尾杉三郎。」

我呆了一呆，尾杉三郎，就是那個棋手，時造寫了一篇文章報導過他，惹得他大發雷霆，上門興師問罪的那個。

時造在他的文章中，開玩笑式地說尾杉有知道他人想什麼的能力，可是如今，卻一本正經說他真的有這種能力。這說明什麼？說明了這件事給時造的打擊十分大，他真的神經錯亂。

我感到十分氣惱，如果時造是一個瘋子，我聽他的瘋話，對整個事情，能有什麼幫助？

時造看到我沒有反應，苦笑了一下：「你不相信？是不是？張強起先也不相信，但後來他相信了，他說，這種事情要找人相信，唯一可找的人，就是衛斯理。他去找你，一去就沒回來，爲什麼你沒有和他一起到日本去，而是尊夫人和他一起去？」

我心中亂成了一片，揮著手：「等一等，你必須從頭說起，尾杉來找你的那段經過，我知道了，不必重複。」

時造「啊」地一聲：「芳子來了？她已經見過張強了。」

我道：「沒有，張強到日本時，她已到這裡來了。」

時造大吃一驚：「是這樣啊！那麼，張強向誰取我要他去拿的東西？」

張強和白素曾偷進時造的住所，搜索過，目的是要取得一些東西，我早已推斷得知。但是，我卻不知道要找的是什麼，我忙問：「那是什麼東西？」

時造吸了一口氣：「是我研究的結果。這些資料，絕不能落在……尾杉的手裡，不然，他一定會把我殺掉。那些資料，全是我個人努力的發現。」

我皺著眉，時造的話，聽起來雖然還十分凌亂，但是已可以理出一點眉目來。我又問：「你發現的是什麼？」

時造壓低了聲音，顯得又緊張又神秘：「我們普通人在想什麼，有一些人，我不知道有多少，他們可以知道。」

我真有點啼笑皆非：「你是什麼時候發現這個大秘密的？」

我又在「這個大秘密」這幾個字上，加重了聲音，以表示我的譏諷。可是時造仍然不覺，他答：「在我幾乎被尾杉扼死之後。」

我沒有說什麼，由得他講下去，他又道：「我開始只是想：我那篇文章並沒有說什麼，何以尾杉先生會大怒？一般來說，文章揭露了他人的隱私，對方才會這樣生氣，可是我說了些什麼？什麼地方觸及了尾杉先生不可告人的隱秘？」

我忍不住大聲道：「沒有，你根本沒有，只是尾杉三郎的神經不正常。」

時造陡然一揚手：「不！有，我是揭露了他的隱私，他的秘密是：他真有能力知道他人在想什麼！」

我嘆了一口氣，白素說的「關鍵人物」，是一個瘋子，我算是白費時間了。

我已經表現出極度的不耐煩，但是時造還在說下去：「剛開始，我只不過這樣想，我自己告訴自己：不可能，沒有人可以知道另一個人在想什麼，不可能。」

我悶哼了一聲，低聲道：「你的病，倒是間歇性的。」

時造沒有聽到我這句罵他的話，繼續道：「可是，他為什麼那麼緊張，緊張到要殺我？我的文章之中，一定有某些地方，觸怒了他，一定有的——」

他說到這裡，向我望來，問：「是不是？」

我點頭，表示同意，時造顯得很高興：「所以，我下定決心，一定要找出其中的原因，反正我有空，所以我開始去調查。查到他有一個情婦，姓大黑，那是很普通的事。這時，尾杉在精神病院，我曾好幾次，進入他的住所。」

我插了一句：「非法的？」

時造旨人吞了一口口水：「非法的，尾杉的住所很大，傳統的和式房子，他十分有錢，那樣舒適的大宅，真令人羨慕。每當我在他那所大房子中的時候，只想到：他一個人，住在那麼大的屋子中，不感到寂寞嗎？他好像絕不喜歡有人接近這屋子，甚至沒有雇人打掃，據我調查所得，連大黑小姐都沒有到過這屋子。」

我又插了一句口：「你的敘述最好簡潔一點。」

時造不以為然：「正因為這一點，使我更肯定尾杉的屋子之中，一定有什麼秘密，所以我才一次一次地去進行搜查。」

我不和他爭辯下去，時造才又道：「到了第四次，我果然有了發現。」

他講到這裡，神情變得十分緊張，我急問：「你發現了什麼？」

時造道：「有一間相當小的休息室，佈置普通，誰也不會對這樣的房間多望一眼，我進入過這間房間一次，當時就退了出來。實在因爲找遍了屋子沒有發現，令我很不甘心，所以又進入那房間，在一張椅上，坐了下來。」

時造說得十分詳細，我只得耐心聽著。

時造繼續道：「那是一張按摩椅，電動的，就是有椅背上，有球狀的硬物會上下移動的那種——」

我忍不住道：「我懂，我懂，你不必詳細介紹這種按摩椅的結構。」

時造瞪了我一眼，自顧自道：「這種椅子，可以控制速度的快和慢，有九個按鈕。當時是深夜，很靜，大屋中只有我一個人，不會有人進來，而我又十分疲倦，所以，我就在這張椅子上坐了下來，享受一下，當我把速度調得快一點，發現在快、中、慢三種速度之外，那個掣鈕，還可以向上移動一格，這一格是不應該有的，我試著向上移了一下——」

他講到這裡，「嗖」地吸了一口氣：「牆上突然現出一道暗門，我興奮得難以形容：暗門開關，放在一張按摩椅的扶手下，這真是太巧妙了。」

的確，這十分巧妙，我點頭，表示同意。

時造氣息急促：「我跳了起來，向暗門衝去，同時著亮了電筒，當我看到裡面那間密室中的情形，我呆住了。」

我急道：「密室裡有什麼？」

時造一面搖著頭，一面神情極其懊喪地道：「全是各種各樣精密的——看起來像是很精密的儀器，我不知道那是些什麼，於是開始拍照——我帶著小型照相機。一直把一卷軟片全部拍完，我沒有法子知道那些儀器，究竟有什麼作用。」

我聽得屏住了氣息：「你真的一點也不知道那些儀器有什麼作用？」

時造道：「我無法知道，在房間的中心，是一根四方的柱子，約有一公尺高，看來用硬度很高的金屬鑄成，也不知道有什麼用。當時我想，很簡單，這一定就是尾杉的秘密，只要把照片沖出來，找人問一問，總可以問出來的。」

我陡地道：「照片呢？」

時造剛才神情懊喪，直到此際，我才知道原因。他道：「我沒有機會去沖洗照片，我回家後，匆匆睡了一會，準備天一亮就去沖洗，但是一清早，雜誌社的總編輯就來找我，立逼我當日就離開日本。真沒有道理好說，尾杉是大人物，我是小人物。當時我就告訴總編輯，我發現了尾杉的一個大秘密，只要公布出來，一定會轟動，可是他連聽都不聽，限我半小時收拾行李，押著我去了飛機場，我只好留下一張字條，請芳子去沖洗那卷軟片。」

我苦笑：「沖洗出來之後，你沒有叫芳子把照片寄來給你？」

時造道：「本來我是想這樣的，可是在機上，我恰好坐在一個工程師的旁邊，我把印象中那間密室中的情形告訴他，問他那是什麼，他聽我描述了幾件儀器之後，肯定地說，那是一間音響實驗室或者是聲音實驗室類似的地方，我感到很失望，就寫信叫芳子保留著那些照片，先不忙寄給我。」

「等我到了這裡之後，我還是日想夜想，在想這個問題，那一天，我突然想到了，我去找尾杉的秘密之前，曾想到過，尾杉真有可能知道人家在想什麼嗎？這間實驗室的裝置，是不是就是使他有這種能力呢？」

我不禁苦笑，心中覺得真不是滋味。在這裡，我曾經做過一件傻事，一本正經地在一個瘋子的手中，去看那隻無形的蛾，現在，又去聽另一個瘋子，說他發現了有人可以知道他人在想些什麼的大秘密。

我的樣子已經表現了極度的不耐煩，可是時造卻神情越來越嚴肅，繼續在說著：「於是我就開始研究尾杉，發現他在每一局棋賽的取勝過程，全然可以瞭解到對方的心意，他看了我的文章之後，如此生氣，一定是怕我進一步揭露他的秘密。

「有了這種肯定的結論，準備回日本去把他的秘密進一步寫成文章，衛先生，這樣的文章一發表，我就可以世界知名。」

時造說到這裡，才停了下來，興奮地望著我。我也回望著他，心中很感到悲哀：時造旨人是一個三流小作家，像他這樣的人，日思夜想的是如何擠身於一流大作家行列，結果就變成現在那樣，異想天開得變成了神經錯亂。

我不知道怎樣安慰他，時造喘了好幾口氣，才又道：「就在我收拾行李，準備回日本去的時候，衣櫥打開著，有一面穿衣鏡，鑲在衣櫥門內，我收拾著衣服，每次經過鏡子前，開始還沒有太注意，只覺得鏡子裡好像少了一些什麼，令我感到很不自在，我就站在鏡子前想：究竟少了什麼呢？」

時造的氣息越來越急促，他實在很有資格成爲個一流作家，因爲再接下來，他說到如何在鏡子中看不到自己的經過，把當時他的心境和詭異的情景，都表達得十分透徹，令我聽著，也不禁生出了一股寒浸浸的感覺，可知他有相當的表達能力。

他四面看看，找到了一杯水，一口氣喝乾：「我站在鏡子前，開始幾秒鐘，還是找不出少了什麼。你想，任何人，從小到大，只要站在鏡子前面，就一定可以看到鏡中的自己，這種情形，實在太突兀，令人無法接受。」

我點頭表示同意：「是，所以你在一開始的時候，還不知道少了什麼。」

時造的聲音趨向尖銳：「可是我立即發現，我不見了。鏡子中反映出來，房間裡什麼東西都在，只有我不見了。我在哪裡？我已經消失了麼？我爲什麼不見了？是我根本已經死了，我自己完全不知道？現在在活動的，根本是我的靈魂？我的生命已經不存在了？在那一剎那間，我腦中亂成了一片，我一面尖叫著，一面拚命把我的身體靠近鏡子，可是在鏡子之中，就是沒有我，什麼都有，就是沒有我。」

我揮著手，阻止了他再說下去，因爲他越說越是急促，我真怕他一口氣轉不過來，會就此窒息。

他被我打斷了話頭，大口大口喘著氣，我道：「等一等，你不必驚惶，鏡子裡雖然沒有你，可是你還是有方法看到自己的，你可以看到自己的身體，可以知道自己是不是存在。」

時造道：「是，我可以看到自己的身體，但是我卻無法證明自己的存在，我怎知道我看到的身體，我碰到的身體，是不是真的存在？如果是真實的存在，爲什麼不能在鏡子中反映出來。」

我忍不住斥道：「廢話，既然你看到了，摸到了，怎麼會不是真實的存在？」

時造十分悲傷地搖著頭：「不，張醫生告訴我，一個人可以把不存在的東西當作存在，如果他腦部的神經細胞作出了錯誤判斷。你看我，現在我手裡拿著的是一隻杯子，那是我的眼睛、我的手把信號傳到了腦部，由腦部作出判斷的結果。如果我腦部判斷錯了，我就會感到自己抓著一隻兔子，或是一塊木頭，可以是任何東西。我手裡握著的是什麼，並不重要，重要的是我腦部的判斷。」

我聽得不住皺眉，張強的話當然對，可是作爲一位精神病醫生，他爲什麼要對一個病人講這些?對一個正常的人講，也有可能引起思緒上的紊亂，何況是對一個精神病患者。

我悶哼了一「聲：「是，在這裡，就有一個病人，堅稱他捉到了一隻飛蛾，其實他手裡什麼也沒有。」

時造一本正經地道：「不，只要他的腦部作出了判斷，告訴他手中有一隻蛾，對他來說，手裡就有蛾。」

我道：「好了，不必去討論蛾的問題，你提及腦部判斷錯誤，腦有幾十億腦細胞，只要其中有幾個，作了錯誤判斷的話，就可以把不存在的東西當作存在?」

時造道：「是啊，也可以把一樣東西，當作另一樣東西。」

我立時道：「既然可以把不存在的東西，當作存在，那麼反過來，也可以把存在變為不存在，你在鏡子中的影子不見了，只不過是你腦中的極少部分細胞起了反常的、錯誤的活動，你那麼緊張幹什麼?」

第八部：干擾腦部活動

我這種分析，很有說服力，時造聽了，呆了一呆，才道：「是，張醫生也對我這樣說過，可是，可是我的臉變成什麼樣子了？我……究竟是不是還在！」

我大聲道：「我可以肯定你還在。」

時造的口唇，掀動了幾下，他雖然沒有發出聲音來，但是我卻絕對可以肯定，他心中在說什麼，他一定是在說：「我又怎知道你是不是看錯了？」

唉，再和他在這個問題上夾纏下去，絕不會有結果，我道：「好，先別討論了，當時，你發現鏡中少了自己以後，怎麼樣？」

時造雙手抱著頭一會，道：「我真是驚恐極了，大聲叫著，陡然之間，我舉起張椅子來，把鏡子砸碎，那麼大的一幅穿衣鏡，碎成了好幾十塊，變成了幾十塊小鏡子，我拚命看看，只要其中一塊小鏡子之中，能找到我自己，就心滿意足了。」

他抬頭，向我看來，神表十分悲哀，我自然知道結果，他還是看不到自己。

時造繼續說：「於是我一面繼續叫嚷著，一面衝了出去，忍不住大叫大嚷。我聽到我身邊的人都說：這個日本人瘋了。我沒有瘋，可是我在什麼地方？我衝進了兩家鏡子店，就被警察抓住了。所有人都把我當作瘋子，在這裡的日本人機構，把我送到醫院來，當作瘋子處理，幸好張醫生細心地聽我敘述，和你一樣，他聽我講述了一切經過。」

我在想：張強聽了他的敘述，感到事有可疑，才來找我？

張強憑什麼發現了疑點？我就無法在時造的敘述之中發現什麼疑點。

當我在轉念的時候，時造一直在揮著手，指著頭，神情變得相當憤慨：「張醫生把我當朋友，他告訴我，幾十億細胞，哪些正常，哪些不正常，根本無法查得出來。我同意他的判斷，不過我可以肯定，有人在害我！」

時造越說越古怪了，我瞪著他，他壓低了聲音：「是尾杉！尾杉這傢伙，通過了他密室中的那些裝置，使我看不見自己，因為他知道我會回日本去揭露他的秘密，所以他就害我。」

我嘆了一聲：「時造先生，你完全可以成為一流的小說家。」

時造十分惱怒：「你不信？可是張醫生卻極有興趣，我告訴他，我有那間密室的照片，還有我陸續想到的，也都寫在給芳子的信中，張醫生說這種怪異的事，只有你會相信，他向你提出，你一定會到日本去，把我的照片作證據，去對付尾杉，把這個要搗亂人類正常生活的怪物消滅掉。」

我想起張強來找我的時候，別說當時我沒有和他講話，就算聽了他的敘述，至多也是一笑置之，絕不會到日本去。

時造繼續道：「你爲什麼沒有去？反倒是尊夫人和他一起去？唉，我知道，尾杉不會讓他的秘密暴露，張醫生其實很冒險……是不是已經遭到了意外？」

如果不是張強和白素在日本的遭遇如此離奇，這時我一定已經哈哈大笑著離去，可是事實卻正如時造所料，張強已了遭到了意外！

我想了一想：「你難道不知道，尾杉三郎已經進了精神病院？」

時造道：「我當然知道，那是他掩飾身份的一種做法，使人不懷疑他。很多推理小說中，兇手都用這個方法來掩飾。」

我眨著眼，時造的話，可以說是瘋子的話，也可以說有一定道理，真是沒有法子下判斷。

照他的說法，有某一個人，通過了某種方法，可以知道其他人在想什麼。不但如此，而且還能通過某種方法，去破壞、影響他人的腦部組織，使被害者產生錯誤的判斷，例如不能在鏡子中看到自己之類。

當我把時造旨人的敘述，作了一個總結，也就在這時，陡地閃過了一個念頭——張強在日本，從高處跌下致死，三個目擊證人看到白素推他下去。

我絕對不相信白素會做這樣的事，那麼，相應得到的結論，是那三個人在說謊。可是現在卻有另一個可能：三個人沒有說謊，白素也沒有推張強下去。

那三個「看到」白素推人下去的，如果他們的腦部活動受到了干擾，作出了錯誤判斷，在他們而言，他們可以「看到」根本不存在的事，根本不存在的動作，他們可以「看到」白素在行兇，而事實上白素根本沒有行兇。

我一想到這一點，心跳得十分劇烈。

是不是真有這個可能？

當然，要警方和法院，接受這樣的解釋，那極困難，但關鍵在於：是不是有這個可能？

我又進一步想到，如果真有這個可能，張強為什麼要跳樓？是不是張強的腦部活動也受了干擾，使他自己做出完全不想做的事情來？

我不禁遍體生寒：這實在可怕到了難以想像！

干擾他人腦部活動，使他人做根本不願意做的事，並不是幻想，精通催眠術的人，都可以做到這一點。

催眠術是被公認有極高超的腦部活動干擾的功效，不過，它並不造成任何可怕的事實。因為施術者要通過相當複雜和程度，才能成功。

時造的設想，卻大不相同，那等於是有人能干擾、控制他人的腦部活動。

這種能力如果存在，人類的生活，不知要亂成什麼樣子！

我也明白了何以張強會比我容易接受時造的話，因為催眠術正被廣泛地應用在醫學上，特別是心理治療。張強是一個精神病科醫生，他一定精通催眠術，所以也知道干擾、控制腦部活動的可能性，當然比較容易接受時造的假設。

我迅速地轉著念，心頭的駭然，也越來越甚。時造壓低了聲音：「尾杉是首惡，他是一個科學怪人，一定要把他消滅掉。」

我一聽得時造這樣講，心中不禁凜然——白素在日本，對付尾杉，如果尾杉真有這樣的能力，那白素的處境豈不是危險到了極點？

我深深吸了一口氣：「時造先生，我……相信了你的推測，這十分嚴重。照我看，你在這裡相當安全，暫時不要離開。」

時造極其高興：「是的，張醫生也那麼說。」

我把「張強在日本已經意外死亡」這句話，在喉間打了一個轉，又咽了下去，我實在不忍把這個壞消息告訴時造，我道：「我立刻再趕回日本去。」

時造緊握著我的手：「希望你成功，張醫生曾告訴我，你會成功，你從來沒有失敗過。」

我只好苦笑著，時造又道：「芳子來了？我想見見她，她……不要也受了尾杉的害……才好。」

看到時造提起芳子，神情和語氣這樣關切，我心中陡地一動，想起她曾在我車子旁邊，在車子的倒後鏡中，有過怪異的動作，極有可能，她也因爲腦部受了干擾而看不到自己。

如果是這樣的話，那麼，她的處境也十分危險！我忙道：「時造先生！芳子……你最好別對芳子提起什麼，免得使她也有危險。」

時造皺著眉，握著拳：「如果尾杉膽敢害芳子，我要把他撕成碎片。」

我拍了拍他的肩，勸他在這裡等待我的消息，就轉身走了出去。

和時造的那一番談話，竟會得出這樣驚人的結論，事先萬萬想不到。我出了病房，有天旋地轉之感。定了定神，看到了那男護士站在走廊中，一見到了我，就道：「梁醫生在辦公室。」

我走進梁若水的辦公室，看到她正在聚精會神地看著一厚疊病歷報告，我走了進去，她連頭都不抬，只是向我作了一個手勢，示意我坐下來。

我拿起她已經看過的病歷，隨便翻了一下，那是張強所作的有關時造旨人的病歷報告。我只看了幾頁，梁若水就已經全部看完了，她抬起頭來，和我互望著，她的神情奇異而茫然，我相信我的神情，也是一樣，因爲我們都接觸到了一件奇幻莫測的事。

我雖然只看了兩頁病歷報告，已可以知道，張強在報告上，記下了時造對他的敘述和他自己的意見，那也就是說，已看完了全部報告的梁若水，已經知道了所有的事。

梁若水先打破沉寂：「時造……他對你全說了？」

我吸了一口氣：「是，同樣的話，張強也聽過。他的結論怎樣？我和時造達成的結論是——」

我把某種人有某種力量，可以干擾、控制他人腦部活動的這種想法，說了一遍。梁若水道：「張強的看法，和你們相同。而且，他還說那決不是幻想，絕對有這個可能。從催眠術的觀點來看，那還不是什麼困難的事。」

不是什麼困難的事！我當然不能同意這樣的結論，我道：「不困難？」

梁若水道：「他的意思，在理論上來說，並不困難，人腦部的活動，會放射出能量，既然有能量，在理論上來說，就可以被接收，也可以受干擾。張強精通催眠術，他曾利用過催眠術，使病人說出深藏在心中的話。」

我的聲音有點乾澀：「可是……如果尾杉是元兇，他怎能隔得那麼遠，來對他人進行干擾？」

梁若水嘆了一聲：「這就要進一一步去追查了！」

我站了起來：「我立刻回日本，你去和芳子聯絡一下，事情……」我苦笑：「事情真是——真是……」

我竟然想不出用什麼形容詞來形容，只好揮著手，不再講下去。

梁若水緩緩地道：「事情太詭異，人的全部活動，都由腦部活動伸延開來，腦部的活動決定一切，虛幻和實在的事，都靠腦部活動來決定，有許多藥物，可以使人把實的事變成虛幻，把虛幻的事變成實在。」

我一時之間，不知道梁若水想說明什麼，只好靜靜地聽著。

梁若水有點淒然地笑了一下：「人腦的地位是如此重要，可是卻又脆弱得可憐，一點藥物，就可以改變它的活動，有一種很普通的迷幻藥，就會使服食了的人，產生種種如真的感覺，他感到自己會飛了，就會從高空向下躍去。」

我怔了一怔：「張強怎麼會去服食那種藥物？」

梁若水道：「他當然不會，我的意思是，人腦十分脆弱，只要有極微的干擾，就無法分得清真實和虛幻，可是偏偏真實和虛幻，完全決定於腦子的活動。」

我沒有別的話可說，梁若水指出了人類最脆弱的一環，而這一環，如果給某些人以某種力量操縱掌握了，那是無法想下去的可怕。

我呆了一會，才道：「我和白素見面之後，會盡力而爲。」

梁若水低嘆了一聲，視線移向那幅題爲「茫點」的畫，怔怔地看著，也不知道她的心中在想些什麼。

我默然走了出去，赴機場之前，我先到家裡去轉一轉，老蔡打開門，我就看到有人睡在沙發上，一見我就坐了起來，是江樓月。

江樓月大聲說道：「終於等到你了！」

我根本沒有任何時間和他說話，我回來的目的，是想知道白素是不是曾打過電話給我。所以我連看都不向他看一眼，逕自向樓上走去，一面道：「你等我幹什麼？我好像並沒有欠你錢。」

江樓月十分委屈地叫了起來：「衛斯理，問問你的管家，我等你多久了。」

我三步併作兩步地向樓上走去，隨口道：「多久？」

江月樓叫著：「三十多個小時了。」

我呆了一呆，江樓月本身，也不是很空閒，如果他等了我那麼久，那就表示他一定有極重要的事。

我仍然不停步，只是伸手向後面招了招，示意他跟我上來。

到了書房門口，江樓月一把抓住了我：「走，快跟我走。」

我又是好氣，又是好笑：「你發神經病了，上哪兒去？」

江樓月道：「美國，爲了你，道吉爾博士快發神經病倒是真的，你立刻去見他，這是博士說的。」

哦，博士，道吉爾博士，負責太空實驗，我簡直已把他忘記了！

我推開書房門，走了進去：「真對不起，我現在絕不能到美國去！」

江樓月卻一點也不識趣，惡狠狠地道：「不行，你一定要去，立刻啓程！」

這幾天來，我被種種各樣的事，弄得六神無主，到處奔波，白素又下落不明，安危難卜，早已憋了一肚子的氣，江樓月竟然還用這樣的態度對我，那令得我忍無可忍，陡然大叫一聲，轉過身，雙手抓住了他的胸前的衣服，推得他連連後退，一直到了樓梯口。

江樓月給我的動作嚇壞了，張大了口，叫不出聲音來，我瞪著他：「我只要用力一推，保證你滾下樓梯，至少有半小時分不清南北東西。」

江樓月這才怪叫了一聲：「放手，衛斯理，這算是什麼，我以爲我們全是知識分子。」

我「嘎」地一聲：「孔夫子也有是可忍孰不可忍的時候。」

江樓月大叫了起來：「是你自己提議叫博士去進行一次太空飛行的，現在計畫批准了，博士需要你的幫助，你怎麼可以這樣耍賴？」

我呆了一呆，江樓月的身子，已經被我推得向後傾斜，我把他的身子拉直，然後鬆手：「真的，批准了？」

江樓月道：「一架太空穿梭機，只要你一到，就可以出發，任務極度秘密，使用的那架穿梭機，還未曾作過飛行，單爲了這次任務而特別徵用。」

我一時之間，不知說什麼才好，江樓月又道：「美國總統真的受槍擊，你還記得上次太空飛行中截到的信號所還原出來的聲音？真是這個行兇者說的。兇手說，他從來沒有對任何人講過，甚至自言自語都沒有，只是想，不斷想過。」

我聽到這裡，真是呆住了。

剎那之間，我隱隱感到，博士的這件事，雖然遠在太空發生，但和我如今正要查究的事，可能有關係。一個人在不斷想著的一件事，會變成一種複雜的信號，被在太空飛行的儀器收到，這豈不是可以知道他人在想什麼的一種方法？而時造旨人的結論，是尾杉有這種能力。

江樓月看到我出神，自然不知道我在想什麼，他忙又道：「本來，博士的提議根本沒有人理睬，可是事情一發生，卻令人震動，這才特別批准了這次飛行任務，目的是想搜集更多的信號。看看這種奇異的現象，究竟是怎麼一回事。」

我吸了一口氣：「爲什麼要我去？」

江樓月道：「整件事，雖然有已收到過的兩段對話作依據，但還是幻想的成分居多，高層人士堅持，要聽聽你的進一步意見，才開始任務。」

我嘆了一聲，我不知多麼想去參加這個太空飛行的任務，可是我實在不能去。

我道：「南北東西，你聽我說，白素在日本惹了麻煩，有三個目擊證人……」

我把在東京發生的事，用最簡略的方法，向江樓月說了一遍。我說得雖然簡單，但已把江樓月聽得目瞪口呆。

講完之後，我向他無可奈何地攤了攤手，不必再作解釋了，任何人都可以知道，白素有了危困，我決不可能不理她而去做別的事。

江樓月冒著汗，一面抹著，一面又跟著我進了書房。我取出了錄音機來，按下掣鈕，果然，白素有一段新的錄音在上面，語音非常急促，顯得她是在十分急迫的情形下打電話給我的。

以下是白素的錄音：「你見過時造了？一定已經知道了所有的事。我還在找尾杉，在精神病院病房中的不是他，我白扮了瘋子。你如果來的話，東京鐵塔中一個擺買紀念品的小攤子的女孩，叫爾子，是我的聯絡人，你可以去找她。一切行動要小心，到了東京之後，有時甚至連想都不要想。事情十分可怕，你一定也得到結論了。我很好，我比你想像中還能幹，日本警方找不到我，高田警官還在盡他的可能幫我。」

我把這段錄音，聽了兩遍，才鬆了一口氣。白素看來還未曾正面和尾杉接觸。她叫我連「想也不要想」，這怎麼可能？看來，白素已確定，真的有人可以有能力知道他人在想什麼。

白素暫時沒有事，這真值得安慰。江樓月抱著萬一希望：「尊夫人沒有事，你是不是可以抽空到美國走一遭？」

我嘆道：「我已說過了，我極想去，可是不能去。反正就算我去了，也不能跟著穿梭機上太空。你對博士說，非常對不起，這次飛行有什麼結果，我能參加的話，一定來。事實上，事後的分析，比事前參加重要得多。」

江樓月的情神，看來像他新婚嬌妻跟人私奔了，沒精打采，垂頭喪氣：「博士已經把儀器的接收能力加強，主持這次飛行的，還是葛陵少校。」

我完全沒有心思再去聽他在說什麼，離開了書房。在臥室中找了一個小手提箱，放了些應用的東西進去，江樓月一直跟著我，我叫道：「替我做點事，打電話給航空公司，訂最早一班飛機，我要剃一下鬍子。」

我摸著自己的下頦，這幾天連剃鬍子的時間都沒有，樣子一定很難看了。

江樓月語帶哭音答應著，拿起電話來，我走進了浴室，在洗臉盆之前，扭開了熱水掣。就在這時，我陡地一呆。

我低著頭，伸手取剃鬍子的用品，在洗臉盆上面，有一面鏡子。我陡然一呆，剛才是，未曾留心，好像並沒有在鏡中看到我自己。

剎那之間，我的心幾乎要從口中跳了出來。僵硬地維持著低著頭的姿勢，沒有勇氣抬頭，去求證一下我究竟是不是和時造一樣，看不到自己在鏡中的反影。

我心中駭然，令得我冷汗直冒，汗水甚至在不到半分鐘，已順著我的鼻尖，一滴一滴，滴進了洗臉盆。

在這時候，我體驗到了時造旨人發現在鏡子中看不到自己的那種驚惶和恐懼，這真是會令人發瘋的事。

我任由冷汗一滴滴向下落著，沒有膽子抬起頭來。我心中千百遍地在想：要是抬起頭來，鏡子中真的沒有自己，那怎麼辦？

我曾勸過時造，就算在鏡中看不到自己，那也只不過是一樁小事，對這個人的生活完全不發生影響，現在我才知道，難怪時造不肯接受，原來那全是旁觀者的風涼話，等到自己有了親身經歷，才知道那些話是多麼的空泛和不切實際。

我應該怎麼辦？我應該怎麼辦？如果鏡子中沒有了我，我應該怎麼辦？

我心中慌亂之極，喉際也不由自主發出了一些可怕的聲音，引起了江樓月的注意，他向浴室望過來，陡然發出了一聲驚呼：「你怎麼啦？不舒服？」

我被他的叫聲，驚得陡地震動了一下，在直起身子之前，轉了一個身，不敢面對鏡子。

急轉身的時候汗水飛灑。江樓月盯著我，神情駭然，不知說什麼才好。那一定是由於他自從認識我以來，從來也未曾見過我這樣驚駭的緣故。

我望著他，仍然在冒汗，江樓月一連叫了幾聲「天」，才道：「怎麼啦？你看見什麼啦？」

我喘著氣：「我……沒有看到什麼，真的沒看到——」

我的話才講到一半，就陡然住了口，同時，又震動了一下。

因爲這時，我回答江樓月的話，正是當日時造芳子在我的車旁，突然之間現出驚駭欲絕的神情時，我問她看到了什麼，她回答我的話一樣！

江樓月現出大惑不解的神情，這時，我已絕對可以肯定，時造芳子曾有一剎間在鏡中看不到她自己。

我是不是也有同樣的幸運呢？總不能一輩子背對著鏡子。

我猛地一咬牙，轉過身來，望向鏡子，我又大吃了一驚，鏡中有人在，可是那個人是我麼？

我看到的是一張死灰色的臉，佈滿了汗珠，面上的肌肉，不由自主，在作可怖的扭曲和跳動，我連忙吸了一口氣，伸手在臉上摸了一下。那一下，雖然令得汗水化了開來，使得我的視力，有短暫時間的模糊，但我卻可以肯定，鏡子中反映出來的那個人是我，只不過因爲極度的驚恐，所以才變成了這個鬼樣子。

剛才一剎那間，我以爲自己看不到自己，可能只是一時的錯覺。

我再度長長地吁了一口氣，拉下毛巾來，在臉上抹著，神情也迅速恢復了正常。

江樓月這時也來到了浴室的門口，大聲問道：「你究竟在搞什麼鬼？」

我並沒有回答。事實上，這時我心跳得極其劇烈，想起剛才那不到兩分鐘的時間內，我心中所感到的那種極度恐懼，真不能不佩服時造旨人，我只不過以爲看不到自己，已經這等模樣，而時造旨人卻是真正的看不到他自己，他居然能承受下來，那證明他是極其堅強。

江樓月一聲不響，只是跟著我打轉，一直跟著我到了機場，進了禁區，看來他希望我會改變主意。

和時造旨人有了接觸，整件事已有了一定的梗概，那麼怪異和那麼不可思議，再加上白素還在危境，受到日本全國警察的通緝，我怎能到美國去？

臨上飛機，和梁若水通了一個電話，梁若水道：「我已經和芳子見了面，她在見她的哥哥。不過有一件事，十分怪。」

我苦笑了一下，怪事似乎沒有什麼再可以增加的了。所以我問的時候，語氣也不是十分好奇：「什麼事？」

梁若水道：「時造提到的那些照片，你記得不記得？」

「當然記得，他說在尾杉的家中，發現了一間密室，全是各種各樣的儀器，他拍了照，還沒有來得及洗出來，就被迫離開了日本。」

梁若水道：「可是芳子說，當她去照相店，取回那些照片的時候，照相店的人給她的卻是一疊空白相紙。」

我呆了一呆：「什麼意思？」

梁若水道：「時造根本什麼都沒有拍到，那些他所謂可以拿來作爲證據的相片，實際上是一片空白，根本沒有他所說的密室、儀器。」

我聲音苦澀：「是……他的照相機出了毛病？」

我思緒一片混亂，所以找了一個最簡單的原因，梁若水悶哼一聲，顯出她對時造的不滿：「我看他的照相機沒有毛病，他的腦子才有毛病。」

我只好道：「那麼，你的意思是，白素他們取到手的，只是一疊空白的照片？」

梁若水道：「恐怕是這樣。」

我想了一想，才道：「那只好等我見到了白素再說。梁醫生，請你照顧一下旨人和芳子，張強的死，由某種力量造成。同樣的事，可以發生在任何人的身上。」

梁若水在聽了我的話之後，先是嘆了一聲，然後，聲音之中，充滿了無可奈何：「是，我們都需要好好照顧自己。如果你說的某種力量存在，那麼這個力量，真正擊中了人類最大的要害。」

在飛機上，我的思緒極亂，一直在胡思亂想，胡思亂想也有好處。突然之間，模模糊糊捕捉到一點想法，充實起來。

梁若水說：「他的腦子有毛病！」這雖然是一句氣話，但是也極可能是事實。真是時造旨人的腦子有毛病，尾杉的住所中，根本沒有什麼密室，他卻「看」到了，而且，還「看」到了密室之中有許多儀器。他當時，自然也真的用攝影機對準了他「看」到的東西拍攝。

人的腦子會產生幻象，使不存在的東西，在這個人的感覺上，認為存在——精神病院之中那個以為自己發現了新品種飛蛾的瘋子，是最好的例證——可是照相機根本沒有腦子，不會想，它只是一種簡單、根據光學原理而製成的機械。

對人的眼睛來說，有可以變成沒有，沒有可以變成有，有和沒有，取決於人腦部的活動。而對照相機來說，有就是有，沒有就是沒有，取決於事實。

照相機比人的眼睛可靠得多，根本沒有東西，它拍不出來。因為它只是簡單的機械，不像人的腦子那樣複雜！

幻，可以由心生，但是絕不會由照相機的鏡頭生。人的腦子會把虛幻當作真實，但是照相機卻不會。一想到這一點，雖然我未曾叫出聲，可是已經不由自主，雙手揮舞，興奮莫名。

許多不可解釋的事，都現出了光明。三個目擊證人看到白素「行兇」，那自然是他們的腦部活動發生了毛病。如果當時有一架電視攝影機，將所有的過程全部拍攝下來，當時發生的情形，一定和那三個目擊證人所「看」到的大不相同。本來，對於「白素」行兇一事，雖然我絕對不相信，但是總不免有點嘀咕和發毛，直到現在，我才完全釋然，雖然要向法庭解釋這一點還是十分困難，但那不是主要的事。

我極其興奮，我想，白素在看到了自時造住所中取到的照片一片空白，一定也想到了這一點。

然而，我在興奮之餘，又不免不寒而慄，因爲這樣一來，我假設的有某種力量，正在控制、干擾人腦部活動，可以肯定了。

這是多麼可怕的事！

我的臉色隨著心情的轉變而變換，一下紅一下青，兩個空中小姐可能以爲我在發病，商量了一下，其中一個走過來問：「先生，你是不是需要幫助？」

我沒有回答，在我身後，已響起了一個聲音：「他一點也不需要幫助，雖然他才從神經病院出來。」

一聽到那聲音，我呆了一呆，那聲音……對了，是來自維也納的那位陳島博士。我聽得他這樣說我，不禁有點惱怒。我先向不知所措的空中小姐作了一個手勢，表示我真的不需要幫助，然後才冷冷地道：「陳博士，你好。」

陳島就坐在我的後面，上機的時候，心事重重，所以未曾發現他。這個人的神態十分驕傲，我本來就對他就沒有什麼好感，所以在叫了他一聲之後，我又道：「你不是給了二十四小時的限期，一定要把你瘋子朋友帶走的麼？怎麼又到日本去？」

我的語氣，自然並不怎麼好聽，而且在說這些話的時候，我也沒有轉過身去。

陳島在我的身後，發出了兩下冷笑：「那是我的事，老實說，你們這些人，才是瘋子，我的朋友不是。」

他說話的語氣十分古怪，在「你們這些人」之間，頓了一頓。那種說話的方式，聽來很令人反感，我立時道：「是麼？和你的朋友同一類型，恭喜恭喜。」

我繞著彎，在罵他也是瘋子，他顯然也聽出來了，是以至少悶了半分鐘，說不出話來。我又「哈哈」笑了一下。我話聲才止，他已坐到身邊的空位來了。我轉頭向他看去，看到他的神情，十分冷峻，有著一種不可一世的傲岸。這種神情，使人看來像是他自己極了不起。

我一看他準備開口，連忙把話搶在前頭：「陳博士，我看你還是多去研究毛蟲，少理會人的事情，比較好些。」

我知道他是一個什麼蛾類研究所的主持人，所以才故意用輕視的語氣，叫他去研究毛蟲，這兩句話，對他來說，可以說相當侮辱，準備他聽了之後，立時勃然大怒。

誰知道，他先是一怔，隨即哈哈大笑，他的笑聲，表示他真的感到事情有可笑之處，並不是在做作。

我呆了一呆，不知道我的話有什麼好笑。他的笑聲引得機艙中所有的人都向他望了過來。連一個正在上樓的空中小姐，也忍不住回過來望著他。

陳島笑了足有一分鐘，才停了下來，我瞪著他，他在大笑之後，還有點忍不住，依然滿面笑容。他吸了一口氣：「你以爲人很高級，毛蟲很低級？」

我悶哼了一聲：「有什麼不對？」

陳島向後躺了躺，樣子十分優閒：「當然不對，毛蟲會變成蛾，而蛾互通消息的本事，就比人高明。」

第九部：人類歷史上早已發生過的事

關於有幾種飛蛾，可以在遠距離互通信息，我當然也知道，陳島想用這一點來證明蛾比人高級，那還難不倒我。

我冷冷地道：「那只不過是昆蟲的一項本能，不能證明昆蟲是高級生物。」

陳島忽然嘆了一口氣：「你這個人倒很趣。」

我有點啼笑皆非：「任何人，在把自己和蛾作比較的時候，都不會認為自己比蛾低級。」

陳島現出了一個看來很神秘的笑容：「所以，這才是人的悲哀，要是人肯承認自己不如蛾，那倒好了。你可知道，蛾在遠距離傳遞信息時，由它生物體所發出來的微波，何等精妙？」

我感到話題變得很乏味，沒有興趣再說下去，所以很冷淡地道：「不知道。」

陳島卻還在說下去：「這種微波，我已經捕捉到了，可是它屬於什麼性質，我還不知道。不過，所有由生物體的活動所發出來的能量波，基本上都大同小異，人腦活動，也能產生同樣的能量，可是，你能知道我現在在想些什麼嗎？」

他忽然把話題轉到人腦活動，那不禁令我怔了一怔，我也正在思考這個問題，他是這方面的專家，或者可以給我一點啓發。

所以，我對他的態度好了許多，搖著頭：「當然不知道。有可能知道嗎？」

陳島的神情變得嚴肅起來：「有可能，理論上來說，可能。」

我對他的回答表示不滿：「理論上。」

陳島立時道：「理論上可以成立的事，就可以通過研究來逐步變成事實！」

我斜眼看著他：「你的理論是什麼？」

陳島並沒有立即回答，想了一想才道：「人腦的活動，會產生一種訊息——事實上，任何生物的活動，都會產生各種不同的訊息，甚至一片樹葉在舒展，也會有訊息。」

我揚了揚眉，沒有反駁。

陳島又道：「這種由人腦活動產生的訊息，有一些科學家稱之爲腦電波，其實這很不正確——」

我反駁道：「為什麼？儀器可以記錄下腦部活動所產生的生物電各種波形，那叫腦電圖。」

陳島用一種十分不屑的眼光望著我：「你能根據腦電圖，測知這個人在想什麼嗎？」

我張大了口，說不出話來。陳島搖著頭：「生物電是一回事，能夠表示思想的訊息，又是另一回事。任何訊息都可以在特定的儀器上顯示出波形來，可是訊息是千變萬化！」

他越說越專門了，我道：「還是再說你的理論。」

陳島道：「第一，肯定了人腦的活動，有產生信息的功能，那麼，只要這種信息被接收，再經過分析復原，就可以知道這種信息代表什麼。」

我有點想嗤之以鼻，說說，太容易了，接收信息，怎麼接收法？

陳島看出了我的心意：「在收音機還未曾發明之前，人類也無法想像，可以通過一些裝置，把來無影去無蹤的無線電波捕捉到，令之還原成為聲音，還可以進一步令之還原成為形象。」

他又說了一番我無法反駁的話，我只好道：「你的意思是，如果有一種裝置，可以接收人腦活動所產生的信息，並且將之還原，遠距離思想交流，就變成可能？」

陳島擺出一副「孺子可教」的神氣來：「這只是初步設想，事實上，人腦不但有產生信息的功能，也有接受信息的功能。」

我吞嚥了一口口水，陳島繼續道：「連某種昆蟲都有這種能力，人怎麼會沒有？我相信人腦有這種功能，但是卻不懂得如何運用。」我的語聲有點結結巴巴：「如果……人腦有這種功能，那麼……就可以知道別人在想什麼了。」

陳島道：「是啊，那時候，人類互相交通，不必通過語言。語言會被淘汰。人可以在思想上直接交流。」

我「哦」地一聲，陳島的理論，的確是可以成立。陳島忽然又笑了起來：「真到了那一天，有許多人一定無法再生存。能生存下來的，是另一種人，完全和如今生活在地球上的人不同。」

我有點惘然：「為什麼？」

陳島道：「你想想看，那時沒有謊言，沒有虛假，沒有欺騙，沒有隱瞞，這些全是人類生存了多少年來所用的生存技倆，一旦沒有了，原來的人怎麼再能生活下去？非出現一種新人類不可。」

我想想人的生活方式，也覺得十分可笑，但是我隨即嘆了一聲：「怕只怕只有少數人有了這種能力，而絕大多數人都沒有。」

陳島的臉色忽然變了一下，轉過頭來，望著我。他這種反應十分奇特，我不知道他心中在想些什麼，只是重複了一句：「你不覺得這種情形很可怕？」

陳島並不回答我的問題，只是道：「聽說你是一個十分傳奇的人物？」

我聳肩：「本來不能算是，但是大家都這麼說，久而久之，我也不敢妄自菲薄。」

陳島忽然自言自語了一句：「不可能，你不可能知道什麼的。」

我還不知道他這樣說是什麼意思間，他已經提高了聲音：「無論怎樣，如果可能，我很希望你到我的研究所來一次，那裡有些事，你一定會有興趣。」

的確，聽得他這樣講，我很有興趣，尤其我曾在那家精神病院中，聽他提起過他的研究，已經有了成績。但是在最近，我實在無法到維也納去，所以我道：「真遺憾，我在日本有重要的事。請問，你到日本去，有什麼特別的事?」

我只不過是順口問一問，可是陳島的回答，卻令我大吃一驚，大致世界實在太小!他答道：「我去看一個中學同學，聽說他已成了日本著名的棋手，他的名字是尾杉三郎。」

尾杉三郎?我真的呆住了?怎麼有那麼巧法?我忙道：「你和他約好了?」

陳島道：「沒有，他十分出名，我有他的地址。」

我十分小心地措詞：「這位尾杉先生是圍棋的九段。聽說，他致勝的原因，是由於他知道對手的心中在想些什麼。」

陳島揮了揮手：「剛才我所說的，還只是理論上的事。」

我盯著他：「既然你認爲人腦應該有直接接收信息的功能，是不是有什麼特異的人，這種功能特別強，實際上可以做到這一點?」

陳島想了一想：「也許有人能，不過我還沒有發現這種例子。要是尾杉有這個本領，那真是太有趣了。我在幾年前，曾和他講過這種理論，當時他在棋壇上還只有一點小名氣，他曾說，要是他能知道對方的心意，那就可以百戰百勝。」

我聽得暗暗吃驚：「你告訴他如何可以發揮這種能力的方法？」

話一出口，不禁啞然失笑，陳島自然不可能告訴他什麼，因爲他只不過在理論上確定了這一點。

陳島跟著我笑了一下，我試探著問：「你要我到你的研究所去看什麼？」

陳島又想了一想，才道：「看看生物發射信息和接受訊息的能力。」

我一時之間不明白他這樣說是什麼意思，猜想一定十分複雜，所以我沒有再問下去，只是道：「你要找的人惹了點麻煩。」

陳島揚一揚眉：「在棋賽中輸了？」

我搖搖頭，把尾杉的事，約略和他說了一遍，我不知道尾杉在什麼地方，只好說他還在精神病院。陳島聽了我的敘述，現出十分奇怪的神色來：「怎麼一回事，有那麼多人精神失常。」

我嘆了一聲：「像你那位自稱發現了新品種的飛蛾的朋友，或許是現在生活太緊張了，會使人的精神變得不正常。」

陳島托著下顎，沉思著，不出聲。我本來對他的印象不是太好，但經過交談，覺得他是一個典型的、執著的科學家。

陳島沉思了片刻：「他不是神經失常，不是瘋子。」

我道：「那麼，你的意思是，他真的發現了一隻新品種的蛾？」

陳島道：「對他來說，是的。」

我皺著眉，因爲他的話，不太容易瞭解。陳島做著手勢，加強他講話的語氣：「我剛才提到信息或訊號，如果他的腦子，接受到了一個信息，那信息告訴他，在他的手裡有一隻蛾，他就會真正地看到一隻蛾，感到有一隻蛾。」

我「啊」地一聲，陳島的這個說法，和我與梁若水的設想完全一樣，不過他說得更加具體。

我挪動了一下身子：「你說得很明白了，但是一般來說，腦接受了不應該接受的訊號，這總是不正常的事吧。」

陳島嘆了一聲：「是啊，所以他就被人當成了是瘋子。」

我再把身子挪得離他近了些：「人的腦部，接受了訊號之後，就可以使這個人把不存在的事，當作是真實的存在？」

陳島點頭，我又道：「能不能把存在的變作不存在？」

陳島道：「那是一樣的道理。」

我再道：「也可以把白的變成黑的，可以把一個坐著不動的，當作他是在推人下樓？」

陳島道：「當然可以，你舉的例子很怪，怎麼會忽然想到推人下樓？」

我呆了片刻，才道：「這相當可怕，要是有人掌握了一種力量，可以強迫他人的腦子接收他發出的訊號，那麼，他豈不是可以……支使他人去做任何事？」

陳島聽得我這樣說，側著頭，以一種十分奇特的目光望著我，我道：「沒有這個可能？」

陳島道：「不是，我只是懷疑你如何會把這種早已發生的事，當作未來會發生的事。」

我吃了一驚：「早已發生的事？這種事……早已發生了？」

陳島點頭道：「當然是，你看看人類的歷史，就可以明白。有人聲稱他自己授命於天，他就是天子，有權奴役他人，別人也就接受了他這種訊號，真的把他當成是天的兒子。」

我聽得他這樣解釋，不禁呆了。

陳島的話是多麼簡單，但是又多麼有道理。

哪有什麼人會是天的兒子，但是這個人只要有方法，向他人的腦子輸出信息，說他是的，虛假的事，也就變成真的了。

這種事，人類歷史上實在太多，德國納粹黨的宣傳家戈培爾，早已把這種事，用一句話來具體化：謊話說上一千遍，就會變成真理。

不斷地把謊言、把虛假的訊息向群眾輸出，群眾就會接受，把謊言當作真理。

訊號可以令得上千萬、上萬萬的人，變成瘋狂，也可以使上萬萬的人，把虛假的事，相信是真的。

這種事，在人類歷史上不知曾發生過多少次，還一直會發生下去！

我深深地吸了一口氣，為人類腦子那麼容易接受訊號而產生幻覺悲哀。陳島緩緩道：「當然，那些訊號，是通過了語言、文字來使人接受到的，直接的訊號接收，只怕還得研究。」

我問：「你的意見，你那位朋友感到真有一隻蛾在他前面的訊號，是由哪裡來的？」

陳島遲疑了一下：「我不知道——」

他頓了一頓，現出十分悲哀的神情，重複了一下：「我不知道。」

我在他的神情和語氣上，看出了一個科學家窮年累月研究，仍然對自己研究的項目所知極少的那種悲哀。

我有點同情他，伸手在他的肩頭上輕拍了一下，他也接受了我的同情，向我苦澀地笑：「無論如何，我希望你到研究所來看看。」

他一再邀請我去他的研究所，那使我想到，在他的研究所之中，一定有著什麼特異的東西或是現象，要去到那裡才能明白的。我不知道自己什麼時候可以抽空去他的研究所，但是我還是答應了下來：「好，我一定會去。」

陳島吸了一口氣：「還有一件事，那位梁醫生十分固執，不肯讓病人出院——」

我「嗯」地一聲，想起他在精神病院中發脾氣的一幕：「你要我向梁醫生去疏通一下？」

陳島現出尷尬的神色來。我道：「她十分盡責，而且十分堅強，你要她改變主意，通過他人去說項是沒有用的，你必須把真正的理由告訴她，那麼她不但會答應你的要求，而且，還會盡她的力量幫助你。」

陳島靜靜地聽我說著。等我說完，他才現出恍然大悟的神情來，伸手在自己的頭上，打了一下，說道：「真的，我怎麼沒有想到！」

接著，他就皺著眉，沉思著，顯然是在想如何才能說服梁若水。

我先讓他想了一回，才道：「你不妨把你想到的理由講給我聽，看看是不是有用。」

陳島又想了一會，才道：「我的理由很簡單，老洪覺得他掌心中有一隻蛾，由於他的腦部接收到了那個信息，我要把他帶回研究所去，分析他腦部所接收的種種信號。」

我吃了一驚：「那要……經過手術？」

陳島先是怔了一怔，然後忍不住笑了起來：「當然不用把他的腦部剖開來，只需要通過儀器的記錄就可以。」

我吸了一口氣：「如果你早把這一切告訴梁醫生，你那位姓洪的朋友已經出院了。」

陳島苦笑了一下：「你知道，我一直致力於科學研究，對於處理人際關係，不是十分有經驗。」

我本來想告訴他一些什麼「待人以誠」的話，但是繼而一想，人與人之間的關係，實在太複雜，根本講不明白。也許，真要到了有一天，人和人之間的溝通，不必通過語言和文字，直接由思想進行，才會有真誠的人際關係，沒有謊言，無法隱瞞，無法做作。

接下來的時間之中，我們又閒談了一些無關緊要的事。陳島的學識異常豐富，他甚至告訴了我，他的母親，是一個著名的女高音歌唱家。

我和他越談越投機，到了快到東京時，我忍不住告訴他：「你要去找的尾杉三郎，是一個很不簡單的人，你可能找不到他。」

陳島望著我，不知道我這樣說是什麼意思。我無法把事件事從頭到尾向他說一遍，只好又道：「他牽涉在一件十分神秘的事件中，報上說他在精神病院，可是他其實並不在。有人正要找他。在事件之中，已有人神秘死亡。」

陳島的神情更是惘然不解。我也知道，我這樣說，只有令得他越來越糊塗。

我想了一想，又道：「你一定會有明白詳細經過的時候——我自己心緒也很亂。或許你在見到了梁醫生之後，向她問一問，她會詳細告訴你。總之，你到了日本，只要找不到尾杉，你就回去找梁醫生。」

這一番話，雖然一樣令得聽到的人滿腹疑團，但至少可以聽得明白。陳島考慮了一下，點頭答應。

我又道：「我到日本後，連我自己也不知道會發生什麼事，所以無法和你在一起，我會和你、和梁醫生保持聯絡。」

空中小姐走過來，要我們扣上安全帶。陳島一面扣上帶子，一面望著我，忽然說了一句對我的批評：「你真是一個怪人。」

我只好苦笑，我何嘗是一個怪人？世上怪異的事情如此之多，根本是事情太怪，並不是我這個人怪。

和陳島一起下機，通過移民局檢查，出了海關，他消失在人叢中，我一出機場，就上了一輛計程車，吩咐司機，駛向東京鐵塔。

從機場到東京鐵塔，相當遙遠，行車要超過一小時。我把事情歸納了一下。唯一能使我感到高興的是，白素被認爲是「兇手」，我有了解釋。雖然這種解釋，不能爲世人所接納，但是我可以，白素也可以，這就夠了。

車子在鐵塔前停下，我匆匆下車，穿過了停著的幾輛大旅遊客車，甚至粗魯地推開了幾個遊人，奔進鐵塔去。

升降機前排隊的人很多，我從樓梯直奔上去，奔到了白素在留言中所說的那一層，深深吸了幾口氣。

那一層，有不少賣紀念品的攤子，我看到其中一個攤子由一個扁圓臉孔的少女在主持，我向她走了過去，問：「爾子小姐？」

那少女向我望來，她還未曾回答，在她的身後，有一個中年日本婦女，本來正彎著身在整理雜物，這時陡然挺直身子。

她雖然背著我，但是就憑她這一下動作，我已經認出她是白素！

直到這時候，那扁圓面孔的少女才道：「是啊，先生，有什麼事？」

我忍不住「呵呵」笑了起來：「爾子小姐，沒有你的事了。」

這時，白素也轉過身來，我真沒有法子不佩服她，她染白了頭髮，有著精妙的化裝，看起來十足是一個普通的中年日本婦女。這樣的形象，走在馬路上，絕不會有人加以特別注意。她不但化裝精妙，而且神態也十足，只是當她轉過身，向我望來，再精妙的化裝，也掩不住她看到了我之後內心的那種極度的喜悅。

爾子望了望我，又望了望白素，神情有點訝異，白素在她耳邊低語了幾句，爾子點了點頭，白素已從攤子後面，繞了出來，來到我的身邊。我和她自從那天晚上分開之後，直到現在才又見面，而在分開的那段日子之中，又發生了那麼多不可思議的事，真不知道有多少話要對她講。

所以，她一來到我身邊，我馬上伸手去握她的手。但白素卻立時縮了縮手道：「跟著我，保持距離。」

我四面看了一下，絕沒有人注意我們，我道：「你扮得那麼妙，誰能認得你。」

白素瞪了我一眼：「可是你卻是個目標。」

我苦笑了一下，知道白素的話有理，但是有一句話，我還是非立即講給她聽不可，我眼望著他處：「關於那三個目擊你行兇的證人，我已知道他們為要這樣說。」

對我那麼重要的一句話，白素竟然像是全然沒有興趣，只是向前走去，我忙跟在她後面，同時記著她的話：「保持距離。」

對我這種性子急的人來說，接下來的大半小時，真是難過之至。

我跟著白素，擠上了地下鐵路的車卡，又跟著她下了車，在人頭洶湧的地下鐵路中走了出來，走了大約十分鐘，才來到了一條相當僻靜的街道上，跟著她上了樓，進了一個居住單位。我拉住了她的手，白素嘆了一聲：「你終於來了。」

我感到委屈，叫了起來：「我不是第一次來，我上次想劫持精神病院的院長，把你救出去。」

白素輕輕在我身上靠了一下：「這裡是爾子的住所，她是時造芳子最好的朋友。」

我摟住了她，迫不及待地把我所想到的，我和梁若水的見解，加上陳島的理論，一口氣講了出來。我講得十分急，而且凌亂，我相信我的這番敘述，世上除了白素之外，沒有人可以聽得懂。

白素用心聽著，我說到一半，她輕輕推著我坐下，她坐在我對面，我仍然緊握著她的手。這番相遇，劫後重逢，令得我感到十分緊張。

等到我的話告了一個段落，白素才道：「是的，和我的設想一樣，不過你的說法更具體。」

我忙道：「我一直不相信那三個證人的鬼話。」

白素沉思著：「那三個證人並不是說謊，我相信他們真的看到我推人下樓。」

我明白白素的意思，但是我仍然忍不住問：「當時你在——」

白素緩緩地搖了搖頭，現出了很難過的神情：「當時我只是坐著，一動也沒有動，張強忽然跳了起來，衝向窗口撞破了玻璃，跳了下去，等我定過神來，發現房間中有酒店人員在，我不知道發生了什麼事，但是我知道，在這樣的情形下，最好立即離去。」

我吸了一口氣，問了一個關鍵性的問題：「是什麼導致張強發生意外的？」

白素並沒有立時回答，只蹙著眉在想，過了兩三分鐘，白素才道：「那天晚上，張強來找我，你對他一點興趣也沒有——」

我感到很難過：「是的，那是我不好，不然的話，他可能不會——」

白素搖著頭道：「不，我相信結果一樣。」

我苦笑了一下：「你們在日本大部分過程我已經知道，張強來找你是爲了什麼，我也知道了。你在車中向我做的那個手勢，我直到見了時造旨人之後才明白。」

白素瞪了一下：「早知道你那麼笨，我會不顧一切停下車來告訴你。」

我分辯道：「這怎能怪我笨？一個人在鏡子中看不到自己，這種事，就算你說了，我也不容易明白。」

白素沒有再說下去，只是道：「我們一到，就到時造的家去，以爲芳子在。但芳子去看她的哥哥，於是我們就偷進了他的屋子，找到了那疊相片，那是完全空白的相片，當時，我們的心中，真是疑惑極了。時造向張強詳細說過他進入尾杉住所的情形，怎麼最重要的相片會是一片空白呢？」

白素敘述著當時的經過，我緊張聽著。

在時造旨人的小房間中，張強大聲說：「不是這一疊，我們再找。」

白素打開了和相片放在一起的，一張折起的紙：「你看看，這是芳子寫的：『哥哥說這些相片十分重要，可是連底片拿回來了，沖洗店說絕對不可能弄錯，相片只是一片空白。唉，哥哥的精神有點恍惚，難道他失去了記憶？』」

白素道：「這就是時造所說的相片，不用再找了。」

張強極度懊喪：「難怪衛先生連聽都不肯聽我說，我竟然相信了一個瘋子的話，真要命。」

白素卻和張強的想法不一樣：「張先生，你是無緣無故相信了一個瘋子的話？」

張強苦笑了一下：「當然不是無緣無故，可是……可是你看看，這些相片，什麼一屋子的精密儀器，什麼這些儀器令得尾杉可以知道他人的思想，全是一片胡言。」

白素沉聲道：「時造在鏡中看不到自己，那表示有些存在的東西在他的眼中消失。反過來說不存在的東西，也就有可能在他的眼中出現。」

（白素一下子就想到了這個可能，她思路比我敏銳快捷多了。）

張強仍在憤然：「那又怎樣？尾杉的屋子中，實際上根本沒有什麼儀器。」

白素道：「是的，但是這豈不是更證明了，有一種力量可以使他人產生錯覺。」

張強吸了一口氣，語意也平靜了許多：「在如今這樣的情形下，我是一個醫生，以醫生的立場來說，我只承認那是病者個人的一種病變，而不是什麼外來力量的影響。」

白素道：「也許是，但是無論如何，總要到尾杉的住所去看一看。」

白素和張強，離開了時造的住所，他們決定先回酒店一下，因爲白素覺得她走得很突然，她又知道我粗心大意，說不定會忘了開啓電話錄音機（果然是這樣），所以她要和我聯絡。

他們進入酒店大堂，是淩晨一時左右，酒店職員對警方的陳述是：「他們兩人才走進酒店大堂，那位女士就像是想起了什麼重要的事情，又匆匆轉身走了出去。」

「那位男士的神情看來十分興奮，一個人上了樓。」接下來的陳述有關白素的就是：「一直到清晨六時四十三分左右，才看到她又走進酒店，她手中提著一隻方形的紙盒。」

白素想到了什麼，才急急離去的？在她離去的這段時間——從淩晨一時到清晨六時四十分，這一段時間內，她幹了什麼？

白素和張強在回酒店途中，交換了不少意見，張強堅持要和白素一起到尾杉住所去，白素也沒有反對。在計程車快到酒店時，白素突然想起，尾杉三郎在精神病院中。

一個人如果掌握了能夠知道他人思想的力量，這個人怎麼會得精神病？這實在是一個極大的疑點，可是從他居然想要扼死時造旨人的行動來看，他又的確像是一個瘋子。

白素把一點疑問，提了出來。

張強立時道：「一個人要裝病，十分困難，例如急性腸炎，就無法假裝，因爲生理上的症狀，假裝不出，但是心理上的症狀、行爲上的症狀，就十分容易假裝，所以裝成自己是一個精神病患者，很容易，再精密的檢查，也難以發現真相。」

白素揚眉：「尾杉如果假裝瘋子，對他有什麼好處？」

張強悶哼了一聲：「也許更容易掩飾真相。」

說到這時候，車子已經到了酒店門口，一面下車，白素已經想到了她要做的事，她對張強說：「這樣說來，尾杉進入精神病院，只是一種掩飾，進入尾杉的住所，就十分危險。」

張強愕然，他明白了白素的意思：「如果說危險，兩個人去豈不更好？」

白素笑道：「你沒有這種行動的經驗，我反倒要照顧你，這樣，你——」

他們說著，已經進入大堂。在淩晨一時的時候，酒店大堂中已十分靜，值班的職員看到有人走進來，會自然而然地把目光都集中在來人的身上。所以，白素把聲音壓低，而且講得極快：「你不必去了，你去打電話通知衛先生，請他立即趕來，我去尾杉的住所看一看。」

張強對我倒一直很有信心，一聽說白素要他打電話叫我來，他就十分興奮。於是，白素就轉身走出酒店去，張強一個人上了樓。值夜的酒店職員看到的情形，就是那樣，他們也如實的告訴了警方。

奇怪的是，張強應該一上樓，立刻打電話給我。日本大酒店房間，都有國際直撥長途電話。

那天晚上，我在家裡，等候白素和我聯絡，心中焦急萬分。可是我並沒有接到任何電話。

張強爲什麼不打電話給我？他忘記了？

當然是他一上樓，進了房間，就有意料不到的事情發生，使他不能打電話給我。

然而那又是什麼意外呢？

白素離開了酒店，召了一輛計程車，來到了尾杉住所的附近下車。

白素看到了那座日本傳統式建築物，她先繞著圍牆，轉了一轉。夜已很深，四周極靜，向圍牆內望進去，黑沉沉地！一點光也沒有。

白素輕而易舉翻過圍牆，整座房子中顯然一個人也沒有，她先走進了一個客廳，然後，照著時造的敘述，來到了那個所謂密室的暗門之前。

本來，看到了那一疊相片是空白的，白素以爲尾杉的住所之中，根本沒有什麼密室，一切都不過是時造自己以爲有而已。

所以，當她看到了真有暗門，而且暗門應手推開，心中十分訝異：時造旨人並沒是全是幻覺，至少到目前爲止，一切全是實在的。

任何人在這樣的情形下，都一定是這樣想的。白素稍爲有點不同，她同時也想到：是不是自己也和時造一樣，進入了一個虛幻境地，把不存在的事，當作是一種存在？

不過她雖然想到了這一點，也無法去分辨那暗門是不是真實的存在，因爲她的確已推開了那暗門，而且，看到暗門之內，是一間密室。眼前一片漆黑，密室中有點什麼，根本無法知道。白素先不進去，只是側著身子，靠在門口，然後，她用一隻小電筒，向裡面照了一下。

就著小電筒發出的光芒，向密室中看去，她也不禁呆了一呆。

密室比時造形容的更大，當然那應該大些，因爲時造說，密室的四壁，全是各種儀器——他甚至還記得這種儀器的樣子，去問過別人那是什麼——但這時白素看得清清楚楚，密室是空的，什麼也沒有。

白素走了進去，那的確是一間密室，有著一種久被封閉的特殊氣味，什麼也沒有。可以想像，如果有人在這樣的密室之中，對著牆來拍照，那麼照片洗出來之後，當然是一片空白。

白素在這間全無一物的密室中，停留了大約半小時之久，仔細地在地板上、牆上檢查，看看是不是還有其他暗門。

結果是完全沒有，那只是一間空的密室。白素發現這間密室，有上佳的隔音設備，牆上鋪著相當厚、中間有孔的軟塑膠隔音板，連地板也不例外。

白素站在密室的中間，她在想：一個人關在這樣隔音設備完善的密室中，一定可以清楚地聽到自己的心跳聲。

白素當時的設想是：尾杉是一個棋手，他有需要在寂靜中靜思。那麼，密室看來雖然怪，也可以解釋。

白素準備轉身走出密室，忽然聽到有腳步聲傳來。

她可以肯定是兩個人的腳步聲。

白素甚至於可以進一步肯定，那兩個人不是日本人。日本人習慣上，在門外就會把鞋子脫掉，而那種腳步聲，分明是穿著鞋子走在地板上的聲音。

白素怔呆了十秒鐘，那可以說明突如其來的腳步聲給她的震驚如何之甚。她定過神來，腳步聲已近了很多。看來，兩個人，正向著密室來。白素閃到了密室的門邊，已經想好了三種應付的方法。這時，她完全鎮定下來。腳步聲越來越近，大約到了離開她只有三四尺處。

白素聽得一個人在說話：「你看，我早就跟你說過，他不會在精神病院。」

另一個人的聲音比較低沉，但這時他的聲音在說話：「尾杉，你在鬧什麼鬼？」

白素屏住了氣息，不出聲。那兩個人的英語，都有著濃重的歐洲大陸口音。來的兩個人是尾杉的朋友，歐洲人，白素只能知道這兩點。

這兩個人一面說話，一面仍向前走，已經到了密室的門口。

由於實在太黑暗，白素一點也看不清楚兩人的樣子，只是可以看到極其模糊的兩個人影，看來兩個人的身形都相當高大。

這種「看到」的情形，其實不如說是「感到」有兩個人來到了身前更恰當。

那兩個人顯然也感到有人就在近前，一個問：「尾杉，是你麼？」

在這樣的情形下，白素無法再不出聲了，她壓低了喉嚨，發出了一個含糊不清的回答。那個人「哼」地一聲：「你越來越神秘了，這是你要的東西，我們帶來了。」

當那人這樣說的時候，白素感到那人將一樣東西，放到了地上。另一個人道：

「尾杉，你不斷要這種資料，究竟有什麼用？」

白素又壓低了喉嚨，含糊地應了一聲，那兩個人一起發出一種不滿意的聲音，一個道：「希望你仍和上幾次一樣，迅速履行你的諾言。」

白素的心中，迅速地轉著念：這兩個歐洲人，是送一些什麼資料來給尾杉的，而且尾杉也答應不知用什麼條件去交換這種資料。

至於尾杉要了這種資料來作什麼用途，連送資料來的兩個人都不知道。

白素緩緩吸了一口氣，學足了日本人講英語的那種腔調：「當然，你們放心好了。」

那兩個人停了一下，在感覺上，他們像是已經轉過了身去，向外走去，他們的腳步聲，在漸漸遠去。

她按亮了小電筒，看到一個紙袋，放在地上。拾了起來，袋中好像放著一盒盒式錄音帶。

白素先把紙袋收好，也來不及打開來看裡面究竟是什麼，就忙跟了出去。

她來到大堂中，看到那兩個人，正從花園中走向門口，花園的門半開著。

白素不禁苦笑了一下，她沒有想到門根本沒鎖著，而她剛才是跳牆進來的。

一等那兩個人出了花園，白素立時飛快地奔到門口，看到那兩人在門口站著。這時候，白素可以看清楚那兩個人的相貌，兩上人都約莫三十上下年紀，是普通的歐洲人。

他們站在門口，看樣子是在等計程車，可是等了一會，並沒有車子經過。他們低聲商議了幾句，就向外走了開去，白素跟在兩人的後面。

街道上十分寂靜，偶然有計程車經過，全是載著搭客的，白素已經有了對付這兩個人的辦法，她加快了腳步，在那兩個人的身邊經過，裝出看起來像是喝醉了酒。那兩個人以後的一切行動，全都在白素的意料之中，一個先用蹩腳的日語，向白素打了一個招呼，在凌晨時分，他用的是「日安」。

白素的身子歪了一歪，那兩人急忙地來扶白素，一個道：「你說英語嗎？要不要幫助？」

兩個人搶著來扶白素，倒令白素省了一番手腳，在不到五秒鐘的時間內，白素已經把兩隻皮夾，取在手中，同時把兩個人推開，仍然腳步踉蹌地向前走，那兩個人一面叫著，一面追了過來。

不過，他們大失所望，因為一轉過了街角，就找不到白素。自然，當他們發覺自己的皮夾不見時的狼狽相，白素也看不到。

白素轉到了離尾杉住所附近的一個街角，到了街燈下，打開那兩個人的皮包來，找出了兩個人的身分證明文件，那兩個人從奧地利來，他們的身分是：安普蛾類研究所的研究員。

一聽得白素說到這裡，那兩個人的身分，是維也納安普蛾類研究所的研究員，我整個人直跳了起來，發出了一下怪叫聲。

白素揚了揚眉：「很奇怪，也很湊巧，是不是？」

我呆了片刻，重新又坐了下來，瞪著白素：「我真佩服你，剛才我向你提到過陳島，也提及他是安普蛾類研究所的主持人，你竟然一點也沒有訝異的神情，也不打斷我的話，告訴我你曾遇到過兩個研究所的人。」

白素笑了一下：「我有過訝異的神情，不過你沒有注意，我當然不會打斷你的話，你的敘述，已經夠凌亂了，我如果一打斷，一插言，就算你再說得下去，我也無法聽得明白。」

我給白素說得啼笑皆非。白素道：「這個什麼蛾類研究所的名字，我從來也不曾聽說過，我猜想那一定是他們作掩飾用的，一直到我聽你提到了陳島，才知道他們真是研究蛾類的生物學家。」

我忍不住問：「他們給尾杉的是什麼資料？」

我在問了一下之後，搖著頭：「尾杉是一個棋手，和蛾類研究所的人，會發生什麼關係。」

白素道：「當然可能有，那個研究所的主持人陳島，不是專程到日本看尾杉嗎？」

我搔著頭：「我相信他們純粹是私人友誼的關係。」

白素對我的話，沒有表示意見，只是道：「我檢查了那兩個人的皮夾中所有的東西——」

第十部：一具怪異的儀器

白素順手把皮包拋在地上，她知道日本人很有拾遺不貪的習慣，拾到了之後，會交給警方去處理。她心中這時很有點後悔，因爲她根本不相信這兩個人真是什麼蛾類研究所的人。

她覺得自己應該繼續跟蹤下去，瞭解這兩個人的真正身分才是。於是她又追上去，可是一直追到剛才的街道，又在附近找了好久，花了大半小時的時間，也沒有再看到那兩個人。他們顯然是截到計程車離去了。

白素感到相當懊喪，恰好有一輛空的計程車經過，白素決定回尾杉家去看看，所以她上了車。在車中，她取出了那兩個紙袋來打開，紙袋裡面的，並不是她想像中的盒式錄音帶，但是也相當接近。

說「相當接近」，是因爲白素一看，就可以看出，那是一卷磁帶，可是卻有著特別的裝裹方法，外殼是十分堅固的金屬盒，比普通的盒式錄音帶來得扁，比較大一些。

磁帶用來記錄信號，一定要有一種特定的儀器，才能使磁帶上的信號還原。白素相信那儀器，一定在尾杉的家中。

反正尾杉的家裡沒有人，她倒很有信心把那個儀器找出來。

車子到了附近，白素下了車，這一次，她從正門推門進去，從大堂開始尋找起。照她的推測，那兩個人鬼頭鬼腦，深宵送「資料」來，那份「資料」，尾杉一定十分重視。從「資料」的形狀來看，那很像是一具種型電腦的軟件，小型電腦再小，也有一定的體積，應該不會很難找。

可是，白素雖然在尾杉的書房中，發現了一具小型電腦，卻發覺那兩個人拿來的資料，全然不適用，在書房中，白素花去了不少時間，一無所獲，她又搜尋其他的地方。

時間迅速地過去，已經是凌晨五時了，白素仍然一無所獲。雖然她沉得住氣，這時也未免有點焦急，幾乎想放棄了，因爲那卷資料既然在她手中，一定可以有辦法令該帶上的訊號顯示出來的。

就在她準備離去，經過大堂之際，她忽然看到，大堂的一邊是一列架子，架子上所放著的，全是高級的音響器材、唱片和錄音帶。

有一個時期，白素和我，都沉迷於音響，也有著相當程度的音響器材的知識，叫得出各種各樣古怪器材的名稱和用途。

白素在一瞥之下，停了下來，因爲她看到，在一架十段等化器之旁，有一樣東西，她不認識。那當然是一種儀器，有著十公分地螢幕，看來像是一具示波器。但是卻又有著可以放進盒式錄音帶的裝置。

白素走過去，把手中的那盒資料，湊了一湊，恰好可以放進去。

白素的心中不禁暗罵尾杉狡滑，尾杉故意把十分重要的東西，放在當眼處，和同類的器材放在一起，那的確可騙到人。

白素放進了那金屬盒，略爲觀察了一下，發現有一副耳筒，聯結著那具儀器，她開啓了電源掣，感到十分興奮，尾杉獲得的，究竟是什麼資料，看來可以有答案。

那儀器上有許多掣鈕，有的標明用途，例如電源開關、磁帶運轉的方向。停止、微伏的調整等等。但是還有許多掣，卻並沒標明用途。

白素先令磁帶運動，不一會，在螢光屏上，就出現了許多看來是全然沒意義的、雜亂無章的閃動的線條。

白素又將耳筒帶上，希望可以聽到一些聲音，可是卻什麼也聽不到，她又隨意按動幾個用途不明的掣鈕，結果仍是一樣。

在這具儀器之前，白素不知不覺，又花了將近一小時，這時天已開始亮了。

白素心想，天亮了，要是有人發覺尾杉的住所之中有人，那可不容易解釋，而且張強也可能等得很急，不如把東西拿回去，慢慢研究。

白素只花了幾分鐘時間，就把那具儀器，自架上搬了下來，連著那副耳筒——這時她也發現，那副耳筒的構造，十分特別，與普通的音響用的耳筒，大不相同。

白素隨便找了一個紙盒，把那具儀器放了進去，事情很順利，並沒有給人發覺她自尾杉的家中搬走了一樣東西。在街口叫了計程車，回到了酒店，那是六時四十三分，白素先打電話到張強的房間，告訴他，有了重要的發現。

然後，白素就搭乘電梯，上樓，張強已打開房門在等她，一見面就問：「發現了什麼？」

白素十分簡潔地敘述了經過，一面說，一面替那具儀器插上電源：「你看，這是什麼意思?」

螢光屏上顯示的凌亂的波紋,一點意思也沒有。張強拿起耳筒來,戴上,整理了一下,抬起頭來道:「這不是普通的耳筒,你看,這裡有兩個有吸力的軟盤,緊貼在頭上,倒像是做腦電圖時用的接觸裝置。」

白素早已發現了這一點,她只是問:「你可聽到了什麼聲音?」

張強一面搖著頭,一面不斷隨意扳動著那具儀器上的掣鈕,突然之間,他出現了怪異莫名的神情。

由於接下來的一切,發生得實在太突然,以致反應敏捷如白素,也不知所措,只好眼睜睜看著事情發生。

張強的神情,陡然之間變得怪異莫名,白素想問他怎麼了,可是還未曾出聲,張強已經發出了一下驚呼聲。

(就是兩個清潔女工聽到的那一下。)

張強一面驚呼著,一面陡然除下了戴在他頭上的耳筒,抓著耳筒,用力揮動。

由於耳筒的一端,有聯結線的插掣,插在那具儀器上,他一揮動,連帶著把那具儀器也揮了起來，插掣鬆脫，儀器向著牆角飛過去。

在那一霎間，白素犯了一個錯誤——其實，不能說是白素的錯誤，任何人在這樣的情形下，都會這樣做。因爲接下來發生的事，全然出人意表，誰也無法料到。

白素一看到了張強有這樣反常的動作，只當是他從耳筒中聽到了什麼怪異的聲音。接下來，那具儀器向牆角直飛了過去。它一撞在牆上，必定損壞，是以白素也立時發出了一聲驚呼聲。

（兩個酒店清潔女工聽到女子驚呼聲。）

她立刻抓起沙發上的椅墊，向那具儀器拋過去，希望擋在儀器之前，由於她的動作太急驟，帶倒了一張椅子。

（兩個女工聽到重物墜地聲。）

白素只是注意那具儀器是否會損壞，一拋出墊子，立時撲了過去，在床上彈一下，再落下地來。

那個被她拋出的墊子，起了預期的作用。

她將那具儀器接住，看出儀器完好無損，十分高興，立時把儀器放在床上。

這時，她在床邊，張強在窗前，如果不是距離遠，張強墜樓的慘劇或者可以阻止。

白素才放下那儀器，站起身來，她看到房門打開，一個男人和一個女工進來，同時，張強一個轉身，衝向窗子。

張強衝向窗子的衝力極強，看起來他簡直像是一頭野牛。

白素自然看得出這樣一下衝擊的結果會怎樣，所以她立時向前奔來。

白素還沒有來到張強的身邊，事情已經發生了。

張強的頭先碰到玻璃，這一下，還不足以令得玻璃破裂，但是緊接著，他的肩頭也撞到了玻璃。這一下，玻璃經不起撞擊，破裂了。而張強向前衝的力道，還未曾中止，他整個人，就從被撞裂的玻璃之中，飛了出去。

白素完全被這意外震呆了，所以，那個管事寶田滿來到她身前，她的情緒失常，只說了一句：「他——跳下去了。」

可是，寶田滿和那兩個女工，卻異口同聲，說張強是白素推下去的。他們的指證，高田警官向我詳細地敘述過。

白素知道她根本什麼也沒有做，但是卻有三個人指證她，她不知道究竟發生了什麼事，只知道在這樣的情形下，越快離去越好，寶田滿當然抓她不住，她溜走了。她在離開酒店之際，張強墜樓已被發現，大堂中十分亂，沒有人注意她。

我緊握著白素的手，激動地說道：「你當然不會將張強推下樓去！」

白素望著我，神情像是在等待著我的發問。我陡然想了起來：「對，那副耳筒，那具儀器呢？爲什麼報上沒有提起，連高田警官也完全不知道有這兩樣東西？」

白素道：「這是問題的重要關鍵，在我離開時，十分慌亂，靜下來之後，立即想起，張強戴上耳筒，就舉止失常，當然和那具儀器有關，我非將那具儀器找回來不可。」

我吸了一口氣：「你不是又回到現場去了吧？」

白素笑了一下：「正是，我略爲化裝了一下，又回到了現場，冒充記者，看到寶田管事正對高田警官指手劃腳，在講述我推張強下樓的事，可是儀器和耳筒卻不在，我以爲警方收起來了，可是稍一打聽，就知道警方也沒有發現。」

我道：「在你離開之後，警方到達之前，被人取走了。」

白素道：「當然是這樣，這個人是誰？」

我連想也沒想：「尾杉三郎。」

白素「嗯」地一聲：「當時我也這樣想，所以我才去見尾杉的情婦，想知道尾杉究竟在哪裡，不得要領之後，我想尾杉可能在精神病院，於是——」

我笑了起來，在她臉上親了一下：「於是你大鬧銀座，裝瘋入院。」

白素有點不好意思地笑了一下：「是的，我在把那個護士長注射了麻醉針之後，就進入了尾杉的房間——」

白素輕而易舉地弄開了病房的鎖，她注意到，門上的小監視窗，從裡面被遮住，看不到裡面情形，所以她十分小心，一拉開門，立時閃身進去，作了應付突襲的準備。

可是病房內卻沒有什麼異動，她看到有一個人，背向著外，躺在床上。白素向前走去，故意弄出腳步聲來，床上那個人一動也不動。白素一直來到床邊，定了定神：「尾杉先生，你好。」

床上那個人略為震動了一下，緩緩轉過身來。白素看過尾杉三郎的相片，她一看就可以肯定，床上那人正是他，只不過看來比較瘦削。

尾杉看到白素，現出一個十分詭異的笑容，慢慢坐起身來：「你來得真快。」

他惡狠狠盯著白素，轉過身去，一下子將一張毛毯拉開，毛毯下正是那具儀器。

她料得沒有錯，那具儀器到了尾杉的手中，那自然是白素逃走時，他趁人不覺，在混亂中取回來的。

張強墜樓時，尾杉一定也在酒店中。那麼，張強的發生意外，是不是和他有關？

白素一想到這裡，一股怒意陡然升起，她踏前一步，已經準備把尾杉拉過來，先給他吃一點小苦頭，再逼問他究竟是在搗什麼鬼。

可是，就在這時，尾杉已迅速地按下或轉動那具儀器上的一些掣鈕。白素也看到，那具儀器接上了電源，白素略停了一停，想看看他究竟想些什麼。

然而，就在那一停之間，白素已經覺得事情不對頭了。

白素說到這裡，不由自主地喘起氣來。

我忙問道：「怎麼樣？什麼不對頭？」

白素蹙著眉：「一直到現在為止，我還不知道發生了什麼事，可是當時的經歷，我卻記得十分清楚，就像那是真事。」

我呆了一呆：「你的意思是，突然之間，產生了幻覺？」

白素道：「我不能肯定，你聽我說。」

她在講了這句話之後，又頓了一頓，才道：「當時，突然之間，我的眼睛，就出現了一大片怪異之極的色彩。那色彩，絕不是實際上所能看到的，我像是一下子跌進了一個包羅了世界上所有顏色的萬花筒之中，同時，我還感到那萬花筒在旋轉。我不能肯定我是不是叫喊了起來。」

我忙道：「那一定是尾杉這傢伙，趁你不覺，向你噴射了強烈的麻醉劑。」

白素道：「當然不是，有麻醉劑噴向我，我事先應該有感覺，但這種情形，突如其來，接著，色彩破裂了，自破裂的色彩之中，冒出了一個極可怕的怪物。」

我沒有再說什麼，只是心中在想：這種情形，倒像是和吸了大麻，或是吞食了迷幻藥之後的情形相類似。

白素的氣息變得急促：「那怪物的樣子，我記得十分清楚，那是……那是一隻似蛾非蛾的東西，可是所有花紋斑點，全是一個人的臉，是尾杉的臉，在獰笑，再接著，所有的臉都向我飛過來，我趕不開它們，它們把我包圍住了。」

我大聲道：「那當然是幻覺！」

白素閉上眼一會，又睜了開來，現出驚怖的神情——要白素現出這樣的神情，那絕不是簡單的事。

我伸手在她的手背上輕拍了兩下，白素道：「事後，我也想到，那可能是幻覺，但是幻覺怎會那麼實在？我甚至可以感到，那些臉撞在我的身上，有一種冰冷之感。」

我道：「你並沒有受傷，是不是？」

白素深深地吸了一口氣：「然後，突然一下子什麼都不見了，我還在病房之中，但是病房中一個人也沒有，只有我自己，不，當我揮動著手的時候，低下頭來的時候，我絕對看不到自己的身子，這只是一霎間的事，然後，你出現了，你奔過來，尾杉也突然出現了，我看到尾杉在逃，你把他抓起來。」

我悶哼了一聲：「絕對是幻覺，那時候，我多半在飛機上。」

白素望了我一會，才沉聲道：「我真的看到的，看得清清楚楚，你把尾杉抓起來，再摔下去，然後，用重手法砍他的後頸，他中了你一掌的神情，清楚得就在眼前，我真是看到的。」她一再強調，「真是看到的」，那使我感到一股寒意。

我心跳不由自主加劇：「那情形，就像酒店管事和兩個女工，看到你推張強下去一樣。」

白素隔了片刻，才道：「其實，尾杉也有他取死之道。」

我幾乎直跳了起來：「你在胡說八道些什麼。」

和白素在一起多年，我幾乎從來也沒有對她這樣嚷叫過，但這時，我卻忍不住大聲叫嚷，因爲看她的樣子，像是真以爲我打死了尾杉三郎！

白素對我嚷叫，沉默了片刻，才現出十分苦澀的神情，緩緩地道：「你不能怪我，任何人，對於……親眼看到的事，又清楚知道不是在做夢，總……總以爲那是事實！」

我握著拳，又放了開來，再握上，儘量使自己心平氣和：「可是其間有一些我們不明白的事在。那三個酒店員工，親眼看到你推張強下樓，但事實上，你並沒有那樣做。」

白素呆了片刻，才嘆了一聲：「那麼，尾杉三郎現在什麼地方呢？」

我又吃了一驚：「什麼？你沒有繼續追蹤他？」

白素向我望了一下，神情更加苦澀：「你聽我說下去，當時，我看到你一掌砍在他頸骨之上，我還聽得他頸骨折斷的聲音，我看到他的頭，軟垂了下來，你轉過身，向我望來，我忙道：『你快走，這裡的事，讓我來處理好了。』你答應了一聲，就離開了病房。」

我也只好苦笑著：「胡說八道，胡說八道。在這樣的情形下，我怎麼會離開。」

白素沒有表示什麼，只是揮了揮手，示意我不要打斷她的話頭：「你走了之後，我把尾杉搬上了床，拉起毯子來蓋住他，他顯然已經死了。我轉身，再去找那副儀器時，卻已經不見，我只好也離開了醫院。」

我十分肯定地道：「這一切，實際上，都未曾發生過，只不過是你以為發生過。」

白素抿著嘴，不出聲。她十分理智，可是這時，也顯然受著極度的困擾，不是身受者，實在是很難瞭解：連親眼看到、親身經歷過的事，如果都「未曾發生過」，那麼，什麼才是真正發生過的？

這樣的疑問，兩千兩百多年之前，莊周先生就曾不止一次提出，他甚至問到了他的一生，究竟是一隻蝴蝶的幻覺呢？還是蝴蝶的一生，是他幻覺，他始終未能肯定。

爲什麼莊子不用其他的生命來懷疑，而用了蝴蝶？蝴蝶和蛾，不正是同類的生命麼？

我越想越亂，我知道，這時候，我的思緒亂不要緊，但是決不能讓白素的思緒亂下去。

所以我用十分肯定的聲音道：「你一定要清楚，那一段經歷，是你的腦部受了某種干擾之後的結果，是一場太過真實的夢。」

白素又呆了片刻：「太真實了，真是太真實了。」

我苦笑著，又發急：「你可以當作這是你在被催眠下發生的事。」

白素道：「不對，那是真正發生過的。」

我嘆了一聲，不知道該如何進一步說明，急得滿頭是汗，白素反倒安靜了下來：

「我知道自從我眼前看到奇異的色彩，一直到後來發覺我自己在街頭上，其間一切，我以爲發生過的事，全是幻覺。」

我鬆了一口氣：「對。」

白素睜大了眼睛：「那麼，在這一段時間內，實在發生了什麼事呢？」

我道：「那要問尾杉三郎這……傢伙才知道。你說什麼？後來你發覺自己在街上？」

白素緩緩地道：「是的，我記得在病房之中，找了又找，找不到那具儀器，心想不如把你找來，我們一起尋找，就離開了醫院。那一段時間，我記憶之中，比較模糊。等有記憶時，我在街頭，有兩個警員，正以十分懷疑的眼光看著我。」

我失聲道：「天，你是受通緝的啊！」

白素攤了攤手：「是啊，所以我一看到警員注意我，立即轉身就走。我沒有地方好去，想起曾在芳子的記事簿中，看到過一個地址，我找來，就是爾子的住所。我不知道如何和你聯絡，就只好仍然打電話回去，希望你聽到。」

我長長的吁了一口氣，安慰著她，因爲白素從來也未曾如此慌亂過：「好了，一切全過去了。」

白素也吁了一口氣：「不，尾杉還在，還有他的那個儀器，還有我的兇嫌，還有許多事。」

我「哼」地一聲：「憑我們兩個人的本事，哪怕尾杉躲到天上去，也可以把他找出來。」

白素卻仍然嘆著：「找出他來之後——」

我知道白素的心意，是說就算我們找到尾杉，如果再發生如同在精神病院房中的情形，那只有使得事情更混亂。

所以，我想了一想：「尾杉未必見得有什麼特別，我看一切全是那具儀器在作怪，只要我們把他和那具儀器隔離——」

白素一揚手：「對。」

她像是忽然想到了什麼似的，突然蹙住了眉，不再說下去了。

我道：「我們已經有了對付尾杉的方法，還有什麼擔心的？」

白素仍在想著，過了一會，她才道：「我不是擔心，我是在想一些事……我感到所有……不可解釋的事，都可以用一條線穿起來。」

白素的話，深得我心，我也已經有了這樣的感覺，可是感覺卻還十分模糊，我正在思索著，所以我對白素的回答，只是點了點頭，同時作了一個手勢，表示我也想到了一些頭緒，正在作進一步的思索。

白素沒有再說什麼，我們兩人，各想各的，過了大約三五分鐘，我和她陡然異口同聲，叫了起來：「那個蛾類研究所。」

我和白素，都想到了安普蛾類研究所。

我搶著說：「安普蛾類研究所，看起來和所有的事全沒關連，但是事實上，卻正是問題的中心。」

白素立時道：「是，一切全從那裡開始。」

我長長地吸了一口氣：「讓我先來歸納一下，你來作補充。」

白素一面答應著，一面拿過了紙和筆來。我道：「第一件事，研究所中，有一個姓洪的人，他看到了不存在的東西，一隻飛蛾。」

白素記了下來。我又道：「第二，陳島是研究所的主持人，他和尾杉是中學同學，曾在好幾年之前，和尾杉提及過他所作的研究，告訴尾杉，在理論上，要知道他人在想什麼，是有可能的。」

白素「嗯」地一聲，補充道：「對陳島而言，這是他作爲科學家的假設，他正朝著這個方向作研究。可是言者無意，聽者有心，尾杉聽了之後，一直在想著可以知道他人思想的好處，於是他就展開了行動。他十分卑鄙，而且他的知識也不足以從事那麼複雜的科學研究，所以他就——」

我立時接了上去，和白素一起思索複雜的問題，真是無上的樂趣，我想到什麼，她也想到什麼，配合得再好也沒有。

我道：「所以他就採用了最直接的方法，花錢向研究所的人員，購買研究的成果。」

白素點頭，一面記著，一面道：「我在尾杉住所見到的那兩個人，就是被尾杉收買的人，他們送資料來給尾杉，已不止一次。」

我道：「還有那具儀器，一定也是從那兩個人手中來的，尾杉自己造不出這樣的東西，外間也未必見得有得賣這樣的東西。」

白素把我的話寫了下來之後，眉心打著結：「我們的推測，到這裡要觸礁了。」

我不服氣：「觸什麼礁？」

白素道：「如果再分析下去，似乎只有一條路可走，那就是尾杉在有了那些資料之後，通過那具儀器，他似乎掌握了一種力量，真的可以知道他人在想些什麼。」

我苦笑了一下：「聽起來全然不合情理，可是……可是……事實就是這樣。而且……我們的礁石，好像還不止這一塊？」

白素道：「是啊，尾杉不但有知道他人想什麼的力量，而且還明顯地可以用那具儀器，去干擾他人腦部活動——」

白素講到這裡，我陡地閃過了一個想法，忙叫道：「等一等。」

白素不再出聲，我不由自主，敲著自己的頭，想把剎那間捕捉到的想法具體化起來，我只花了短短的時間，就高興地叫了起來：「那具儀器！不是尾杉利用了那具儀器，而是那具儀器本身。」

白素一時之間，未能明白我的意思，我急急解釋著：「你和張強，研究那具儀器，發生了什麼事？」

白素道：「張強穿破了窗子跳下去，而另外有三個人，卻『看』到他是被我推下去的。」

我大聲道：「那時，尾杉可能也在酒店，但是他絕未操縱那儀器！那儀器有一種力量，能使人產生幻覺，如果配上耳筒，直接刺激腦部，幻覺就能更加強烈，張強就是因為產生了極度的幻覺，才有反常行動。而三個酒店職工，也因為腦部活動受干擾，所以才『看』到你在推張強。」。

白素默然片刻，從她的神情上，我知道她已經同意了我的分析。

但是，她卻極度茫然：「張強在那一霎間，產生了什麼幻覺呢？」

我苦笑了一下：「張強已經死了，不會再有人知道。或許，他感到自己會飛了，可以穿窗而出，在空中自由飛翔，所以才……」想起了張強的死，我心中一陣難過，停了一下，才又道：「這種情形，曾在服食過量的迷幻藥的人身上發生過。」

白素苦笑了一下：「我忽然有一個極其怪異的想法——真是太怪異了。」

我攤手：「怪異到了什麼程度？」

白素望著我：「我想，張強可能覺得自己是一隻蛾，蛾喜歡向著光亮飛撲，所以，他就撲向窗子，結果他就——他就——」

白素沒有再說下去，她的想法，真是怪異透頂，但是誰又能肯定那不是事實？

我和白素都靜了片刻，我才道：「總之，那具儀器和尾杉獲得的資料，有一定的神異力量，可以干涉人類腦部活動。」

白素「嗯」地一聲：「我們可以繼續下去——這種力量，有時幫助了尾杉在棋賽中獲勝。」

我用力揮了一下手：「所以，尾杉把這種力量，我相信他其實也不是太能順利地掌握這種力量，當作自己最大的秘密，而倒楣的時造旨人，卻開玩笑地把它寫了出來。」

白素苦笑：「真是倒楣，時造全然不知道這些事，尾杉一發急，就要殺時造，逼得時造離開日本，時造不能在鏡中看到自己，自然也是腦部活動受干擾的結果，干擾的來源相同。」

我接著道：「時造倒也十分聰明，他由尾杉的行動上，聯想到尾杉真可能有妖異的力量，所以他把這一切，告訴了張強——」

講到這裡，我陡然停止，白素也沒有接口，因爲張強在知道之後，就來找我，以後的事，都已經發生過了。

我嘆了一聲：「最大的問題是在於：何以那具儀器，會有這樣的力量。」

白素沉聲道：「這個問題，只是一個人可以回答——」

我陡地叫了起來：「陳島。」

陳島是研究所的主持人，只要我們的推測不錯，那具儀器來自研究所，那麼，這個問題也只有陳島可以回答。

而且，在飛機上，和陳島交談，他一直要我到他的研究所去看看，看什麼呢？他又說不上來。是不是在他的研究所中，正有著一些連他也不知道的事情發生？

想到這裡，我不禁大是懊喪，陳島在東京，可是他在東京哪裡呢？他當然會住酒店，但是會在哪一家？我竟然沒有問他要聯絡的方法，就和他分了手。

白素看出了我的懊喪，她道：「不要緊，就算在這裡找不到陳島，他不是還要去接那個姓洪的研究員出院麼？我們可以立即和梁醫生聯絡，叫她留住陳島，我們趕回去見他。」

我連連點頭，伸手去拿電話，我的手還未曾碰到電話，電話鈴突然響了起來。

我呆了一呆，這裡是爾子的住所，電話不知是誰打來的，要是她的男朋友打來的話，我接聽電話，可能會引起誤會。

所以我側了側身，讓白素去接電話，白素拿起了電話來，才「喂」了一聲，對方講話十分大聲，連在旁邊的我，也可以聽到，話筒中傳出了一個女的聲音：「是白小姐嗎？我是爾子啊。」

白素答應了一聲，爾子的聲音繼續傳來：「你有沒有聽收音機？」

白素呆了一下，顯然不知道爾子這樣說是什麼意思，她回答：「沒有啊，什麼事？」

爾子道：「我剛才聽收音機的新聞報告，說是在東京北部五十公里處的茨城縣築波郡，山中的一個溪澗間，發現了一具男子的屍體，已經證實那是你曾經提及過的，九段棋手尾杉三郎。」

我和白素，在剎那之間，神情都變得極其緊張，白素忙道：「爾子，請你再說一遍。」

爾子又重複了一遍：「這樣的新聞，電視一定會報導的，你可以看看電視。」

白素向她道了謝，放下了電話，我們互望著，神情都十分疑惑。

尾杉三郎死了？這是怎麼一回事，我們才分析過，所有的事，全是由他而起的，他怎麼會死了？

白素扭開了電視，還沒有到新聞播映的時間，白素打電話去問，要二十多分鐘之後，我就趁這個時間，用電話找到了梁若水。

梁若水的聲音，在長途電話中聽來，也是那樣充滿磁性，十分動聽，我道：「梁醫生，還記得那個叫陳島的人？」

梁若水的回答很令我驚訝，她道：「本來可能不記得了，但現在一定記得，因爲在半小時之前，他才和我通過電話。」

我「哦」地一聲，梁若水又道：「他告訴我，他抽空到日本去看一個朋友，但是找不到，他決定立刻回來，要我準備好手續，他一到，就要把他的朋友帶走。」

我忙道：「我有極重要的事要找他。梁醫生，所有怪異的事，已經漸有眉目，其中的關鍵問題，只有他可以解答。所以你見了他之後，無論如何你要留住他，等我回來見他。」

梁若水停了片刻，我可以想像得出她蹙著眉的那種神情，她道：「我盡力而爲，但如果他一定要離去，我也沒有法子。」

我道：「至少你可以運用你的權力，不讓那個病人出院，那他就非留下來和你辦交涉不可。」

梁若水的聲音之中，充滿了不以爲然，但是她卻道：「這是好辦法，衛先生。」

我苦笑了一下：「謝謝你，我和他同機到東京來的，可是卻不他知道在哪裡，真是糟糕透了。」

梁若水的聲音聽來很低：「好吧，我盡力。」

我鬆了一口氣，這樣，我和陳島的聯繫，就不至於中斷了。

放下電話之後不久，電視上就開始播映新聞，果然，第一宗就是尾杉九段陳屍山澗的新聞。日本的新聞工作者，有著超水準的工作成績，他們總是第一時間趕到新聞發生的現場，所以，連屍體被抬上黑箱車的鏡頭，都出現在螢光屏上。

新聞十分詳盡，不斷打出尾杉生前的相片，並且還特地提到了大黑英子，說是屍體運到了東京之後，一位叫高田的警官，認出那可能是尾杉九段，所以就請尾杉生前的女友大黑英子來辨認，大黑英子認出那是尾杉三郎，而且，精神病院方面，也因爲尾杉突然失蹤，早已向警方報了案。

至於尾杉三郎何以會死在山澗中，可能是由於失足之故，因爲現場的山勢十分險峻——

螢光幕上，出現了現場的情景，那道山澗，簡直像是瀑布，水勢十分湍急，水中有許多巨大的石塊，澗水流過，濺起老高的水花。

一個記者指著澗中突起的兩塊大石：「屍體就在這裡發現，可能由上流沖下來。如果不是這裡有兩塊大石阻止，可能會隨著急流，不知被沖到什麼地方去。」

那記者繼續報導著：「警方人員循著澗流，向上面搜索，希望發現一些尾杉三郎跌入山澗前的遺物，但是還沒有發現。」

澗流附近，全是樹木和石塊，野草長得極高，要找東西，確非易事。

然後，螢光幕上，又出現了殮房門口的情形，說是消息傳出之後，有不少棋迷，在殮房前徘徊憑弔云云。等到新聞播完，我悶哼了一聲：「尾杉真的死了？我不相信。我要到殮房去看看。然後我們再想辦法離開日本。」

白素說得十分正經：「我不想變成通緝犯。」

我苦笑了一下，白素的這個麻煩問題我想了很久，實在想不出好辦法來。我們要偷偷離開日本，當然不是什麼難事。可是絕不是一走可以就此了事。

她是一個有著確鑿證據的的謀殺疑犯，這一類的刑事疑犯，通過引渡，一樣逃不掉，除非白素從此不再露面，但是那又絕無可能。

雖然我們對於一切事，已經有了一個系統的解釋，我們可以接受這個解釋，甚至，我可以說服高田警官相信這個解釋。但是……

或者再進一步說，可以令得主控官或是主審法官在私下也相信。但是，我卻絕對無法令得他們在法庭上接受這個解釋，不但我不能，連白素也不能。我們兩個人加起來，幾乎可以做任何事，但無法使白素無罪。

我眉心打著結，一時之間，想不出辦法，只好安慰白素：「反正你暫時在這裡，相當安全，我看，慢慢總可以想出辦法來的。」

白素瞪了我一眼，撇了撇嘴：「神通廣大的衛斯理。」

我實在啼笑皆非，說道：「彼此彼此，誰又不知道神通廣大的白素。」

白素嘆了一口氣，她顯然沒有心情笑話，我又說了幾句「一定有辦法」之類的說話，可是辦法在哪裡，我卻一點也不知道。

我知道白素自己會小心，不必叮囑，先打開門來看了看，看到走廊裡沒有人，才閃身走了出去。在街上召了一輛計程車，告訴司機去殮房去。不巧，那位司機是個棋迷，一聽我要去殮房，就猜中我是爲了尾杉三郎去的，滔滔不絕和我談起他的棋藝，令得我昏然欲睡。

好不容易到了目的地，殮房外的人還真不少，我一下車，就看到高田警官正指揮著幾個警員在維持秩序，大聲在嚷著：「各位，等出殯的時候，去瞻仰尾杉先生的遺容。各位請回去，請回去。」

他的聲音已經有點發啞，在他身邊，又有好幾個記者圍著，趁機在提出問題。高田雖然一副不耐煩的樣子，可是也不敢得罪新聞界，還是敷衍著他們。

我向他走去，擠過了人叢，在隔他還有幾個人時，就叫：「高田先生。」

高田抬起頭來，一看到我，陡然呆了一呆，忙向我招了招手，我來到了他的身邊，他一把握住了我的手：「來，進去再說。」

我和他一起走了進去，有幾個人想跟進來，被警員阻在外面，我和高田，一進了殮房，高田立時道：「尾杉死了。」

我道：「就是為看他的屍體而來的，這個人的花樣極多，他真的死了？」

高田神情凝重，點了點頭：「雖然沒有人知道他怎樣死的，可是尊夫人的嫌疑，又多了一重。」

我一怔，要想一想才明白他這樣說是什麼意思，他竟然在懷疑尾杉三郎被白素殺死，難怪他看到我的時候，神情那麼古怪，我一句「放你媽的春秋大屁」已經幾乎要罵出口來了，後來轉念一想，日本人根本不懂複雜的罵人話。一句「農協」已經可以令得兩個日本人大打出手，高田聽了不懂，我還得向他解釋，不如不罵算了。

高田望著我，我改口道：「你少胡說八道。」

高田嘆了一聲：「尊夫人裝瘋，我也瞞不過去了，而且，有人看到她扮了護士長，在尾杉的病房出入，接著，她和尾杉一起失蹤，再接著，尾杉的屍體就在茨城縣的山澗中被發現。」

我苦笑：「事情的複雜，超乎你的想像之外，我要看屍體。」

高田愕然：「尾杉生前，你見過他？」

我道：「沒有，但是我看過他生前很多相片，對於認人的特徵，有一定的本領。」

高田搖著頭：「其實大可不必了，連指紋都已經經過了鑒定，已經肯定了。」

我固執地道：「我還是要去看一看。」

高田扭不過我，只好嘆了一口氣，帶著我向前走去，進了殮房中放屍體的冷藏室，一股寒意，令人有說不出來的不舒服。

一個職員和高田交談了幾句，又向我望了一眼，拉開了一個鐵箱。一點也不錯，那是尾杉三郎，看起來，他真的是死了。

尾杉三郎是整組怪事的中心人物，他怎麼會死，真叫人猜不透，我看了一回，轉過身來問高田：「聽說警方在搜索他的遺物，可有什麼發現？」

高田皺著眉，道：「事情有點不可思議，在那山洞的上游，一塊大石上，發現了一具被砸碎的小型電視機，已經殘缺不全，但經過辨認，還可以知道那是一具小型電視機。」

我立即知道，那被砸碎了的，不是小型電視機。

第十一部：人腦判斷形成歷史

那一定是白素提到的那具儀器被砸碎，剩下的部分殘缺不全，被專家認爲是小型電視機。

高田看到我的神情有點古怪，忙道：「你有什麼意見？」

我揚著眉：「誰知道，或許尾杉是一個電視迷。」

高田悶哼了一聲，對我的回答十分不滿意，可是他又想不出什麼話來回我，他向我作了一個不屑的神情：「我真不明白，你對尾杉的屍體那麼感興趣，對張強的屍體，怎麼又倒提都不提。」

高田這樣說，當然是想諷刺我不念國人之情，這倒陡地提醒了我，忙道：「張強的屍體也在這裡？我想看看，真的，想看看。」

高田和那職員說了幾句，那職員拉開了一個櫃來，我來到櫃前，看到了張強的屍體。

由於屍體放在冷藏間，已經有相當時日，面上和肌膚上，都積了一層霜花，膚色青灰，十分難看。想起那天晚上他來找我的情形，心中實在沒有法子不難過，嘆了一聲，準備轉身。

然而，就在那電光石火一霎間，我想起了一件事！

我走近一步，先拉起張強的屍體的右手，看他的掌心，放下，然後，又拉起他的左手來看了一看，再放下，深深地吸了一口氣，轉回身問高田：「請問你是不是還在找白素？」

高田點頭：「是，職務上我要把她緝捕歸案。」

我立時道：「好，我帶你去，我知道她在哪裡。」

我說的這句話，其實極其平凡，可是高田在聽了之後，卻像是遭到了雷擊，瞪大了眼望著我，眼球像是要從眼睛中跌出來。

我「咦」地一聲：「怎麼，你不是要把她緝捕歸案麼？這是你的職責。」

高田冒著汗，他一面用手抹著汗，一面道：「是，是，可是，可是……」

我笑著，道：「你跟我來吧，我相信白素不會拒捕，你也不必再帶什麼人去。」

高田仍然在喉間發出格格的聲響：「你……可知道尊夫人所面臨什麼樣罪名的

起訴？」

我道：「知道，謀殺張強，可是她不能一直躲下去，上法庭是免不了的啊。」

這時候，我因爲胸有成竹，所以神態十分輕鬆，反倒是高田警官，緊張莫名，好像被謀殺的是他的親人。

高田又遲疑了一下：「好，你聘好律師了？」

我「嗯」地一聲：「那容易，日本我有不少熟人，請他們代聘一位好了。」

高田爲人十分可愛，這時我催他去對白素採取行動，他反而十分不願意，在我一再催促之下，才嘆了一聲，無可奈何地跟了我出去。

不到半小時之後，高田已經和白素面對面地站著。高田是一個經驗十分老到的警官，但這時，竟然有點手足無措。

白素在才一開門，看到我帶了高田一起回來之際，也大是驚訝，但是她總算對我有信心，知道我這樣做，一定有道理。所以，她只是用詢問的眼光看著我，我立時用我們的家鄉話，急速地向她講了幾句。

白素在聽了之後，立時笑了起來：「真是的，我怎麼沒有想到。」

高田莫名其妙，不知道我們在講些什麼，他望著面對嚴重控罪、若無其事的白素，大惑不解。

我嘆了一聲：「只是有一樁不好，要委屈你在監獄裡住一個時期，你的案情，只怕法庭不會讓你保釋。」

白素皺起了眉，高田忽然大聲拍著胸口：「只要衛夫人答應隨傳隨到，不離開日本，我可以全力要求保釋候審。」

我和白素大是高興，我連連拍著高田的肩頭，並且立刻打了一個電話給朋友，請他幫我找一個律師。我和白素陪著高田在警署出現，我的朋友和律師也都到了。新聞界的消息靈通之極，警署的門口，已經擠滿了記者。

以後發生的事，並不值得詳細記述，白素在拘留所過了一夜，第二天上庭，高田和好幾個警官，竭力保證疑犯不會逃走，法庭批准了保釋；新聞界輿論嘩然，我和白素離開法庭之後到了酒店，爾子成了新聞人物，她很高興能有這樣的機會，她不斷地稱讚白素的人如何好如何好。寶田滿和兩個女工也成了新聞人物。

當然，照片最大、最多的還是白素，新聞記者的筆下，對她倒十分客氣。不過大家都在暗示，在證據確鑿的情形之下，白素要洗脫罪名，簡直沒有可能。

住進酒店，那個由朋友找來的律師，愁眉苦臉地跟了來：「衛先生，我初步研究了一下案情，發現要為尊夫人洗脫罪名……是不可能的，是不是改為……認罪，希望法官輕判？」

我斬釘截鐵地告訴他：「不必，到最後關頭，我會給你指點。你所要做的是，詳細盤問三個目擊證人，白素推人下去時的情形。」

律師苦著臉：「能不能把你的最後指示，提前一點告訴我？」

我搖頭：「不能！由於整件事，有說不出的怪異，本來我們以為是由一個人在暗中主持，這個人也死了，可能暗中另有主持人，先告訴了你，會有可能產生不利的因素，你只管照我的話去做好了。」

律師如同他妻子跟人私奔了一樣，愁眉不展，告辭離去，白素吁了一口氣，在沙發上坐了下來。我道：「你成了新聞人物，陳島居然沒有來找我們，可知他回去了。」

白素知道我的心意：「如果你性急的話，你可以先回去找他，我開審是半個月之後的事。」

我有點尷尬，想了一想：「不，我陪你。」

白素笑著：「你陪著我有什麼意義？我——」

她才講到這裡，有人敲門，我去把門打開，站在門口的是爾子。

白素道：「你看，陪我的人很多。」

爾子向我行了禮，走進來，握著白素的手，嘰嘰呱呱個不停，又道：「芳子打了電話來找我，她已經回日本來了。」

白素笑著：「好啊，你們都可以來陪我。」她一面說著，一面向我眨著眼。

我實在急於想去見陳島。我們分析，認定一切是尾杉弄出來的事。但尾杉死了，陳島作為研究所的主持人，有可能他才是幕後主持！

白素取過紙筆，在紙上畫著。她很快就畫出了一具如同示波儀也似的儀器，一副樣子看來很怪的聽筒和一盒金屬磁盒。

她指著畫：「這三樣東西，現在都不在了，可是我畫出來的形狀，很忠於原物。如果這些東西，是來自陳島的研究所，他一看就會知道。」

她說了之後，又把那兩個曾經到過尾杉家裡的人的樣子，形容了一遍。

講完之後，她作了一個十分瀟灑的手勢：「衛先生，請吧。」

我笑道：「讓我洗一個臉再走，好不好？」

高田陪我到機場，他幫了我不少忙，所以在到機場途中，我把一切經過、我們的設想都告訴了他。我不知道他是不是可以接受，但我已把他當作朋友，所以非告訴他不可。

高田默默聽著，問：「關於尊夫人的控罪——」

我忙接了口：「關於這一點，請恕我暫時不說，我一定有法子推翻證人的口供，令得她無罪。」

高田緊抿著嘴，過了一會才道：「好，等我在你未曾揭曉之前，去想一想，要是我想得出來，是否表示我是一個合格的偵緝人員。」

我笑道：「簡直是超一流的了。」

高田一副接受挑戰的神態，不再就這個問題問下去。

到了機場，辦好了手續，高田告辭離去，我又和梁若水通了一個電話。

梁若水在電話中說：「是的，陳博士在我這裡，我們在討論一些問題。還有什麼人參加，你再也想不到。」梁若水的聲音聽來很興奮，可見得他們的討論，十分熱烈。

她繼續道：「還有時造旨人和洪安，你想不到吧，但一定要他們參加，因爲他們是受害者。」

我的確感到意外，但由此也知道他們在討論的是什麼，我嘆了一聲：「我有很多新的發現、新的資料，真希望我能參加你們的討論。」

電話中一下子變成了陳島的聲音，那自然是他從梁若水的手中接過電話來之故，他道：「你已在機場了？不會超過六小時，你就可以到來，我看我們的討論會，不會那麼快結束。」。

電話中同時又傳來了梁若水的聲音：「是啊，關於人腦的信息放射和接收能力，要討論的太多了。」

我回答是一下機立刻趕到。我放下電話，眼前忽然浮起梁若水和陳島講電話時的情景。

兩個人的聲音要同時從電話中傳來，他們必然一起對著電話筒，那也就是說，他們兩人的距離近到了呼吸可以相聞。由此可知，陳博士對梁醫生已經沒有敵意，而梁醫生對陳博士，也十分感興趣了。

我的預料不錯，因為我以第一時間趕到，進入梁若水的辦公室，看到陳島和梁若水還在起勁地交談著，梁若水一面發言，一面在紙上寫下了一些公式，陳島十分熟絡地從她的手中搶過筆來，補充回梁若水所寫的。時造旨人和洪安的神情也很興奮，他們看到了我，發出一下歡呼聲，表示歡迎。

我第一句話就問：「你們的討論有什麼結果？」

陳島和梁若水爭著講，但他們只講了半句，又立時住了口，用眼色示意對方先講，我笑著：「誰講都是一樣。」

陳島道：「我們的討論，是從許多現象之中，證明人的腦部活動，主宰了一切，其他所有的感覺，包括視覺、味覺、觸覺等等的一切感覺，全由腦部活動決定。」

我「嘿」的一聲：「這是早有定論的事了，還值得討論那麼久？」

梁若水搖頭：「不，由於現代醫學、科學對人腦的活動，知道得十分少，所以還是值得討論。舉一個例子來說。洪安先生，一直到現在，還是看到那隻新種的飛蛾在他眼前。」

我向洪安望去，他有點不好意思地，向幾本疊在一起的書上，指了一指。告訴我們，那隻飛蛾，就停在那幾本書之上。

當然，書上面什麼也沒有！

梁若水問：「是什麼使他看到有一隻飛蛾？」

我立時回答：「那當然是由於他的腦部，接收到了有一隻蛾在他面前的訊號。」

陳島又問：「是啊，可是那是什麼信號？自何處來？」

我深深吸了一口氣：「陳博士，我認爲信號來自你的研究所。」陳島呆了一呆，樣子十分不明白，我作了一個手勢：「現在輪到我來發言了，希望大家不要打斷我的話，靜靜聽我說。」

雖然大家都答應了，但是我在敘述之中，還是不斷被打斷。當我提及那兩個到尾杉家裡去的人時，洪安和陳島就一起叫了起來：「傑克和弗烈。是他們，他們每次度假，總是到日本去的。」

我提到那盒金屬盒子的磁帶，陳島憤怒得漲紅了臉，用力敲著桌子，罵著：「這兩個賊，竟把那麼重要的東西偷了出來。」

我提及那具儀器，陳島的樣子，像是要殺人，相信弗烈和傑克兩人如果在的話，非趕快逃命不可。他恨恨地道：「那在兩年前失竊，真可惡，這具儀器，更加重要。」

再接下來，講到白素的幻覺，尾杉的死亡，梁若水和陳島，不住互望著，像是對我的敘述很能心領神會。

等到我講完，陳島嘆了一聲：「一切和我們想像很接近，只是我再也想不到，主要的關鍵是在我的研究所。」

我盯著陳島，我曾懷疑他是一個「幕後主持人」，一個掌握了某種力量之後、野心勃勃的科學家。可是他看來實在不像。

或許由於我盯著他看的目光太古怪，陳島也覺察了，他問道：「你這樣看我幹什麼？」

他問了一聲之後，隨即苦笑道：「我真不知道我的研究是不是應該繼續下去。」

我不明白：「你這樣說是什麼意思？」

陳島沉默了片刻，才道：「在飛機上，我曾邀請你到我的研究所來一下，那是因爲我們的研究，已經有了一定的成就，神妙之極，我對你說過我的理論？」

我忙道：「是，你研究的成果是什麼？」

陳島又靜了片刻：「我們的研究，從蛾類能直接互相溝通開始，假定了蛾類一定通過它的身體某部，發射出一種信號，使它的同類能夠接收到。而我們所要做的第一步工作，就是用儀器把這種訊號捕捉，紀錄下來，加以研究。」

我聽得有點緊張，手心在微微冒汗。

陳島道：「這是一項困難工作，因爲蛾類發出的訊號，究竟是什麼類型，我們一無所知，就只好用各種各樣接收不同訊號的儀器來做實驗，甚至聯合了電子工程人員，創設了不少接受訊號的儀器。好在安普女伯爵十分慷慨，對我們所需的經費，一直無限制地支持。」

我那時，還不知道安普女伯爵是何許人也，後來陳島才又講給我聽的。

當時我也沒有問，只得聽陳島講下去。

陳島道：「這樣的研究工作，等於是在漆黑一團之中摸索，一次又一次失敗，並沒有使我們氣餒，因爲我們知道這種訊號一定存在，只不過我們沒有把它找出來。」

我不禁很感動：「這才是科學研究，居里夫婦是堅信有放射性元素的存在，才會在無數次失敗之後，發現了鐳。」

陳島謙遜地笑了一下：「到後來，我們終於有了成績，在一具接收類似脈動磁場所造成的光變信號的儀器上，有了反應。」

我聽到這裡，陡地一呆，叫著：「等一等。」

我在迅速地轉念：脈動磁場造成的光變信號，這個古怪贅口的名詞，我曾聽到過，一定曾聽到過！

不到幾秒鐘，我就想起來了，那是道吉爾博士告訴我的，一艘太空船，在太空，接收到這樣的信號，經過了幾十道解析手續，變成了聲波，是地球上人類交談的聲音。收到的兩則談話，一則是有關買兇殺人，一則是一個人要謀殺美國總統。這兩件事都已成爲事實。

而現在陳島又提及了這種訊號。

我凝神的樣子，引起了其他人的注意，大家都向我望來，我忙道：「你再說下去，等你說完了，我再向你講另一件怪異的事。」

陳島不知道我要講什麼，他繼續道：「這種訊號，十分微弱，但總是給我們捕捉到了，我們不斷地請工程人員改進儀器，使接到的信號能夠強些，可以通過磁帶的運轉，將之記錄下來。把信號記錄下來，就可以再把它放射出來，而我們終於做到了這一點。幫助我們做到這一點的，就是弗烈和傑克偷出來送給尾杉的那一具儀器。」

我咽下了一口口水：「你是說，這具儀器，可以接收，放射那種脈動光變信號？」

陳島點了點頭：「在研究所中，我們放出信號，其他的飛蛾，顯然全能接收得到，可以憑信號去指揮它們的行動。」

我遲疑地問：「只是……接收、記錄了蛾類放射出來的信號？」

陳島道：「是的，只是飛蛾，而且還只是一種飛蛾。」

我深深吸了一口氣：「可是，這具儀器，顯然有一種可以干擾人類腦部活動的力量，尾杉藉著它，增進了棋力，張強因爲它而神智失常，那三個證人的幻覺，白素的幻覺，這一切，全由那具儀器產生的怪異力量而來。」

陳島的神情十分嚴肅：「是的，這……我……想，據我不成熟的想法……是……蛾所發出的訊號，和人類在作同樣活動時所發出的訊號，性質相同，屬於同一類的訊號。」我眨著眼，一時之間不知作何反應才好。

過了好一會，我才講得出話來：「陳博士你是想告訴我，已經發生了的這些事，都只是偶然形成的？」陳島緩緩地道：「正是這個意思。」

我還想說什麼，陳島作了一個手勢，阻止我說下去：「正由於人腦活動所產生的信號，與飛蛾類似，所以，飛蛾的信號發射，被人腦接收了，就會干擾人腦的活動。被干擾了活動的人，我們可以稱之爲受害者。」

我不同意陳島的話，但暫時也不想反駁。陳島指著洪安：「在研究所中，第一個受害者是洪安，他的腦部活動，受到了干擾，所以他以爲發現了一隻新種的蛾。」

洪安喃喃地說了一句什麼，聽不清楚，多半是「明明是有一隻蛾在，你們自己看不見」之類。

陳島又道：「在研究所之外的受害人是尾杉。尾杉的情形比洪安更糟，因爲他完全不懂，他只是聽我講起這個理論，他買了記錄訊號的磁帶，腦部受到了極大的干擾，這種干擾，可能在某種程度上，使他易於接收他人腦部活動放出的訊號，那是我的假設。如果他有了這樣的能力，他就等於可以直接知道人家在想什麼。」

我吸了一口氣，這個分析，和我的假設一致，陳島又道：「不過這種能力，不穩定或者模糊。他只知道一點道理，那副耳筒，並不是研究所的出品。我相信是弗烈或傑克做來給他，便於使腦部接收到訊號，那十分危險，使人腦受干擾的程度增加，張強的墜樓，就是這種情形下產生的悲劇。」

梁若水發出了一下低低的長嘆聲，我也不由自主，嘆了一口氣。

陳島繼續道：「張強受了干擾，那三個酒店職工的腦部，也受到了干擾。這種干擾是如何形成，如何影響，如何控制，如何在特定的情形下才和人腦的活動發生作用，我們一無所知。像時造先生，他顯然是在尾杉的住所之中就受到了干擾，可是在若干時日之後發作，使他無法在鏡子中看到自己。」

時造發出了一下十分苦澀的笑容來：「是不是可以使我又看到自己？」

陳島道：「我不知道，你可以到我的研究所來，接受進一步的干擾，只要你有勇氣的話。」

時造道：「只要使我能看到自己，何需勇氣？」

陳島苦笑了一下：「或許，在再受到干擾之後，你一照鏡子，看到的是兩個自己，也有可能，看到你自己是一隻蛾。」

時造「啊」地一聲，吞下了一口口水，不再出聲，神情十分可怖。一個人在鏡子中看不到自己，已經夠可怖了，要是一照鏡子，看到的是一隻蛾，或是不知所云的一個怪物，那自然更恐怖。而這種情形，完全可能發生，要看腦部活動受到了什麼樣的干擾而定。

梁若水忽然道：「你當日曾說，只要讓洪安出院，你就可以讓他痊癒，是不是你已掌握了什麼方法？」

陳島道：「我知道洪安的受干擾，是因爲他長期記錄、放射同一信號之故。那訊號，是雌蛾發出來，引誘雄蛾的。我想，如果再讓他長期接觸蛾類找不到同類的訊號，或許可令得他眼前的飛蛾消失。」

我大聲道：「陳博士，你的立論不通，你說，由於蛾發射的訊號和人腦活動的信號是同類的，所以人腦就受到了干擾，蛾的活動一直存在，爲什麼以前沒有人受到干擾？」

陳島望著我，微微一笑：「第一，你怎知以前沒有人受到干擾？世界上那麼多千奇百怪的瘋子，是從哪裡來的？第二，經過我們處理的訊號，再放射出來，通過了儀器放大，比原來的強烈了許多倍，所以也比較容易和人腦發生作用。」

陳島的解釋，可以說合乎情理。

他又嘆了一聲：「研究蛾類，會研究出這樣的副作用，真是始料不及，我鄭重考慮，是不是再進一步研究下去。」

梁若水立時道：「當然繼續下去。」

陳島一字一頓道：「若是再繼續下去，研究的目標，就是要搜集，設法捕捉人腦活動所發出的訊號了。」

梁若水道：「那有什麼不可以，我是精神病醫生，有這方面的知識，可以和你研究。」

我感到不寒而慄：「把人來作試驗品？」

梁若水立時說道：「可是想想，如果成功了，那將是什麼樣的發現。」

我苦笑了一下，並沒有再去阻止他們，誰知道研究下去會怎麼樣，或許人類的科學進展，總有一天會到這一地步，他們不去做，也有別的人去做的。

在各人沉默了一會之後，我才道：「那種脈動磁性光變訊號，有一艘太空船，曾在太空接收到，經過大型電腦的解析，竟然可以還原成爲聲音。」

陳島以異樣的眼光望著我，我把道吉爾博士的發現講了出來。

陳島聽到一半，就出現極其激動和興奮的神情，站起又坐下，坐下又站起，不斷道：「我可以解釋，我可以解釋。」

我要連連作手勢，示意他不要打斷我的話，才能把話說完。我有點沒好氣地道：「好，你解釋吧。」

陳島臉漲得通紅：「這證明我的假設是對的，人腦活動，放射出來的訊號，是脈動磁性光變訊號！和蛾類一樣，極有可能，所有動物的訊息全一樣，這真是偉大的發現，我要立即和道吉爾博士聯絡。」

我冷冷地望著他：「你還沒有解釋，何以這種訊號會在太空被太空船接收到的。」

陳島一副嗤之以鼻的神情：「那又有什麼奇怪，人要上太空難，訊號要上太空有什麼困難？算它三百公里，對於訊號來說又算什麼，理論上，訊號發射之後，可以一直擴散、前進，距離無限，變化的只是訊號的強弱。」

我剛想反駁，陳島又揮揮手：「訊號，各種各樣的訊號，在空間存在，就在我們的身邊，不知道有多少種訊號在，你接收不到，它就不能爲你感覺到，接收到了，就知道它確實存在。例如無線電波，只要我們有一具收音機，就可以收到來自地球另一端的聲音。」

我悶哼一聲：「照你這樣說，道吉爾博士的儀器，如果放在地面上，那豈不是可以接收到更多地球人的對話？」

陳島搖頭道：「未必，或許這種訊號在地球表面，反倒十分微弱，在太空中某一特別的環境之中，受了某種外來因素的影響，才變得可以爲儀器接收。」

梁若水道：「只要能掌握接收的條件，地球上所有人類的腦部活動——人的思想活動，就可以被紀錄下來。」

陳島像是事情已經變爲事實一樣，大聲道：「同樣，也可以由此影響人類的腦部活動，只要向人腦輸出信號就可以了。」

我聽了默然半晌，說不出話來，看來，梁若水和陳島，情投意合，一定要去進行共同研究。陳島又催道：「和道吉爾博士怎樣聯絡，請告訴我。」

我嘆了一聲：「有一個朋友，叫江樓月，他——」

陳島「啊」地一聲：「江博士！我們研究所中，有一些儀器，是他設計的，沒有他的幫助，我們也不可能有初步的成績。」

我苦笑了一下：「好嘛，所有的人，全走到一堆了，我打電話給他，他和道吉爾博士，經常保持聯絡。」我撥了江樓月的電話，電話一通，江樓月聽到了我的聲音。

江樓月直嚷了起來：「好傢伙，衛斯理，你倒置身事外，沒有事了。」

江樓月嚷得那麼大聲，我不得不將電話聽筒拿得離耳朵遠些，他的嚷叫聲，竟使辦公室中所有人都聽得清清楚楚，我搖頭向各人苦笑：「他發出的訊號太強烈了。」

人發出的聲音，是一種聲波訊號，當這種訊號成爲一種規則時，就是語言，可以爲其他的人所接收，而接收者必須要懂得這種訊號的規律，不然，接收到的，只是一些沒有意義的音節。

而當兩個人在電話中通話的時候，情形就更加複雜，先要把聲波訊號轉換成聲頻電訊號，然後傳送出去，再加以還原。

我們每個人，幾乎每天都打電話，可是有多少人想到過其間有那麼複雜的程式呢？

聽得我這樣講，陳島立時道：「是的，聲訊號和腦訊號，基本上同是訊號。」

我向著電話：「怎麼，什麼叫我置身事外？我爲什麼要置身事內？」

江樓月的聲音十分氣憤：「那計畫是你想出來的！」

我陡地怔了一下，我自然知道，他說的「那計畫」是特地進行一次太空飛行，去搜集那種怪異訊號。上次，江樓月告訴我，計畫已經實施，特地秘密地派了一架太空穿梭機去進行，如今他這樣說，難道這次計畫有了意外？

我忙道：「你慢慢說，發生了什麼事。」

江樓月怒道：「慢慢說，你再不到美國去，美國的太空總署和情報機構，會派三千多個特務，把你炸成灰燼，你盡一切可能，立刻去見道吉爾博士，別再拿你的妻子來作推搪。」

江樓月這樣講話，自然令我極其不愉快，但是我也知道事情一定十分嚴重，所以我沒有回罵他，只是道：「好！你去準備機票，連你自己在內，一共是六個人。」

江樓月也真的急了，他也沒有問我其餘幾個是什麼人，就大聲道：「好，飛機場見，一小時之後不見你，就放火燒你的房子。」

他講完之後，就掛上了電話，我接連「喂」了幾聲，連忙再撥電話，已經變成了沒有人接聽，可知他一放下電話，立即離開。

我只好向各人作了一個無可奈何的手勢，時造搖頭道：「我不想到美國去。」

洪安道：「我也不想去，我的困擾，和時造先生一樣，不如先到研究所去，用各種方法試試，反正情形也不會再壞到哪裡去了，時造先生，你敢不敢去作一個嘗試？」

時造旨人苦笑：「當然敢，大不了再使我連鏡子都看不到。」

洪安和時造兩人決定不去美國，我計算著時間，到飛機場大約四十分鐘的路程，我還可以和白素通通話，不必擔心房子會被江樓月放火燒掉。

電話接通，我把這裡的情形，告訴了白素，並且對她說，我要和陳島、梁若水一起到美國去一次。白素並不反對，反正她開審還有七八天，到那時我一定可以趕到東京來。

放下電話，梁若水皺眉：「至少，我要去收拾一下行李。」

我笑道：「你又不是沒有出過門的人，可憐可憐我的房子吧。只要你的旅行證件在身邊，我們立刻就到機場去。」

梁若水沒有再說什麼，和陳島互望了一眼，陳島道：「需要的東西，到處可以買得到。」他又對洪安道：「你帶時造先生到研究所去，請你別再到處要人家看你手中的蛾，不然，只怕不准你上飛機。」

洪安有點啼笑皆非：「不會，所長你放心。」

洪安和時造兩個人，雖然不是瘋子，可是他們兩人的腦中，都接受了某種訊號的誤導，由得他們兩個人去作長途旅行，總叫人有點不放心，可是也沒有別人可以陪他們，只好要他們自己小心了。

我、陳島、梁若水三人，離開了醫院，直赴機場，一進機場大堂，就看到江樓月滿頭大汗，揚著一疊飛機票，在團團亂轉。這個人，在設計大型電腦的時候，不知道是不是也這種德性，這時候，他看起來就像是沒有了頭的蒼蠅。

他一看到了我，「啊哈」一聲大叫，令得在他身邊的一個小孩子，被嚇得「哇」地一聲，哭了起來。他道：「還好，你來了，再差五分鐘，我就要去買放火用品了。」

我只好對他苦笑，他和陳島，互相聞名，沒有見過，我再介紹他和梁若水認識。江樓月唯恐我們臨時變卦，急急向我們要了旅遊證件，由他一個人去辦登機手續，然後，我們一起到了侯機室中，坐定之後，江樓月才對陳島和梁若水道：「對不起，兩位去是爲了——」

我代他們回答：「陳博士的研究，有些地方和道吉爾博士的工作，不謀而合。

梁醫生是精神病醫生，對人的腦部活動，十分有研究。」

江樓月「哦」地一聲，沒有再問下去，又指著我：「你闖禍了。」

我啼笑皆非：「我提議進行一次太空飛行，這並不表示飛行有了意外，就要我負責。究竟出了什麼事，那艘新太空穿梭機墜毀了？」江樓月瞪了我一眼：「胡說，安全降落了，可是駕駛員葛陵少校——」頓了一頓，才道：「據道吉爾博士在電話裡告訴我，葛陵少校瘋了！現在幾個機構都在互相推諉責任，不敢公佈這件事。」

一個太空飛行員，在一次太空飛行之後「瘋了」，陳島、梁若水和我三人，立時很有默契似地互望了一眼。

江樓月一旁眨著眼：「你們想到了什麼？」

我把我們得到的初步結論，向江樓月說了一遍，陳島和梁若水，又作了若干補充，江樓月聽了之後，呆了半晌，才道：「這樣說來，那……是意外？道吉爾說，這次，儀器什麼訊號也沒有收到。」

陳島苦笑道：「真是可怕的意外，在那個區域，訊號一定相當強，儀器不一定收得到，人腦反倒可以收到。」

梁若水也道：「我不知道葛陵少校的症狀，但是可以推測到，他的腦部活動，一定受到了太多訊號雜亂的干擾，那真是太不幸了。」

江樓月張大了口，一句話也講不出來，從那時起，一直到上了飛機，坐定之後，他才出聲，大聲道：「你們對於自己的推測所得，真有信心。一切，只不過是你們的推測，是不是？」

陳島道：「是。但這個推測可信。」

江樓月又想了一會，才點了點頭，「嗯」地一聲，神態雖然有點勉強，但還是點了點頭。

這幾天之中，我累到極點，飛機一起飛，我就推下椅背，呼呼大睡。朦朧之中，只覺得陳島和梁若水一直在喃喃細語，有時也聽到江樓月的聲音，但我卻一概不理會。

飛機到了三藩市機場，一個軍官來迎接我們，替我們準備了一架軍用飛機，立即轉飛道吉爾博士的研究基地，真可以說是馬不停蹄，江樓月呵欠連連，面有倦色，梁若水和陳島，看來卻是精神煥發。

研究所的建築相當宏偉，我們才一進去，就看到一個身材健美、曲線玲瓏的金髮美人，正怒氣衝衝地向著道吉爾博士說話，她的聲音雖然充滿了焦急和憤怒，但還是十分動聽，她正在責問博士：「我的丈夫究竟怎麼了？為什麼飛行回來，我一直不能見他？你們再要這樣鬼鬼祟祟，我馬上舉行記者招待會？」

道吉爾博士一面抹汗，一面連聲道：「葛陵太太，你別著急，由於某種需要絕對保密的理由，葛陵少校不能見任何人，我們會儘快結束這種情形。」

葛陵太太——那個金髮美人，自然是葛陵少校的妻子桃麗：「好，我給你二十四小時。」

看博士的神情，像是還想討價還價一番，可是桃麗一說完，就轉身向外走，當她看到我們時，現出幾分奇怪的神情來，然後，向梁若水一笑：「小姐，你真漂亮。」

梁若水回答了一句：「你才漂亮。」

桃麗走了出去，博士向我們走來，我壓低了聲音：「博士，梁醫生是精神病醫生，讓我們先去看看葛陵少校，別的事再說。」

博士長嘆了一聲，帶著我們，乘搭電梯，來到了建築物的頂層，經過了一個曲折的走廊，來到了一間有兩個守衛的門前，推開門，裡面是一個客廳，有兩個中年人正在談話。博士道：「這是我們的精神病醫生，葛陵少校的神經很不正常。」

梁若水鎮定地道：「我們可以解釋他神經不正常的原因，但不知能否使他回復正常。」

在裡面的兩個醫生，一起用不信任的眼光，向梁若水望來，博士去敲一扇門，敲了兩下，就推開了門，裡面是一間臥室。

向內看去，看到一個體型高大、相貌英俊的男人，坐在床沿。博士叫了一聲：「葛陵少校。」

葛陵少校和他的妻子，是十分標準的一對。可是這時，神俊高大的葛陵少校，神情卻有點呆滯，博士一叫他，他抬起頭來，口唇顫動著，喃喃說了一句話，這句話，所有聽到的人，全部聽不懂。

他像是也感到了我們沒有聽明白他的那句話，又提高了聲音，說了一遍。

他的話，仍然沒有人聽得懂，可是我卻吃了一驚。對於世界各地的語言，我有研究，他的那句話，從音節上聽來，像是西非洲岡比亞一帶的土語。我失聲道：「天，他說的是西非洲的土語。」

道吉爾博士向我望了一眼，神情很難過：「是的，他一直在說這種語言，一個語言學家說那是西非洲的語言，可是他也不懂。」

我苦笑道：「在西非洲，語言複雜，一種語言可能只有幾百個人使用，語言學家當然不會懂。」

博士苦笑：「那他怎麼懂的？」

我沒有回答博士的問題，只是向陳島和梁若水道：「現在，至少又證明了一件事，自人腦發射出信號，是人人都有的能力，和文明人或野蠻人無關。」

陳島道：「是。那純粹是生物本能，蛾類有這能力，人有這個能力，我相信所有的生物，都有這個能力，只不過我們還沒有法子捕捉得到這種訊號而已。」

博士叫了起來：「天，你們在說什麼？」

我向江樓月使了一個眼色，示意江樓月去向博士解釋，我來到葛陵少校的面前，用我會說的同種西非洲的土語，對他說著話，但是葛陵少校只是搖頭，自顧自說著他那種令人聽不懂的話。

我在試了半小時之後，才嘆了一聲：「真不幸，他受干擾的程度極嚴重，而且，他腦部受干擾的，是有關掌握語言的那一部分。」

陳島皺著眉，這時，道吉爾博士已經聽完了江樓月向他的解釋，也走進房來：「這樣說來，他是醫不好的，那……唉，怎麼向外界公佈呢？」

陳島道：「唯一的辦法，是把他們送到我的研究所去，試一試。」

博士問：「結果會怎樣？」

陳島攤著手：「沒有人知道。」

博士一副欲哭無淚的樣子，江樓月安慰著他：「或許，下一次該派一艘無人駕駛的太空船到那區域去。」

博士尖聲道：「派你去！還有下次？」

江樓月嚇得不敢出聲，只是一個勁地翻著眼。我道：「除了照陳島的方法之外，沒有別的方法，我們知道，他腦部的活動，確然受了某種外來訊號的干擾，但不知如何驅除，只好去碰碰運氣。」

博士只是唉聲嘆氣，半晌，才無可奈何道：「好了，暫時可以說，葛陵少校有緊急任務，必須到歐洲去。」

陳島說道：「我會和他一起去的，梁醫生當然——」

梁若水點頭：「事不宜遲，遲了，那位金髮美人追究起來，只怕更麻煩了。」

博士長嗟短嘆，我們退到外面的客廳上，那兩位原來在的精神病醫生剛才也聽到了江樓月的話，這時，他們發表他們的意見。

一個道：「你們推測的理論，可以成立。現在正在努力進行研究的『心靈相通』的現象，已有相當成功的例子。據我所知，新澤西州杜漢姆心靈學學院，就有一次實驗，兩個研究員，一個在底特律市的一間密室之中，與外界完全隔絕，另一個則遠赴義大利，每日在不同的地方停留。而留在密室中的那個，則憑自己的感覺，寫下另一個到過的地方，十處地方，竟被他寫中了六處。」

江樓月「嗯」地一聲，三句不離本行：「根據電腦的統計，如果靠瞎猜而猜中那六處地方的機會，是九億分之一。」

那個精神病醫生繼道：「所謂心靈感應，聽起來好像玄之又玄，但根據你們的解釋，就簡單得多了，那是腦訊號的發射與接收。」

另一個精神病醫生道：「是的，在我的病人之中，有一個，因爲工業意外而斷了右臂，他的整條右臂，早已經手術切除了，可是他總覺得右臂發生劇痛。根本不存在的手臂會感到劇痛，那自然是他的腦部活動，使他感到痛，而不是真的痛。」

我吸了一口氣：「這種情形和洪安的看見不存在的東西，時造看不到的存在的東西，有點相同。」

各人靜了一會，才不約而同，發出了一下嘆息聲來。梁若水說出了每一個人爲何嘆息的原因。

梁若水道：「人腦，實在太複雜，也太容易被控制，太不容易瞭解，或許，這就是人的生命的形式？」

沒有人回答她的問題，實在無從回答。她的這個問題，也使人心情鬱悶，不想回答。

過了好一會，我才道：「人到了對這個問題想不通的時候，就會步向虛幻之途，對真和假、存在和不存在、真實和虛無之間的界限，也越來越模糊，甚至劃上等號。」

江樓月悶哼了一聲，大聲道：「只要根據推測得到的理論，研究下去，一定可以有成績的。」

陳島顯然讚成江樓月的意見，他忙道：「江博士，你說得對，我會窮畢生之力去研究，以後如果在儀器方面，有要你幫助之處——」

江樓月拍他的胸口：「我一定盡力而為。」

陳島又向道吉爾博士道：「關於你在太空收集訊號的儀器，我想借來參考一下。」

道吉爾博士想了一想，慨然道：「好。」

他們幾個博士，繼續在討論著將來如何在研究上合作的問題，我想已經沒有我的事了，我寧願早一點到東京去陪白素。

於是我向他們告辭，又到飛機場去。在飛機上，照例什麼也不理會，只是睡覺。到了東京之後，直驅酒店，芳子和爾子陪著白素，白素見到了我，自然很高興。我和高田警官聯絡上之後，他的聲音中充滿了關切：「你真有辦法使尊夫人沒有事？」

我取笑道：「你還沒有想出辯護的方法來？」

高田聲音沮喪：「還沒有。」

我道：「慢慢想，你一定會想到的。」

到了開庭那一天，熱鬧無比，記者群集，那位律師愁眉苦臉。

主控開始傳訊證人，第一個上臺的是寶田滿，他詳細地講述看到的情形，講完之後，白素的律師雙手抱住了頭，不敢抬起來。法庭中所有的人，都用詫異的目光望向白素，心中顯然全在想：何以這樣出色的一個人會做那麼凶殘的事？

白素十分鎮定，帶著微笑。輪到辯方律師盤問證人，那律師向我望來，我在他耳邊，低語了幾句，那律師像是才吞了一隻炮仗椒，一副垂頭喪氣的樣子，問：「寶田先生，你說看到死者用手抓住破裂了的玻璃，企圖阻止外跌，但是被告還是不斷推他？」

寶田滿肯定地道：「是。那情形可怕極了，破裂的玻璃，割得死者的手全是血。」

寶田滿的話才出口，廳中突然有一個人，發出了「啊」地一下呼叫聲來，法官立時對他怒目相向，可是那人卻笑容滿面，一副高興之極的模樣。

那個人，就是高田警官，我和他互望了一眼，點了點頭，因為我知道他為什麼呼叫，他已經想出了我有方法可以令白素自由離開法庭。

我向他作了一個手勢，示意他離開法庭，高田警官滿面笑容，走了出去。和聰明人打交道，真是愉快的事，我甚至不必和他交談一句，他就知道自己該去做什麼了。接著，是兩個女工輪流作供，每次作供完畢，我都叫律師去問同樣的問題，兩個證人作了同樣的肯定的答覆。

這時，庭外突然傳了一陣喧嘩，我知道高田已經回來了，又對律師講了幾句，律師大是興奮，立時道：「法官大人，我有一項強有力的證據，可以推翻三位目擊證人的證供，請法官大人准予呈堂。」

主控方面的沒有反對，法官點頭批准，法庭的門打開，法庭中所有的人，都愕然站起，人人可以看到，高田警官和一個殮房的職員，推著一具白布覆蓋著的屍體，走了進來。

法官一再敲槌，法庭中才靜了下來。白素的律師侃侃而談，和剛才判若兩人：

「法官大人，這是死者張強的屍體，剛才，三位證人的證供中，都提及死者雙手抓住破裂的玻璃，割得他雙手鮮血四濺，現在請大人看死者的雙手。」

律師走過去，揭開白布，把屍體的雙手一起提起來，屍體的雙手誰都看得出來，絲毫沒有割傷過的痕跡。

法庭中又傳出了一陣交頭接耳聲，律師又道：「死者的屍體，曾經過詳細的檢驗，法醫官的報告書中，也從來未曾提及死者雙手有過傷痕。」

律師講到這裡，向我望來，我遞了一張字條給他，他看了一下，照著我在字條中所寫的說：「我不指責三位證人是在說謊，只想指出一點——三位證人看到的，顯然不是事實，沒有任何事實去支持他們的證供。」

法庭上的喧嘩，法官已無法控制了。

半小時之後，我和白素、律師、高田，一起離開法庭，大批記者跟著拍照，證供與事實不符，白素自然無罪釋放，張強的死，純粹因爲他腦部不知道接受了什麼訊號的誤導。

我相信，尾杉的死，原因也是一樣，接受了誤導的信號，或許那信號令得他自己以爲是一條魚，所以就躍向山溪之中。

只有一個疑問，始終不能確實解開，那就是，張強當晚在回到旅館之後，爲什麼不打電話給我。

我和白素商量這個疑問，得出的結論是，當時尾杉可能在酒店之中。張強回來，尾杉看到了，可能對張強採取了某種行動，最可能是對張強進行了不知不覺的催眠。

催眠術本來也是訊號輸出，使人接受的一種方法，有單對單的催眠，也有大規模有組織的催眠宣傳，用在商業上、政治上，使成千上萬的人，接受輸出訊號的誤導。

真正的情形如何不得而知，但尾杉既然事後曾取回儀器，他和張強早曾相遇，極有可能。

我們並沒有多在東京停留，就回家，休息了幾天之後，就到維也納去，目的地是維也納的安普蛾類研究所。

當我們走進陳島的辦公室之際，看到梁若水正在牆上，掛起一幅畫。

那幅畫，就是在臺北一個畫廊中見到過，也曾掛在梁若水辦公室中的「茫點」。

我幫著她掛好了畫：「現在，我多少可以解釋一下畫家的用心了，眼睛部分遮著，這表示看到和看不到，其實是一樣的，真相和不是真相，眼不起作用，起作用的是腦。」

梁若水點頭：「是，而人腦又是那樣迷茫，對訊號的接受，甚至不能自己作主，太容易受外來訊號的影響，而作出錯誤的判斷。」

白素嘆了一聲：「人類的歷史，就是在這樣的情形之下產生的。」

梁若水也嘆了一聲：「什麼時候，我們才自己是自己的主人，不受各種各樣外來信號的干擾？人腦中的茫點何在？這是我想要研究的中心。」

我們講到這裡時，陳島走了進來。我忙問：「三位不幸者的情形怎樣？」

陳島道：「葛陵少校的情形最好，三個人一起在實驗室中，接受我們搜集的訊號的輸出，開始的時候，三個人都表現得很慌亂，但是葛陵少校突然恢復了正常，他說，他連自己是怎麼降落的都不記得了，那一段日子，在他的記憶中是一片空白，就像喝醉了酒的人，不記得發生過什麼事。」

我倒抽了一口涼氣：「他居然能操縱太空穿梭機降落地面？」

陳島作了一個手勢：「那可能是他的潛意識還未曾受到誤導干擾，人的腦部構造實在太複雜了，不知要多久才能有一點研究結果。」我和白素有同感。我們在陳島的帶領之下，參觀了他的研究所，他研究的目的是什麼，我已經知道，但是研究的過程如何，卻實在沒有法子瞭解。

各位如果到維也納，不妨到安普蛾類研究所的門口去看看，不過這個研究所是絕對謝絕參觀的。

洪安和時造會怎樣，那只好看他們接受偶然的因素是多少，換句通俗一點的話說，要看他們的運氣。離開了維也納之後，回到了家中，總算事情告了一個段落，但是心中的茫然之感，卻久久不能去。

人類對於自己身體主要的構成部分，所知竟然如此之少，難怪人生那麼痛苦。

（完）

古聲

序言

「古聲」創作的正確日子也記不清了，至少有二十年了吧。這個故事的設想，十分奇特，最妙的是，幾年前，報上有消息，說科學家正致力於在古代的陶瓷器中尋找古代的聲音，理論的根據和「古聲」的設想，簡直一模一樣，當時看了這消息，心中著實高興了好一陣。

人類對聲音的保存方法知道的太少，實在是一大憾事，以致歷史上許多重大的事件，都成了疑案。看看現在記錄，保存聲音的普遍，可知人類科學還在進步之中。

一個好的設想，並不代表好的小說，「古聲」設想奇佳，故事卻普通。

倪匡

第一部：錄音帶上的怪聲音

天氣很陰沉，又熱，是叫人對甚麼事都提不起勁來的壞天氣，起身之後，還不到一小時，我已經伸了十七八個懶腰，真想不出在那樣的天氣之中，做些甚麼才好，當我想到實在沒有甚麼可做時，又不由自主，接連打了好幾個呵欠。

白素到歐洲旅行去了，家裏只有我一個人，使得無聊加倍，翻了翻報紙，連新聞也似乎沉悶無比。

我聽到門鈴響，不一會，老蔡拿了一個小小的盒子來：「郵差送來的。」

我拿起那隻木盒子來看了看，盒上註明盒中的東西是「錄音帶一卷」，有「熊寄」字樣。

我想不起我有哪一個朋友姓熊，盒子從瑞士寄來，我將盒子撬了開來。

木盒中是一隻塑膠盒，塑膠盒打開，是一卷錄音帶。這一天到這時候，精神才爲之一振。

磁性錄音帶，是十分奇妙的東西，從外表看來，每一卷錄音帶都一樣，甚至連錄過音，或是未錄過音，也無法看得出來。

但是如果將錄音帶放到了錄音機上，就會發出各種不同的聲音。沒有人能夠猜得到，一卷錄音帶上，記錄著甚麼聲音。

我立時拉開抽屜，在那個抽屜中，是一具性能十分良好的錄音機，我將那卷錄音帶放了上去，按下了掣，我聽到了一個中年人低沉的聲音：「衛先生，我是熊逸。你並不認識我，我是德國一家博物院的研究員，我和令妻舅白先生是好朋友，昨天我還會晤過尊夫人，她勸我將這卷錄音帶寄給你。」

我聽到這裏，欠了欠身子。

我本來就記不起自己有甚麼朋友是姓熊的，原來是白素叫那位先生寄來的，那麼，這卷錄音帶中，究竟有甚麼古怪呢？

這時，我已覺得自己精神充沛，對一切古怪的事，我都有著極度的興趣，最怕日子平凡，刻板得今天和昨天完全一樣，沒有一點新鮮。

用心聽下去，仍然是那位熊先生的聲音：「短期內我有東方之行，所以現在，先想請你聽聽這錄音帶中記錄下來的聲音，不知你會對這些聲音，有甚麼看法。」

那位熊先生的聲音到這裏，便停了下來。

接著，便是約莫十五秒那輕微的「絲絲」聲，那表示錄音帶上，沒有記錄著任何聲音。

我正有點不耐煩時，聲音來了。

先是一陣「拍拍」的聲響，像是有人在拍打著甚麼，那種拍打聲，節奏單調而又沉緩，聽了之後，有一種使人心直向下沉的感覺。

那種「拍拍」聲，持續了約莫十分鐘。

再接著，便是另一種有節奏的聲響，我很難形容那是甚麼聲音，那好像是一種竹製的簡陋樂器所發出來的「嗚嗚」聲，多半是吹奏出來的。

我自己對自己笑了一下，心中在想，那位熊先生不知究竟在搗甚麼鬼，寄了一些這樣的聲音來給我聽，莫非是知道我今天會覺得無聊，是以特地弄些莫名其妙的東西來，好使我覺得有趣？

聽了兩分鐘，全是那單調的聲音，「拍拍」聲和「嗚嗚」聲還在持續，我不由自主，又打了一個呵欠。

可是我那個呵欠還未曾打得完，口還沒有合攏來，便嚇了老大一跳，那是因爲在錄音機中傳出來的一下呼叫聲。毫無疑問，是一個女人的呼叫聲。

我之所以給那一下呼叫聲嚇了一大跳，是因爲在那女子的呼叫聲中，充滿了絕望、悲憤，那種尖銳的聲音，久久不絕，終於又變得低沉，拖了足有半分鐘之久，聽了令人心悸。

我在一震之後，連忙按下了錄音機的停止掣，吸了一口氣，將錄音帶倒轉，再按下掣，因爲我要再聽一遍那女人的尖叫聲。

當我第二次聽到那女子的尖叫聲之際，我仍然有一陣說不出來的不舒服，剎那之間，有坐立不安的感覺。因爲一個人，若不是在絕無希望，痛苦之極的心情之下，決不會發出那樣的聲音。

我皺眉，再用心聽下去，只聽得在那女人尖銳的呼叫聲，漸漸轉爲低沉之後，便是一陣急速的喘息聲，再接著，聲音完全靜止了。

然後，那種「拍拍」聲和「嗚嗚」聲，再度響起，再然後，我聽到很多人在唱，那是男男女女的大合唱，也無法分辨出究竟有多少人在唱著，聲音低沉、含混。每一句的音節十只有四、五節，而每一句的最後一個字，聽來都是「ＳＨＵ」。

那好像是在唱一首哀歌，我注意到那種單音節的發音，那是中國語言一字一音的特徵，是以我竭力想聽出這些人在唱些甚麼。

可是我卻沒有聽出結果，連一句也聽不出來，我接連聽了好幾遍，除了對那個「ＳＨＵ」字的單音．感到有很深的印象之外，也沒有甚麼新的發現。

這種大合唱，大約持續了五分鐘，接著，又是一種金屬器敲擊的聲音，然後，便是一種十分含混不清的聲音，根本辨別不出那是甚麼來。

這種含混不清的聲音，繼續了幾分鐘之後，那卷錄音帶，已經完了。

我又從頭到尾，再聽一遍，若有人問我，錄音帶中記錄下來的那些聲音，究竟有甚麼意義，我一點說不上來。

而如果要我推測的話，那麼，我的推測是：一個女人因為某種事故死了，一大群人，在替她唱哀歌，這個推測，我想合乎情理。

自然，我也無法說我的推測是事實，我只能說，那比較合乎情理，至於那些聲音，究竟代表著一件甚麼事，只有去問那個寄錄音帶給我的熊逸先生了。

我是個好奇心十分強烈的人，是以我立時拿起電話來，當長途電話接通德國那家博物院時，我得到的回答是：熊逸研究員因公到亞洲去了。

我的心中，悵然若失，我知道他一定會來找我，解釋寄那卷錄音帶給我的目的，和那些聲音的來源。

可是我是一個心急的人，希望立即就知道這些難以解釋的謎。

那一天，接下來的時間中，我一遍又一遍地聽著那卷錄音帶，不知聽了多少遍。是以，當天色漸漸暗下來，我想靜一靜的時候，卻變得無法靜下來了，在我的耳際，似乎還在響著那種四個字一句，五個字一句，調子沉緩的歌，和那種給人印象深刻的「ＳＨＵ」、「ＳＨＵ」聲。

我嘆了一聲，覺得必須輕鬆一下，至少我該用另一種音樂，來替代那種歌聲在我腦中所留下的印象，是以我特地到了一個只有少年人才喜歡去的地方，在那種噪耳的音樂之下，消磨了一小時，然後又約了幾個朋友，在吃了晚飯之後，才回到了家中。

我在晚上十一時左右回家，我一進門，老蔡便道：「有一位熊先生，打了好幾次電話來找你，他請你一回來，立即就到……」

講到這裏，取出了一張小紙條來：「到景美酒店，一二〇四室，他在等你！」

我不禁伸手在自己的頭上，敲打了一下，我就是因爲心急想知道那卷錄音帶的來由，感到時間難以打發，是以才出去消磨時間的，卻不料熊逸早就到了！

我撥了一個電話到景美酒店，從熊逸的聲音聽來，他應該是一個很豪爽的人。我在電話中和他並沒有說甚麼，只是告訴他，我立即來看他，請他不要出去，然後，帶著那錄音帶就飛車前往。

二十分鐘之後，我已站在酒店的房門外，我敲門，熊逸打開門讓我進去。

我們兩人，先打量著對方，再互相熱烈地握手，熊逸是一個面色紅潤的高個子，我的估計不錯，這一類型的人，熱誠而坦白。

我也不和他寒喧，第一句就道：「聽過了那卷錄音帶，你將它寄給我，是甚麼意思？」

熊逸皺著眉：「我想聽聽你的意見。」

我攤手道：「我的意見？我有甚麼意見，我不知道那聲音的來源，有甚麼意見可以發表？」

熊逸點頭道：「那是比較困難些，但是，我一樣不知道那些聲音的來源。」

「你那樣說，是甚麼意思？」我心中十分疑惑。

「那卷錄音帶，是人家寄給我的，」熊逸解釋著：「寄給我的人，是我的一個老同學，學考古。」

我仍然不明白他在講些甚麼，只好瞪大著眼望著他，我發現熊逸這個人，可能在考古學上有大成就，但是他至少有一個缺點，那就是他講話條理欠分明。

他呆了半晌，像是也知道我聽不懂他的話，所以又道：「我的意思是，他將那卷錄音帶寄給我，同時來了一封信，說他立刻就來見我。」

熊逸講到這裏，忽然苦笑了一下。

我決定不去催他，一個講話條理不分明的人，你在他的敘述之中，問多幾個問題，他可能把事情更岔開去。

我等著，熊逸苦笑了一下：「只不過他再也沒有見到我，他的車子，在奈華達州的公路上失了事，救傷人員到的時候，他已經死了。」

我又不禁皺了皺眉，現在，我至少知道熊逸所說的那個朋友，是住在美國的。

熊逸又道：「調查的結果，他是死於意外的，可是，我總不免有點懷疑。」

我聽到這裏，實在忍不住了：「你懷疑甚麼呢？在美國，汽車失事極普通，你懷疑他不是死於汽車失事，又有甚麼根據？」

熊逸苦笑著：「沒有，我不是偵探，我只是一個考古學家，但是你知道，一個考古學家，也要有推論、假定、歸納、找尋證據的能力，實際上，考古學家的推理能力，和偵探一樣！」

我無可奈何地笑了笑，熊逸的話，可以說是一等一的妙論，但是，想要駁倒他這一番話，倒也不是三言兩語可以解決。所以，我決定不出聲，由得他講下去，他停了半晌，又道：「那個朋友將這卷錄音帶寄了給我，他只是在錄音帶首，講了幾句話，他說，這卷錄音帶是他在一個極其偶然的情形下記錄下來的，他必須和我商量這件事，他將儘快飛到德國來與我會晤。我的好奇心十分強烈，立時打長途電話去找他，他已經走了，而在幾小時之後，我就接到了他失事的消息。」

「是誰來通知你的？」我又忍不住問，因爲一個人在美國失了事，而另一個人在德國立即接到了消息，這未免太快了些。

熊逸回答道：「是這樣，我打電話到他服務的那家博物院去的時候，曾留下我的電話號碼，請他的同事，一有了他的消息之後，就通知我，我也絕想不到，竟會接到了他的死訊。」

我嘆了一聲：「生死無常！」

熊逸道：「我懷疑，因為兩點，第一、他既然決定前來見我，為甚麼不將這卷錄音帶帶來給我，而要先寄來給我？這證明他知道可能遭到甚麼危險，所以才那樣做，第二——」

我不等他講出第二點理由是甚麼，就忍不住「哈哈」大笑了起來。

我一笑，熊逸自然無法再講下去了，他瞪大了眼睛，像是不知道我在笑甚麼。

我道：「熊先生，你可能是一個很出色的考古學家，但是你決不是一個好的偵探，你的第一點的懷疑，決不成立！」

熊逸十分不服氣地道：「為甚麼？」

我揮著手：「你想想，你也是決定要來和我會面，卻又先將那卷錄音帶寄來給我的，難道你也是知道了自己有甚麼危險，所以才那樣做？」

當我舉出這個理由來反駁熊逸的時候，我臉上一定有著十分得意的神情，因爲我所提出來的理由，根本是熊逸無法不承認的。

果然，熊逸不出聲了。

熊逸雖然不出聲，但是他的神情，卻來得十分古怪，他的面色，變得很蒼白，而且，還有很驚惶的神情，他甚至四面看了一下，然後，又吞下了一口口水。雖然他始終沒有說甚麼，但是我心頭的疑惑，卻是越來越甚，我問道：「你怎麼了？」

熊逸卻分明是在掩飾著：「沒有甚麼，你要不要聽我第二個理由？」

我心中暗嘆了一聲，看來熊逸是一個死心眼的人，明明他第一點的懷疑已經不成立了，他還要再說第二點，可是他要說，我又不能不讓他說，是以只好點了點頭：「第二點是甚麼？」

熊逸卻又停了好一會，才道：「他駕駛術極好，十分小心，他的車子出事時，撞出了路面，連翻了好幾下，警方估計當時時速在一百哩以上，他決不是開快車的人！」

我皺了皺眉，熊逸這個懷疑，其實也毫無根據，因爲就算是一個父親，也不知道自己的兒子，甚麼時候，情緒不穩定起來會開快車，何況只不過是兩地相隔的朋友！

但是，我卻沒有反駁他，我只是以開玩笑的口吻道：「還有第三點懷疑麼？」

熊逸搖了搖頭。

我決定不再和熊逸討論他在美國的那位朋友的汽車失事，所以，我將話頭拉了回來，我道：「那麼，對這卷錄音帶的聲音，你有甚麼意見？」

熊逸道：「我去請教過幾個人，他們都說，那樣簡單的節奏，可能是一種民謠，我自己則斷定，那民謠是中國的，或者東方的。」

對於熊逸的這種說法，我大表同意，我又補充道：「從調子那麼沉緩這一點聽來，那種民謠，可能是哀歌。」

熊逸的神情，突然變得緊張了起來：「你自然也聽到了那女子的尖叫聲？」

「是，」我立時道：「這一下尖叫聲，就算是第一百遍聽到，也不免令人心悸。」

熊逸壓低了聲音：「我認爲那一下尖叫，是真正有一個女子在臨死之前，所發出來的。」

我被熊逸的話，嚇了一跳：「你……以爲這其中，有一件命案？」

熊逸的神色更緊張，也點著頭，緊抿著嘴。

我吸了一口氣：「你是說，那件命案發生的時候，你那位朋友恰好在場，他錄下了那聲音，寄來給你？」

熊逸因爲我說中了他心中所想的事，是以大大地鬆了一口氣，可是我卻又忍不住笑了起來。

這實在太荒謬了！

一個人，如果湊巧遇到了一件命案，而又將命案發生的聲音，記錄了下來，那麼，他自然應該將這卷錄音帶，交給當地的警方，而絕找不出一個理由，要寄給一個遠在異地的考古學家。

我一面笑著，一面將心中所想的講了出來，熊逸卻固執地道：「自然，這其中可能還有別的原因，只不過我一時間想不出來！」

我沒有再出聲，熊逸十分固執，這一點，我早已料到，但是，他竟固執到這一地步，我未曾料到。

熊逸好像也有點不好意思，他在沙發中不安地轉了一個身：「你可知道我爲甚麼要將這卷錄音帶交給你？」

我搖頭：「想不出。」

熊逸道：「我曾和不少人，一起聽過這卷錄音帶，他們都一致認爲，錄音帶中所記錄的那種節奏單調的歌詞，是用中國話唱出的。」

我立時點頭：「我也這樣認爲。」

熊逸道：「白先生說，你是中國方言的專家，所以，我希望你能夠辨別出，唱的是一些甚麼話，那麼對了解整件事，就會有莫大的幫助！」

我道：「自然，如果可以聽得懂他們在唱些甚麼，就好辦了，我聽了好多遍，卻一個字也聽不出來，只怕要令你失望了！」

熊逸果然現出十分失望的神色來，他呆了半晌：「真的一個字也聽不出來？」

我攤了攤手：「一個字也聽不出，熊先生，推斷那是中國話，只不過是因爲那種單音節的發音，但世界上仍有很多其它語言，也是單音節發音的，例如非洲的一些土話，印度支那半島上的各種方言，海地島上的巫都語。」

熊逸皺起了眉，好一會不出聲，才道：「你不能確定是甚麼語言？」

我苦笑道：「有一個辦法，可以檢定那是甚麼語言。」

熊逸忙問道：「甚麼辦法？」

「用電腦來檢定。」我的回答很簡單。

熊逸「啊」地一聲，伸手在自己的頭上，拍了一下：「我怎麼沒有想到這一點！」

他一面說，一面站了起來，在房間中，急速地踱著步，然而他又道：「但如果那根本不是世界任何角落的語言，只是某些人自創的一種隱語，那麼，就算是電腦，也沒有法子！」

我望著他：「你又想到了甚麼？」

熊逸顯然十分敏感，他立時道：「你別笑我！」

我道：「你連想到了甚麼都未曾講出來，我笑你甚麼？你究竟想到了甚麼？」

熊逸沉聲道：「你知道，在美國，甚麼古怪的事都有，有很多邪教、幫會，都有他們自己所創造的一種語言——」

熊逸講到這裏，停了一停，像是想看看我的反應，我這次，並沒有笑他，因爲他的分析，很有理由。

美國有許多邪教的組織，那是人所盡知的事，荒唐得難以言喻，他們往往會用極殘酷的法子來處死一個人。

第二部：一隻奇異的陶瓶

當我想到了這一點的時候，我的耳際，似乎又響起了那一下女子的尖叫聲。

我的神情，也緊張了起來，我忙道：「你有錄音機嗎？我們再來聽聽！」

熊逸自然知道我要聽甚麼，他取出了一具錄音機，將那卷錄音帶放了上去。

於是，我又聽到簡單的拍打聲，和那一下，令人神經幾乎閉結的女子尖叫聲。

我們也聽到了那似乎是哀歌一樣，單調沉緩的歌聲，這一切，如果說是一個甚麼邪教組織，在處死了一個女子之後，進行的儀式，那真是再恰當也沒有了，我的臉色，也不禁有些發青！

我們聽完了那一卷錄音帶，熊逸關上了錄音機，我們好一會不說話，熊逸才道：「現在，你認爲我的推斷有理由？」

我點頭：「雖然我想不通，何以你的朋友要將之寄給你，但是我認爲，一定有一個女子被謀殺，你應該和美國警方聯絡。」

熊逸卻搖頭道：「不！」

我的提議很合情理，但是熊逸卻拒絕得如此之快，像是他早已想定了拒絕的理由，這又使我覺得很詫異。

熊逸接著又道：「我那位朋友，將錄音帶寄給我，一定有特別的理由，我想，他知道美國警方，根本無力處理這件事。」

「那麼，寄給你又有甚麼用呢？」

「他希望我作私人的調查！」

我實在不知道我該如何接口才好，我只是皺著眉，一聲不出。

熊逸又道：「而現在，我邀你一起去作私人調查！」

我仍然不出聲，沉默在持續著，過了好幾分鐘，我才道：「我可以和你一起調查一下，但只要我們的工作稍有眉目，我仍然堅持這件事，該交給警方處理。」

熊逸道：「到了那時候再說，我認爲我的朋友，也死在邪教組織之手。」

我的心頭不禁感到了一股寒意，我道：「你不見得想向那邪教組織報仇吧！」

熊逸卻咬牙切齒：「當然是！」

我苦笑了一下：「那樣說來，我們兩個人，也在組織一個邪教了！」

熊逸瞪著眼：「甚麼意思？」

我道：「我認爲，凡是摒棄文明的法律，以落後觀念來處理一切的行動，都和邪教行動，沒有分別。」

熊逸又呆了半晌，才道：「我們可以在調查得真相之後，再要求警方協助。」

我不想再和熊逸爭辯下去，因爲我覺得熊逸答應也好，不答應也好，除非我們根本不去調查，否則，一定要和當地警方聯絡的。

熊逸見我不出聲，他又道：「你對這件事的看法，究竟怎樣，準備從何調查起？」

我皺著眉：「很難說，一點頭緒也沒有，如果要展開調查的話，我想只有先到他工作的地點去了解一下他平日的生活情形，假定他和一個邪教組織有了衝突，我們第一步工作，至少要證明是不是有此可能。」

熊逸握著我的手：「那麼一切都委託你了！」

「一切都委託我？」我不禁愕然：「那是甚麼意思？你不理麼？」

「我當然要理，」熊逸急忙解釋著：「但是我因爲公務，要到高棉的吳哥窟去一次，至少要耽擱一個多月，才能來與你會合！」

我不禁又好氣又好笑，這傢伙，一開始的時候，他如果說他根本是有公務在身的話，只怕我睬也不會睬他，但是事情發展到了現在，我欲罷不能了。

我攤了攤手：「你倒好，將這樣的一個爛攤子交給我，自己走了！」

熊逸道：「我無可奈何啊！」

我道：「算了，我根本不認識你那位朋友，無頭無腦去調查，誰會理我？」

熊逸忙道：「那你放心，這位遇到了不幸的朋友，姓黃，叫黃博宜，他工作的那個博物院院長，也是我的好朋友，我給你一封介紹信。」

他取出了一隻手提打字機來，迅速地打起介紹信來。我的腦中，十分混亂，聽著打字機那種單調的「得得」聲，又使我想起了那卷錄音帶上那種節奏單調的敲擊樂器的聲音。

我覺得，錄音帶上的那種樂器的聲音，雖然簡單、沉緩，但是卻也決不是隨便敲得出來的，那種簡單的樂音，聽來有著深厚的文化基礎。

我在呆呆地想著，熊逸已經打好了信，簽了名，將信交給了我。我草草看了一遍，熊逸在信中，對我著實捧場，將我渲染成爲一個東方古器物專家，東方語言專家，以及一個對任何事情都有深刻研究的人。事實上，世界上不可能有這樣的人。

我抬起頭來：「說得那麼好，過分了吧！」

熊逸笑道：「一點也不過分，如果不是你的年紀太輕，我一定要加上一句，當年周口店發掘北京人，你和裴文中教授，共同負責！」

我真給他說得有點啼笑皆非，忙道：「行了，再下去，你要說我是章太炎的同學了！」

熊逸道：「你不知道那院長的爲人，鄧肯院長對東方人很有好感，將你說得神通廣大些，他會崇拜你，你的工作也容易進行！」

熊逸又打好了信封，將信交了給我：「我明天一早就要動身了。」

我和他握手，道：「再見！」

我和熊逸的第一次會見，就那樣結束了。

當然，我和他還有第二次，以及更多的會見，但是那是以後的事，現在自然不必多說。

我回到了家中，自己想想，也不禁覺得好笑，天下大概再也沒有像我那樣無事忙的人了，爲了一卷莫名其妙的錄音帶遠涉重洋！自然，「莫名其妙」看來根本不能成爲我遠涉重洋的理由。但是實際上，正是那使我遠行，因爲我若是知道那卷錄音帶的來龍去脈，怎提得起遠行的興趣？

第二天下午，我上了飛機。

旅行袋中，帶著那卷錄音帶，在這兩天中，我又聽了它不知多少次，熟得可以哼出那首「哀歌」。

當我最後幾次聽那卷錄音帶的時候，我甚至和著錄音帶上的聲音，一起唱著。雖然我絕不知道歌詞的內容是甚麼，但是當我加在那男男女女的聲音之中的時候，我的心中，也不禁有一種深切的悲哀。

我心中懷疑，一個以殺人爲樂的邪教，在殺了一個人之後，不可能發出如此深刻哀切的歌聲！

然而當我懷疑到這一點的時候，我又不禁自己問自己：在甚麼樣的情形下，殺了一個人，又會對這個人的死亡，顯出如此深切的哀悼？

我當然得不到答案！

我一直在神思恍惚之中，整個旅程，心不在焉，直到我到了目的地，在酒店中休息了一夜，第二天上午，帶著熊逸的信，去求見鄧肯院長時，我才極力使自己鎮定下來。

鄧肯院長在他寬大的辦公室中接見我，看了熊逸的介紹信之後，這個滿頭銀髮的老人，立時對我現出極其欽佩的神情，他站起來，熱情地和我握手：「或許是由於我個人興趣的關係，我們院中，收藏最多的，就是東方的物品！」

我忙解釋道：「我並不是來參觀貴院，我是爲了黃博宜的死而來。」

鄧肯院長卻根本不理會我說甚麼，他握住我的手，搖著：「衛先生，既然你是這方面的專家，請來看看我們的收藏！」

我覺得有點啼笑皆非，但是我想到，要調查黃博宜的事，必須他幫忙，如果現在拒絕他的邀請，那會使我以後事情進行不順利。

是以我道：「好的，見識一下。」

鄧肯興致勃勃，和我一起走出了他的辦公室，走在光線柔和的走廊中，鄧肯不住地在說著話，他道：「黃先生是負責東方收藏品的，他真是極其出色的人才，真可惜！」

我趕忙問道：「你對黃先生的了解怎樣？」

鄧肯又嘆了一聲：「他？我簡直將他當作兒子一樣！」

我忙道：「他的生活情形怎樣？」

鄧肯道：「他是一個古物迷，有一幢很漂亮的房子，就在離博物院十哩外，可是大多數的時間，他都是睡在博物院中的！」

我抬頭看了看，這座博物院，是一座十分宏大、古老的建築。

凡是那樣的建築，總使人有一股陰森之感，黃博宜敢於一個人在那樣的一幢大建築物之中過夜，他不是特別膽大，就是一個怪人。

我還想問一些問題，但是鄧肯已推開一扇門，那是一間寬大的陳列室，陳列的是中國的銅器，從巨大的鼎，到細小的盤，應有盡有，幸而我對中國的古董，也還有點知識，是以這個「專家」的頭銜一時倒也不容易拆穿。鄧肯越談越是興奮。

參觀完了這一間陳列室之後，他又將我帶到了陶器的陳列室，在那裏，有很多馬廠時期的三彩陶，都還十分完整，鄧肯指著一隻陶瓶：「你看這上面的紋彩，那時，歐洲還在野蠻時代！」

我苦笑了一下：「中國是文明古國，但是作為現在的中國人，我並不以此為榮，這就像是知恥的破落戶，不想誇耀祖先的風光一樣，人家進步得那麼快，我們卻越來越落後！」

鄧肯拍著我的肩頭：「別難過，小伙子，藝術的光彩是不會湮沒的。」

我一件一件地看過去，看到一張巨大的辦公桌上有一隻細長的長瓶，那瓶的樣子很奇特，瓶頸很長，很細，上著黑色的釉，看來光滑可愛，我將那隻瓶拿了起來：「這是甚麼時代的東西？」

鄧肯道：「根據黃先生的推斷，這是春秋時代的精美藝術品！」

我順口問道：「那麼，為甚麼不將它陳列起來？」

鄧肯道：「本來在陳列櫃中，但是黃先生卻說這隻瓶有極高的價值，他專心研究這隻瓶，已研究了半年多了，你看它有甚麼特色？」

我在拿起這隻瓶來的時候，已經覺得瓶的樣子很奇特，瓶的黑釉，十分堅實，而且，在釉層上，有著許多極細的紋。

我道：「的確很奇怪，我未曾見過那樣的陶瓶。」

鄧肯趁機道：「據我所知，黃先生的研究，還沒有結果，閣下是不是肯繼續他的研究？」

我忙搖手道：「我不能勝任這樣專門的工作。」

鄧肯道：「衛先生，你太客氣了，我們博物院，已籌得了一大筆款項，正準備擴大收藏東方的珍品！尤其是中國的珍品，正需要像你那樣的人才來負責，我們可以出很高的薪水——」

聽到這裏，我不得不打斷他的話頭，老老實實地告訴他：「鄧肯院長，我到這裏來，並不是對貴院收藏的資料有甚麼興趣，而只是對黃先生的死，來作私人的調查，我想你應該明白，我絕沒有可能留下來為博物院工作。」

鄧肯現出十分失望的神色來。

但是他顯然是一個十分樂觀的人，因為就算在失望之餘，他又立時有了新的打算，他笑道：「那麼，當你逗留在這裏的時候，希望你盡量給我們寶貴的意見。」

我也不禁笑了起來：「好的，我一定盡我的能力，現在，我有幾件事請你幫忙。」

「你只管說！」他很快地答應著。

「第一，」我說，「我需要黃博宜留下的一些文件，我希望可以找到和他私人生活有關的紀錄，以明白他的死因。」

「那很容易，自他死後，他的一切，都沒有人動過，全在這間辦公室。」鄧肯說，接著，他又表示疑惑：「他不是死於交通失事麼？」

「是的，我也相信是，但是其中又有一個極其細微的疑點，這種小小的疑點，警方通常是不予接納，所以我只好作私人的調查。」

鄧肯點著頭：「你可以使用這間辦公室，作爲你辦公——我的意思是研究黃先生遺物的所在。」

「謝謝你，」我衷心地感謝他的合作：「還有，黃博宜生前的住所——」

「他死後，沒有親人，是以鑰匙由警方交給了我，我已登報出售他的住宅了，但是還未曾有人來買。」

我忙道：「請你告訴我他屋子的住址，和將鑰匙給我，我要到他房子去看看。」

「可以！」鄧肯有求必應。

他將我帶到了他的辦公室，取出了一串鑰匙來給我，又將黃博宜那屋子的住址，畫了一個簡單的草圖。根據他的敘述，大約駕車十五分鐘，就可以到達了。

我向他告辭，他一直送我到博物院的門口，我上了車，駛向黃博宜的住宅。

十分鐘之後，我發現黃博宜的住宅，相當荒僻，那裏，每一幢房子的距離，都在兩百呎以上。

而車子上了一條斜路，落斜坡之後，另有一條小路，通向黃博宜的住宅，在那裏，只有這一幢房子。

房子的外形，看來並沒有甚麼特別，是典型美國中產階級居住的那種平房，房子前，有一個花園。可是當我看到了這所房子時，我不禁愕然，因爲在房子的花園前，停著四五輛摩托車。

而且，花園的門也開著，屋中還有音樂聲傳了出來，絕不像是空屋！

我幾乎以爲我是找錯了地方，我停下車，取出鄧肯畫給我的草圖，對照一下，肯定了我要找的，正是這幢房子之後，我才下了車，來到了屋子面前，走進了花園，我發現屋子的窗子，有好幾扇打開著。

我不從大門中進去，先來到了窗外，向內張望了一下，我看到屋中，有十來個青年男女，有的在擁吻，有的抱在一起沉睡，有的幾個人抱成一團。

那幾個男的，幾乎都赤著上身，而女的，則根本和不穿衣服差不了多少。地上，全是古裏古怪的衣服，和一串串五顏六色的項鍊，啤酒罐到處都是，那些長頭髮的年輕男人，肆無忌憚在摸索那些女郎的胴體。

我看到了這樣的情形，連忙向後退了一步，蹲下身來。

窗外是一排矮樹，當我蹲下身來之後，我倒不怕被屋中的人看到，而且，從屋中人的那種神情看來，他們一定曾服食過毒品，也不會注意屋外的動靜。

我的腦中十分亂，這是我蹲下來的原因，因爲我必須想一想，究竟發生了甚麼事情。

從這群人的樣子來看，他們正是在美國隨處可見的嬉皮士。

但是，他們又怎會在黃博宜的屋子中的呢？

這一群嬉皮士，是不是就是我和熊逸懷疑的邪教組織呢？邪教組織，和嬉皮士，只不過是一線之隔，那是眾人皆知的事。

我想了一兩分鐘，知道單憑想像，得不到答案，必須進去和他們會面。

我先來到了門外，將那五六輛摩托車的電線割斷，然後我又回到了大門前，大門居然鎖著，這些嬉皮士，顯然全是從窗中或是後門進出的，我用鑰匙打開了門，然後，一腳將門踢開，走了進去。

當我大踏步走進去時，我還發出了一聲巨喝：「統統站起來！」

可是，那些男男女女，卻只是個個抬起頭來，懶洋洋地向我望了一眼，像是根本沒有我的存在一樣，有好幾對，又擁吻起來。

我又走前一步，抓住一個男孩子的長頭髮，將他從他的女伴身上，直提了起來，我大喝道：「這是怎麼一回事，誰准你們進屋子來的？」

那大孩子大概不會超過二十歲，他笑著：「別發怒，先生，屋子造了是給人住的，我們發現這屋子是空的，進來利用一下，不是很好麼？」

這是典型嬉皮士的理論，他們要推翻一切舊的傳統，他們視私有財產是一切罪惡的根源，在他們的心目中，看到房子空了，進來利用房子，那是天經地義的事情！

我喝道：「你們來了多久？」

那男孩的女伴，掠了掠長髮：「誰知道？誰又在乎時間？」

我放開了那男孩的頭髮：「你們全別走，我要去報警。」

第三部：邪教總部

一聽到報警，他們都站了起來，一個道：「別緊張，我們走就是。」

那傢伙一說，男男女女便都站了起來，他們說走就走，這一點，倒頗出乎我的意料之外，看來，他們是屬於和平的嬉皮士，不像是甚麼邪教的組織。

我忙道：「你們是從哪裏來的？」

幾個人瞪著我，好像我所問的問題，是深奧得難以理解的一樣，接著，他們全體，便都笑了起來，一個女的尖叫道：「我們每一個人，都從媽媽的肚子中來！」

我大聲喝道：「你們來這裏多久了？你們可認識這屋子的主人？」

他們仍在笑著，一個大孩子吊兒郎當地來到了我的身前，側著身，笑嘻嘻地道：「怎麼，你不是這屋子的主人？那麼你為甚麼要趕我們走！」

我沉聲道：「等到我說出事實的真相時，你們或者笑不出來了，這屋子的主人，是被謀殺的，他可能正是死在你們這樣的人手中！」

果然，我這兩句話一出口，他們笑不出了，現出駭然的神色，一個男孩子十分小心地反問道：「像我們這樣的人手中，那是甚麼意思？」

我加重語氣：「像你們那樣的人，一種荒唐的邪教組織！」

那大孩子忙道：「我們不是這種組織，我們是和平主義者，我們愛自由，崇尚人性的徹底解放，而且，我們只不過在這裏住了一天！」

我望著他們，無論從哪一個角度來看，這些年輕的男女，實在都不像殺人的兇手，我幾乎已要放他們離去了，但是突然之間，我想到了一點。

我道：「你們別走，我要請你們聽一卷錄音帶，希望你們能提供一些意見。」

那群嬉皮士顯然不知我那樣說是甚麼意思，是以他們疑惑地互望著，一個面上還有著雀斑，看來不夠十七歲的大孩子，吹了一下口哨：「甚麼錄音帶，可是做愛時的呼叫聲？」

我「哼」地一聲，打開了我隨身攜帶的皮包，取出了那卷錄音帶來：「給我一具錄音機。」

一個女孩子將一具袖珍錄音機交給了我，我就將那卷錄音帶放了出來。

他們倒很合作，用心地聽著，等到錄音帶播完，他們一起向我望來，我道：「你們聽到了，其間有一個女子的尖叫聲。」

「是的。」好幾個人回答。

「你們認爲一個人在甚麼時候之下，會發出那樣絕望的尖叫聲來？」我又問。

一個年紀較大的遲疑了一下：「臨死時。」

我的神色，變得十分嚴肅：「我認爲，這是一個女子被處死時的錄音，你們是嬉皮士，和邪教組織的接觸較多，這種哀歌，是不是和邪教組織的慶典，有甚麼類似？」

屋子中靜默著，沒有人回答我。我再問了一遍，仍然沒有人回答我，我只好嘆了一聲：「好，將屋中的垃圾帶走，你們可以離去了，門外的那些車子是你們的麼？其中幾根主要的電線斷了，你們要將它駁好，才能離去。」

那些年輕人，做起事來，手腳倒還乾淨俐落，不到半小時，就已將屋子收拾得乾乾淨淨，他們全都離開了屋子，又過了半小時，我聽到了摩托車發動的聲音。

我到處走了一走，黃博宜的房子，有兩間相當大的房間，和兩個廳，還有一個起居室。

我決定睡在黃博宜的臥室中，洗了一個臉，在床上躺了下來。

我才一躺下，就聽得窗上「卜卜」作響，轉頭向窗口看去，只見一個紅頭髮的女孩子，站在窗外，正用手指敲著玻璃窗。

這個紅頭髮的女孩子，在剛才那一群嬉皮士中，我還可以記得她，因爲她那一頭紅髮，不知道是天生的還是染成的，紅得惹眼！

我跳了起來，推上了窗子：「甚麼事？」

紅頭髮女孩轉頭向身後望了一眼，才低聲道：「先生，剛才我沒有回答你的話，但是我知道，有這樣的一個組織，他們自稱是太陽教的遺裔！」

我高興得難以形容：「請進來，詳細告訴我有關它的情形！」

那紅頭髮女孩搖著頭：「不，我還得追上他們，我參加過一次他們的集會，他們的祭壇，就離這兒不遠，梵勒車廠！」

紅頭髮女孩子一講完，轉頭便奔，快得像一頭兔子，我揚聲叫她回來，可是她頭也不回，轉眼之間就奔遠了。

我站在窗前，心頭怦怦跳著。

果然，在這裏附近，有一個邪教組織在！

那麼，可以證明我和熊逸兩人的推斷是對的！

由於有了這一個新發現，倦意一掃而空，鎖好了屋子，出了門，駕著車，向前駛去，我並不知道梵勒車廠在甚麼地方，所以當我的車子，駛過第一所屋子，我看到有一個中年人在推著除草機時，我就停了下來，大聲問道：「先生，請問梵勒車廠在哪裏？」

一般來說，美國人對於有人問路，總肯熱心指導，可是那中年人抬頭向我望了一眼，臉上卻現出了一股極其厭惡的神色。

他根本不睬我，繼續去除他的草，我連問了幾遍，一點結果也沒有。

我只得再駕車前去，一連問了好幾個人，反應全是一樣，不禁使我啼笑皆非，幸而我遇到了一輛迎面駛來的警車。

我按著喇叭，探出頭去，那輛警車停了下來，我忙問道：「請問，梵勒車廠在甚麼地方？我問了很多人，他們睬也不睬我！」

警車中有一個警官，和一個警員，那警官也從車窗中探出頭來：「有甚麼麻煩？」

我呆了一呆，道：「沒有甚麼麻煩，我只不過想知道梵勒車廠，在甚麼地方！」

那警官又向我上上下下，打量了幾眼，才道：「看來，你不像是他們那一類人。」

我有點不耐煩，只是道：「請你告訴我，梵勒車廠在甚麼地方，我要到那裏去！」

那警官卻仍然不直接回答我的問題，他道：「如果你有兒子或是女兒在那裏，那麼我勸你算了，別替你自己找麻煩，也別爲我們添麻煩！」

我實在忍不住了，大聲吼叫了起來：「聽著，我在向你問路，身爲一個警員，你是有義務答覆詢問，現在我再問一遍：梵勒車廠在甚麼地方！」

那警官十分憤怒，在他身邊的那警員卻道：「他要去，就告訴他好了！」

警官悻然道：「好的，你向前去，第一個三岔路口向左，你會看到一塊路牌，然後，你如果不覺悟，可以到達梵勒車廠，願你能平安！」

我吸了一口氣：「謝謝你！」

這時，我已多少知道人們爲甚麼不肯和我交談，以及那警官不爽決回答我問題的原因，因爲梵勒車廠是一個邪教組織的基地，在那裏，一定有許多稀奇古怪的事情，旁人不肯容忍。

當地居民，可能以爲我就是邪教中的一份子，是以我才會接受那麼多鄙夷的眼光。

至於那位警官，他可能是一片好心，因爲這一類的邪教組織，向來不許外人胡亂闖入。

但是我還是要去，因爲我認爲，我的調查工作，開始有點眉目了。

到了三岔路口，向左轉進一條小路，在另一個更狹窄的路口，看到了一塊路牌。

當我才一看到那塊路牌的時候，我根本不以爲那是一塊路牌，我所看到的是一個奇裝異服的女人，露著雙乳，手向前指著。

那女人栩栩如生，令人以爲她是真的，而更怵目驚心的是，在她的胸前，有一大灘血，鮮血還在一點點滴下來。

我停下了車，跳出了車門，才發現那個神情痛苦，像真人一樣的女人，是塑膠製的，製作極其精巧。胸前有一個小孔，在那個小孔中，有「血」在不斷地流出來。

自然，那是這個塑膠人體內的一種簡單的機械裝置的結果，我用手指沾了一些那種「血」，放近鼻端聞了一下，我斷定那是一種化學液體，看來像血而已。

那塑膠人的手，向前指著，而我向前看去，可以看到了一幢建築物。

那幢建築物，從遠處看來，很像是一座監獄，四四方方的那種，暗紅色的磚牆。

繼續駕車前駛，到了路盡頭，建築物的四周圍著鐵絲網，在鐵絲網的當中，有一個拱門，拱門上掛著許多五顏六色的流蘇。

在拱門口，站著兩個人。

當我下了車，走近拱門時，我才發現，那兩個人，一男一女，也是塑膠人。

我在門口略站了一站，建築物之前是一大塊空地，停著很多輛汽車，有的是可以使用的，有些車子，破爛不堪了，可能是原來的車廠留下來的。

這幢建築物自然就是梵勒車廠。現在，它不再是車廠，而是一個邪教組織的根本重地，我站了一會，聽到建築物中，好像有一種古怪聲音傳出來。

那種聲音，聽來好像是很多人在呻吟，在喘息。

我向前走去，一直來到了建築物的門口，我推了推門，門鎖著。

我正想再用力去推門時，忽然在我的身後，傳來了一個冷冷的聲音道：「你找誰？」

我回過頭來，也不禁吃了一驚，因爲在我的身後，不知甚麼時候，已多了兩個人。

或許是從建築物中發出來的那種聲響，蓋過了那兩人的腳步聲，我不知道他們甚麼時候走近我，那兩個人，一時之間，分不出是男是女，頭髮長得驚人，都穿著一件顏色十分鮮艷，像火一樣的顏色的寬大的長袍，看來倒像是阿拉伯人。

從他們的語聲、神情看來，他們對我，顯然充滿了敵意。

我沉聲道：「我——想來參觀參觀。」

那兩人冷冷地道：「你走吧！」

他們一面說，一面已各自抽出一隻手，向我的肩頭之上，抓了過來，用力捏住了我的肩頭。

如果不是他們出手，我一時之間，倒還想不到應該如何對付他們才好，他們既然已經先出了手，那麼，事情就簡單得多了！

我忙道：「放開你們的手！」

那兩人不放手，他們推著我的身子。他們只不過將我推出了一步，我的雙臂便已自下而上，揚了起來，撞在他們的手臂上，將他們的手臂震脫，緊接著，我一腳踢出，踢在其中一人的小腹上，然後，又一掌擊中了另一個人的後頸。

那被我踢中小腹的人，發出了一下嗥叫聲，我正在考慮是不是應該繼續進攻，我身後，那建築物的大門，突然打開！

我聽得一大群人的呼叫聲，接著，我已被那群人困住了。

我完全來不及抵抗，便有好幾個人拉住了我，我踢倒了其中的兩個，但是他們的人實在太多，我也無法將他們全打倒在地。

不到半分鐘，我已經被他們拖進了建築物。

建築物中全亮著橘紅色的燈光，那種顏色的光線令人感到窒息，使人有置身洪爐中的感覺。

我被七八個人拖了進來，在我被拖進來的時候，仍在竭力掙扎，將在我身邊的人，都逼了開去。

也就在那時，我聽得一下震耳欲聾的呼喝聲，任何人都不可能憑他的喉嚨發出那樣聲響，那自然是擴音器的作用。

隨著那一下巨喝聲之後，所有的聲音、動作，都靜了下來，向聲音的來源看去，只見一個身形異常高大的人，穿著一件金光熠熠的長袍，站在一座臺上，雙手高舉著。

那人的頭髮和鬚，盤虬在一起，看不出他是怎樣的一個人，但是他給我的印象，卻極其深刻，因為他那一雙眼睛，在充滿了暗紅光芒的空間中，閃耀著一種異樣的光采。

他高舉著雙手，開始說一些毫無意義的話，我全然聽不懂他在說甚麼。

在這時候，我開始打量那建築物的內部，寬宏的空間，看來像是一個大教堂，在裏面的男男女女，大約有兩百來人。隨著那人發出迷幻的、唸經也似的聲音，所有的人也都發出同樣的聲音來。

那種毫無意義的字句，喃喃的聲音，構成一種巨大的催眠力量，使人昏昏欲睡。

我向那人走去，那人轉過身來，將他的雙手，直伸到了我的眼前，同時，炯炯有神的眼睛，望定了我。

在那一剎間，我已可以確定這個人，就是邪教組織的首腦，同時，我也可以肯定，他對催眠術有深湛研究！

而這時，他正在對我施展催眠術！

催眠術大概是二十世紀六十年代最不可思議的事情之一，爲甚麼在經過了若干動作之後，一個人的思想，便能控制另一個人的思想，科學家至今還找不出原因，但是催眠術卻又真的存在！

（一九八六年按：二十世紀八十年代、九十年代，催眠術依然不可思議。）

我對催眠術有相當深刻的研究，所以我一發覺到對方的目光如此異特，我立時沉聲道：「不用對我注視，我能對抗催眠！」

其實，任何人都可以對抗催眠，只要他有對抗催眠的決心，和他事先知道會接受催眠。

我的話，令得那人吃了一驚，但是他那異光四射的雙眼，仍然注定了我，看來他不相信我的話，還想以他高超的催眠術制服我！

我本來還想再提醒他，如果催眠他人不成，被他人反催眠的結果如何，但是一轉念間，我心中立時想到，我到這裏來爲了調查事實的眞相。

從目前的情形來看，如果我採取正當的途徑，那麼，一定無法在那些人口中，套出任何事實來。

而如今站在我面前的這個人，正是那群人的首腦，如果我可以使他進入被催眠的狀態中，那麼，我就可以命令他將一切他知道的事情講出來，一個人在被催眠的狀態中，所講的話，都是潛意識中所想的，不會有謊話。

那麼，我可以得知事實的真相了。

所以，當我想到這一點時，我就不再警告他，只是和他互望著。

要使一個施展催眠術的人被人反催眠，有兩個辦法。一個辦法是你同時對他施展催眠術，只要你的意志比他堅定，催眠術的造詣比他高，那麼，你就可以將他擊倒，使他被反催眠。

而第二個辦法，則是盡一切可能，抵制他的催眠，那麼，在一定的時間中，他未能對你達成催眠的目的，他自己反倒進入了自我催眠的狀態。

我考慮到對方能夠擁有那麼多信徒，他的催眠術一定極其高超，所以我並不同時施展催眠術，我所採取的是第二個辦法，我要防禦他的催眠，使他的催眠失敗，而令他進入自我催眠的狀態之中。

催眠者要使人進入被催眠狀態，唯一的辦法，就是要使對方的精神集中，所以對抗的方法，也只有一個，那就是使自己的精神分散。

我雖然就站在那人的對面，雙眼也望著那人，可是我卻完全當作沒有這個人的存在，我的腦中所想的，全然是一些不相干的事。我在想中東的舞蹈，在想著八汽缸汽車內燃機汽缸點燃的次序，在想著深海魚類何以會自我發光，我在心中試圖記憶的幾百種股票上漲和下跌的比率，等等。

我的雙腿開始有點發酸，我站立了許久，那人也站立了很久。

我的耳際聽到的，仍然是那些邪教徒的歌唱聲，那使人昏然欲睡，我必須想更多複雜的問題來對抗。

終於，至少在一小時之後，我看到那人雙眼之中的奇異光采，漸漸斂去，他的眼珠，開始變得呆滯。我又忍耐了兩三分鐘，才慢慢揚起右手來。

當我慢慢揚起手來之際，站在我對面的那人，他的右手，也開始揚起。

他的右手才一揚起時，好像還有一點遲疑，但是隨即，他完全照著我的樣子，揚起了他的手。

我緩緩吸了一口氣，用十分低沉的聲音道：「帶我到一個可以供我們兩人密談的地方去！」

我在看到他照著我的樣子，揚起了右手之際，我已經知道，我的計畫成功了！

這時，那人在聽了我的話之後，他的身子，慢慢轉過去，向前走去。

我連忙跟在他的後面，在那時，我才有機會打量一下那兩三百個邪教徒，我發現他們，全都有規律地搖擺著身子，口中發著喃喃的聲響，雙眼發直，在那種暗紅色的光芒下看來，簡直像是一大群幽靈。

這種情形很駭人，我可以肯定，這些人，已經全受了催眠！他們的領袖在對我進行催眠之際，他們全被催眠了！

我深吸了一口氣，保持清醒，然後，追上了那人，那人已掀開了一幅布幔，來到了一條走廊中，接著，便進了一間小房間。

那小房間佈置得十分精美，光線很黯淡，進了房間，他就呆立著。

我低聲道：「坐下！」

那人聽話地坐了下來。

我又問道：「你叫甚麼名字？」

那人道：「米契‧彼羅多夫‧彼羅多維奇。」

從那一連串名字聽來，他是俄國人。

我又道：「我叫你米契，米契，你是甚麼身份？」

米契道：「我是太陽教教主。」

「在這以前呢？」我追問。

米契忽然笑了一下：「貧民窟中的老鼠！」

和米契的對話到了這裏，我已完全放心了，因爲我深信他已完全在我的控制之下，他連他以前，是貧民窟中的小偷一事，也講了出來，那麼，不論我問他甚麼話，他都不會拒絕回答。

我立時單刀直入地道：「你的教會處死叛徒！」

米契聽得我那樣問，卻現出了一片呆滯的神色來，過了好一會，他才道：「沒有。」

我呆了一呆，米契在如今這樣的情形下說「沒有」，那決計不可能是他在騙我。但是我卻又沒有法子相信他的話，我又道：「你們殺過人，一個少女！」

米契的樣子更加呆木，像是根本不明白我在說些甚麼，我直望著他，提高了聲音：「你們是怎麼對付入教的少女？」

米契對這個問題，反應倒很快，他立時道：「我們將入教的女子洗滌，以驅除她體內的邪惡。」

我又問道：「有人發現了你們的這種儀式，是不是？」

米契的回答是：「通常很少有人發現。」

「有一個叫黃博宜的中國人，曾經發現過，而你將他謀殺了！」我進一步逼問。

但是米契又現出發呆的神情來，那顯然是我的問題，一點也接觸不到他的潛意識之故，是以才使得他不知該如何反應才好。

那就像去詢問一具電腦，尋求答案，但是這具電腦卻根本沒有這種資料儲備一樣。在那樣的情形下，自然甚麼回答也得不到！

照現在的情形來看，實在已可以充分證明黃博宜的死，和這個邪教組織無關！

然而，那又怎麼可能呢？那一卷錄音帶上的聲音，又作如何解釋呢？

所以，我仍然不死心，又問道：「你將謀殺扮演爲汽車失事，你利用汽車失事，殺了一個人！」

米契緩慢地搖著頭：「沒有！」

我雙手按在他的肩頭上：「米契，你殺過人，你殺過人！」

可是，米契對我的話，一點反應也沒有，他只是搖著頭，緩慢地搖著。

我沒有辦法可想，我後退了幾步，在一張椅子上坐了下來，托著頭，想了好一會，我的腦中，混亂到了極點，當我發現這個邪教組織的時候，我以爲一切事情，都可以水落石出了！

可是事情發展的結果，卻和我想像的完全相反！

我沒有理由不相信現在米契所說的話，因爲他正在完全的被催眠狀態之中，他不會說謊。

我呆了好一會，才又問道：「你知道附近還有甚麼異教組織？」

米契緩緩地道：「在七百哩外有一個異教組織，他們崇奉天上的雲。」

第四部：又一次估計錯誤

七百哩外！

那顯然和我要追尋的事情無關，我嘆了一口氣，站了起來了，我來到了米契的身前，用力在他的左頰上打了一巴掌。

然後，我立時離開了那房間。

我知道，半分鐘後，米契就會清醒過來，而半分鐘的時間，已足夠使我離開這裏了。

我來到了外面的大堂，那些教徒，仍然搖擺著身子，在唱著，我也聽到，他們所唱的，和錄音帶上的那種「哀歌」，沒有一點共同之處。

當我駕著車，駛離梵勒車廠的時候，我心中著實沮喪得可以。

本來，一件疑案，已可以水落石出，但是現在，卻又變得茫無頭緒！

我和熊逸推斷黃博宜是死在一個邪教組織之手，本來那只是我們兩人的推斷，沒有任何事實根據。可是那卻是我唯一可以遵循的路，現在此路不通，我茫然無所適從。

駕著車在公路上疾馳，直到我看到了一輛警方的公路巡邏車，我才想到該怎麼做。

我應該到警局去，去查看黃博宜汽車失事的資料，多少可以得到一些線索。

我直往調查失事經過的那個警局，當我說明了來意之後，一個警官用疑惑的眼光望著我：「你懷疑甚麼？這是一件普通的交通意外。」

我道：「我懷疑那是謀殺，一件十分神秘的謀殺，是以想知道當時的情形！」

由於我一到警局時，就向那位警官展示了國際警方發給我的一份特別證件，所以，警官並沒有拒絕我的要求，他道：「好的，一切紀錄，我們都保存著。」

在他的帶領下，我到了另一間房間中，另一個警員，拿來了一個文件夾，我在一張辦公桌前坐下，那文件夾中是失事時的照片，和主理這件案子的警官的報告書，我開始仔細地閱讀著。

當我看完了那份報告，和那些汽車失事的照片之後，我發現犯了一個極大的錯誤。

我的錯誤是，我聽信了想像力豐富，又不明真相的熊逸的話，以爲黃博宜是被謀殺的。而從一切文件看來，正如那位警官所說的：你疑惑甚麼呢？這實在是一件普通的交通失事。

像那樣的汽車失事，美國每一年有好幾十宗！

當我離開警局時，天色漸黑，我駕車到黃博宜的住所。

一面駕著車，一面我不斷地在思索著。黃博宜死於汽車失事，這一點，如果得到肯定的話，那也就是說，黃博宜的死，和那卷錄音帶，一點關係也沒有。必須先撇開黃博宜的死，單獨研究那卷錄音帶的來源！

這樣一來，事情可以說是複雜得多，但也可以說單純得多。

至少，黃博宜並不是因爲那卷錄音帶而死，我可以專心一致，在那卷錄音帶中下功夫！

在接下來的半個月中，我攜著那卷錄音帶，走遍了大規模的電腦語言中心，目的是想弄清楚那首哀歌，那種單音節的歌詞的內容。其中有一具大型電腦，可以說有九百六十多種印度方言，一千二百多種中國方言，而且，電腦還能根據儲存的資料，來判斷它未曾儲存的語言屬於哪一類。

但是，半個月下來，我還是失望了。

我所得到的，只是判斷，而不是準確的，肯定的答案。判斷和我所下的大同小異。我在一聽到錄音帶中的那首哀歌之際，就斷定那首哀歌，是出自東方人之口，電腦的判斷，只不過肯定那出於中國人之口而已。

在電腦中儲存的資料中，無法判斷出這首哀歌的歌詞，是用中國哪一個地方的方言所唱出的。

既然連這一點都無法斷定，那麼，自然無法進一步知道歌詞的內容！

我又有了另一個設想，我猜想，那可能是中國幫會的一種隱語。關於這一點，我倒不必擔心甚麼，因為我的岳父白老大，正是中國幫會中極其傑出的人物，他熟悉一切幫會的隱語，而他目前正在法國南部的鄉下隱居，我於是又帶著那卷錄音帶，特地到法國去走了一趟，請教我的岳父。

一樣沒有結果，我唯一的收穫，是在風光明媚的法國，享受了三天寧靜的生活。

白老大以他在中國幫會中的地位之尊，對幫會隱語的熟悉，他也聽不懂那首歌詞的內容，在我臨走前，他拍著我的肩頭：「這件事，我看你還是別在幫會隱語中動腦筋了，在我聽來，那不屬於任何幫會的隱語，別白化功夫。」

但是，在我臨上飛機的時候，他卻又對我說：「自然，我對於幫會隱語的經驗，全是過去的，時代在日新月異，誰知道現代幫會的隱語是怎樣的？」

他的這幾句話，陡地提醒了我，使我想到了另外一個可能性。

我所想到的是，在美國，有許多中國人，其中有些中國人，可能由於過去的淵源，或者是由於新的環境，一樣可以有幫會的組織。

中國的幫會組織精神，在美國延續，俠義部分退化，而犯罪部分加強。

黃博宜是中國人，是不是他和那一類的幫會組織發生了關係呢？

要弄明白這一點，必須從廣泛調查黃博宜的日常生活，日常所接觸的人這一方面著手，這自然是一項十分繁重的工作。

回到了美國，第二天，我的調查，便有了一點眉目，我查到，黃博宜在他工作的地點，總共不過三家中國人，都是高級知識分子，黃博宜和他們的來往，維持著很平常的關係。

而那三家中國人，也決計不可能是幫會分子。

另外一點，卻引起了我很大的注意，那就是黃博宜幾乎每半個月，就要到舊金山去一次。

他到舊金山去是做甚麼？舊金山有著舉世著名的唐人街，在舊金山，聚居著許多中國人，自然良莠不齊，難免有一些古怪的人在其間的。

我在黃博宜的私人書信中，發現他經常和舊金山的一個地址通信，對方的收信人，是一位「安小姐」。

有了那樣的線索，第二天就到了舊金山，那個地址是一幢相當舊，但是卻維修得很好的房子，當我按了門鈴之後很久，有一個人將門打開了幾吋，向我望來。

他是一個三十歲左右的年輕人，體格極其強健，他的一隻手，把在門口，從他的手指骨突出這一點看來，這個人在技擊上一定下過很大的功夫。

他的神情，極不友善的，瞪著眼：「你找甚麼人？」

他說的是帶著濃重方言口音的英語，我回答道：「我找安小姐！」

那人的態度更惡劣了，他大聲道：「這裏沒有甚麼安小姐，走！」

隨著那個「走」字，他「砰」地將門關上，我早就料到可能有這樣的情形了，所以我隨身帶著一封安小姐給黃博宜的信。

我再按門鈴，那人又聲勢洶洶地開了門，喝道：「告訴你沒有！」

我平心靜氣地道：「先生，請你聽我說幾句話，別那麼大火氣好不好？」

那人沒好氣道：「你想說甚麼？」

我將那封信取了出來：「請看，這封信，是這裏寄出來的，發信人是『安』，她是一位小姐，我現在要見的就是她！」

那人一伸手，將我手中的信，搶了過去，他動作粗魯，向那封信看了一眼，便將之拋了出來：「她本來住在這裏，已經搬走，別再來騷擾！」

隨著他講完了話，他又「砰」地一聲，關上了門，我後退了一步，拾起了那封信。

在那剎間，我心頭大是疑惑！

那位安小姐，那個人開始說根本沒有這個人，後來又說她搬走了！

那卷錄音帶上的女子的尖叫聲，發出如此絕望呼聲的女子，會不會就是安小姐？

這位安小姐，和黃博宜關係十分密切，是不是這位安小姐出事時的聲音，紀錄了下來，而又寄給黃博宜的呢？

當我想到這裏的時候，我的心中陡地一亮，熊逸曾說過，黃博宜是一個駕駛技術十分高超，而且，十分小心的人。

但是，那只是在平常的情形之下而論，如果他的一個親密的朋友，或者大膽地假設，一個他心愛的人，有了意外，那麼他會怎樣呢？他自然會心慌意亂，神經緊張，汽車失事也就在那樣的情形下發生！

我可以進一步大膽地假設，黃博宜在一聽到了錄音帶中的尖叫聲之後，就認出了是安小姐的聲音，是以他才心慌意亂。

我感到我的推測離事實越來越近，現在，唯一不能解釋的，是為甚麼黃博宜要將那卷錄音帶寄給熊逸，而不交給當地警方。

但是當時，我卻認為那是無關緊要的小節，我以為我有了進一步的推理發現，而心中十分興奮，沒有再往下想去。

（在整件事情了結之後，我才知道了何以黃博宜要將這卷錄音帶寄給熊逸的真正理由，但那是以後的事情了，在當時，我萬萬想不到。）

我拾起了那封信，呆立了片刻，而就在那片刻之間，我發現，在那幢房子的玻璃窗後，有好幾對眼睛，在向我注視。

玻璃窗上都被窗簾遮著，我絕看不到任何人，那不是我神經過敏，一個感覺敏銳的人，當有人在暗中注視著他的時候，可以尖銳地感觸得到，而我正是一個感覺極其敏銳的人！

我又呆了一呆，為甚麼屋中的人要偷窺我呢？是因為我來找安小姐？是因為他們殺了安小姐，所以我來了，他們要注意我？

我一面轉過身，一面心中迅速地轉著念，我向前走著，在過了一條馬路之後，在一家商店的玻璃櫥窗的反映之中，我清楚地看到，有兩個人，鬼鬼祟祟跟在我後面。

當我在離開的時候，已經決定和當地警方聯絡，尋找那個「搬走了」的安小姐，但這時一發現有人跟蹤我，就改變了主意。

我沿著街，慢慢向前走，那兩個傢伙十分笨拙，我心中暗暗好笑，在又走過了一條街後，我推開了一家中國館子的門，走了進去。

日間，顧客並不多，我估計那兩個傢伙，一定會跟進來。

果然，我才一坐下，那兩個人也進來，他們裝著不向我看一眼，在我斜對面的一張桌子上，坐了下來，我要了食物，他們也要了食物。

我要的食物來了之後，我就開始進食，我看到那兩人也在吃東西，而在五分鐘之後，原來在的一桌客人，結了賬，走了，館子中只有我和那兩個人了。

我放下了筷子，向那兩個人走了過去。

那兩個人顯然料不到我有此一著，當我來到他們身前的時候，他們都抬起頭來望著我，神情愕然！

我卻向他們笑了笑：「好了，你們有甚麼話要對我說，快講吧！」

那兩個人的年紀都很輕，顯然完全沒有應付這種突如其來場面的經驗，他們呆了片刻，其中一個才結結巴巴道：「我們不認識你啊，先生！」

這可以說是最拙劣的抵賴！

我將雙手按在桌上，冷笑著：「可是我卻知道你們從哪裏出來，也知道你們一直跟在我身後！」

兩人互相望了一眼，然後陡地站了起來，他們一站起來之後，立時伸手向我的肩頭推來。

看他們的動作，顯然是想將我推開去，然後他們可以逃走。

他們的手還未曾碰到我的肩頭，我雙手疾揚，自下而上兩掌，「拍拍」兩聲，砍在他們的小臂之上！

那兩下未曾將這個傢伙的小臂骨砍斷，已經算是他們好運氣，他們一起叫了起來，我的雙手又向前推了出去，推在他們的胸前，令他們又坐倒在椅子上。

飯店中的女招待尖叫了起來，我立時大聲喝道：「別驚慌，沒有甚麼事！」

我又立時向那兩個人道：「沒有事，對不對？」

那兩個傢伙的臉色蒼白得出奇，他們瞧著我的話，連聲道：「沒有事，沒有事！」

坐在櫃檯後的一個中年人，將手按在他面前的電話上：「你們要打架，到外面去，不然，我要報警！」

我冷冷地道：「誰說我們要打架？我只不過要和這兩位先生談談！」

我雙手按在桌上，又望向那兩個人：「好了，告訴我，為甚麼要跟蹤我！」

那兩個人答不上來，我又大聲喝問了一次，其中一個才急快道：「不……為甚麼，只不過是好奇。」

「有甚麼值得你們好奇？是我的頭上出著角，還是我的臉上有花？」我冷冷地再問。

「不是，全不是！」

「那麼為了甚麼？」

「因為……」其中一個猶豫了一下，「因為你……來找安小姐。」

我冷笑了一下，這一句，倒是實話了，我又道：「我來找安小姐，你們便跟蹤我，那又是為了甚麼？」

那一個又道：「我已說過了，為了好奇。」

我呆了一呆，那兩個傢伙，翻來覆去，只說是為了好奇，但是好奇在甚麼地方，他們卻又始終未曾說得出來！我再問道：「為甚麼使你們覺得好奇？」

那兩個人退後了一下，才道：「你是來找安小姐的，你應該明白。」

我忙道：「我不明白，安小姐怎麼了？」

在我那樣說的時候，我的心中，著實緊張得很，可是那兩個人的回答，卻使我啼笑皆非。

那兩個人中的一個道：「安小姐認識了一個壞男人，她在一家夜總會中跳脫衣舞！」

那個人在講到安小姐在夜總會中跳脫衣舞時，那種咬牙切齒的神情，像是安小姐做了甚麼十惡不赦的大壞事一樣，真是令人發噱！

我呆了一呆，在剎那間，我覺得我這一次，大概又要失望了！

我苦笑著，道：「你們以為我就是那個壞男人，是不是？」

他們兩人一起點著頭。

我又問道：「那幢房子，是甚麼性質的會社？」

其中一個道：「不是會社，是幾十個中國留學生一起租下來的。」

我已不準備再問下去了，我直了直身子：「那麼，請問安小姐在哪一家夜總會表演？」

那兩個人神情憤然：「黑貓夜總會！」

其中一個還狠狠的補上了一句：「真丟人！」

我向他們望了一下，我很明白他們兩人的心理，別的國家的女人跳脫衣舞，他們會看得津津有味，還會評頭品足：這洋妞兒真不錯。

可是輪到中國女人也表演脫衣舞，他們就會像臉上重重被摑了一掌那樣地難過！

現在，我已經證明安小姐還在人世，那麼，我假定是安小姐遇害時，有人紀錄到了她尖叫的聲音這一點，又被推翻了！

我付了錢，走出了那家飯店。

我不禁苦笑了一下，這不知已是第幾次了，每一次，都是我才感到事情稍有眉目之際，就發現我的所謂「眉目」，完全不存在！

在我走出了飯店之後，我頓時有一股徬徨無依的感覺，現在，我還有甚麼可做呢？

我至少應該和那位安小姐見一次面，因為這位小姐和黃博宜十分親密，她或者可以提供有關黃博宜的消息。

我在街上閒蕩著，又在公園中消磨了很多時候，到天色黑了，才走進了黑貓夜總會。

那是一間低級夜總會，烏煙瘴氣，我在一張桌子旁坐了下來，就有一個幾乎全裸的香煙女郎，在我的身邊，挨挨擦擦，我買了一包煙：「不必找了！」

那香煙女郎有點喜出望外，向我飛了一個媚眼，我道：「不過，問你一件事。」

香煙女郎甜絲絲地笑著：「你想知道我的電話號碼？我今晚就有空！」

我不禁有點啼笑皆非，搖著頭：「不是，我想知道，有一位中國小姐，安小姐，她甚麼時候上場？我有要緊的事要見她。」

香煙女郎「哦」地一聲：「你說安，她才表演完畢，正在休息室！」

我忙站了起來：「可以帶我去見她麼？」

香煙女郎媚笑著：「只怕不能！」

我又抽出了一張鈔票，塞進她的手中，她笑了一下，轉過身去：「跟我來！」

我跟在那香煙女郎的後面，走進了一扇門，那是一個走廊，有兩個口角含著雪茄的男子，斜倚在牆上，香煙女郎低聲道：「我只帶到這裏，我走了！」

她急急退了出去，我向那兩個傢伙走了過去：「請問安小姐在哪裏？」

那兩個人斜睨著我，一個用含糊不清的聲音喝道：「快滾開，要看跳舞，到外面去！」

我仍然保持著語氣的平靜：「我不想看跳舞，有一點事要見安！」

第五部：戰國時代的「唱片」

在我講到我要見安的時候，提高了聲音，因為休息室就在走廊兩旁，我希望安小姐可以聽到我的聲音而走出來看視，因為我實在不想和那兩個傢伙打架。

我的話才一講完，那兩個人已向我不懷好意地衝了過來，我忙先向後退了一步。

也就在這時，我看到一扇門打開，一個女人走了出來：「怎麼一回事，誰要找我？」

我向那個女人望了一眼，不禁倒抽了一口涼氣，那女人的臉上，簡直七彩，她的身裁極好，玲瓏浮凸，身上幾乎是不著片縷，而她顯然是中國人。

那兩個流氓指著我：「這傢伙想到這裏來找麻煩，安，你認識他麼？」

那位小姐向我望了一眼，搖頭道：「不認識！」

我忙道：「安小姐，你認識黃博宜？我是他的朋友，我有要緊話和你說。」

那位小姐呆了一呆：「好的，請進來！」

我向那兩人望了一眼，那兩個人仍然對我充滿了敵意，但是我卻不再理會他們，和安小姐一起走進了她的休息室。她的休息室中，全是花花綠綠的衣服。

安小姐指著一張椅子：「請坐！」

我挪開了椅上的一些雜物，坐了下來，安小姐就坐在我的對面，她身上的布片是那麼少，使我也有點侷促不安的感覺，但是她卻泰然自若。

她點燃了一枝煙：「黃博宜，他是我在大學時的同學，你想不到吧，我是學考古的。」

我想了一想，才道：「跳舞也很不錯，不過，這裏的環境似乎不夠高尚！」

安小姐放肆地笑了起來：「先生，高尚的男人和不高尚的男人，對女人都懷有同樣的目的，對女人來說，高尚男人和不高尚男人，有甚麼分別？」

安小姐的話說得那麼直率，不禁使我有點臉紅，我苦笑了一下：「或許你說得對。」

安小姐道：「黃博宜他怎麼了？」

我皺著眉：「你不知道他已死了？」

安小姐先是震動了一下，但是她立即苦澀地笑了起來，攤著手：「你看，做人有甚麼意思？他一直戰戰兢兢地做人，甚至一生之中，沒有過任何享受，忽然死了，他做人有甚麼意思？」

我不準備和安小姐討論人生哲學，我只是道：「你對他知道多少？」

安小姐道：「為甚麼你會那樣問，他死得很不平常？我和他只是普通朋友。」

我道：「他死於汽車失事，但是，他死前，卻寄了一卷錄音帶給一位朋友，那是一卷奇怪的錄音帶，記錄的是——」

我才講到這裏，安小姐已然接上了口：「是一個女子的尖叫聲。」

我高興得站了起來，道：「你知道？」

「他寫信告訴過我！」安小姐回答說。

「他還說了些甚麼？」我急忙問。

「我也記不清了，但那封信還在！」

那封信還在，而黃博宜又曾在那封信中，向安小姐提及了一個女子的尖叫聲，這對我來說，實在是好消息！

在那一剎間，我甚至興奮得吸了一口氣：「安小姐，那封信，可以給我看看？」

安小姐皺了皺眉：「為甚麼？」

我攤著手：「究竟是為甚麼，我也說不上來，那是一件很奇怪的事，黃博宜寫給你的信，或者對揭露那件奇怪的事，有很大的幫助！」

安小姐笑著：「我很喜歡你的坦白，信在我的家中，你可以和我一起回去，我將信交給你！」

我毫不猶豫：「好！」

安小姐順手拿起一件外套，就在我面前穿上，她在穿上外套時，將柔長的頭髮略為理了一理，姿態十分美麗動人。

她向我一笑：「走吧！」我打開了門，和她一起走了出去，門口那兩個傢伙，還瞪著我，我們從夜總會的邊門，來到了街上，安小姐伸手召來了街車，十分鐘後，安小姐打開了她寓所的門，著亮了燈。

在我的想像之中，像安小姐那樣生活的人，她的住所一定凌亂不堪，可是出乎意料之外，她的住所，雖然不大，但是卻極其整潔，米黃色和淺紅色的色調，襯得整個房子，十分優雅高貴，和主人完全不同型。

我也沒有說甚麼，因為我來此的目的，是為了看黃博宜的那封信，並不是來欣賞安小姐的住所，而在現代社會中，一個人有雙重性格，極其普遍，不值得深究。

安小姐走到一張桌子前，先點著了一支煙，然後才拉開了一個抽屜。

她在抽屜中找了一會，便找出了那封信來：「信在這裏，請你隨便看。」

我走過去，拿起了信，在沙發上坐了下來，一看信封，我就知道那是黃博宜的信，因為這些日子來，我對他的字跡已很熟悉了。

黃博宜看來對安小姐十分傾心，他是一個出色的考古學家，同時又是一個情書寫得最蹩腳的人，那一封信，洋洋千言，可是說的不是他工作的博物院中最近又增加了甚麼東西，便是他經過多少天來的研究，有了甚麼新發現。

我不禁替黃博宜可憐，因為像他那樣寫情書法，一輩子也追求不到任何女子！

安小姐似乎也猜到了我的心思：「這個人太悶了一些，是不是？」

我無可奈何笑了一下，點了點頭。我根本不認識黃博宜，但是我認為我沒有必要向安小姐說明。

我再看下去，在那封信的最後一段，才是我要看的。

可是當我看到了這一段時，我心中的失望，實在難以形容。

那一段很短，如下：

「再者，我昨天聽到了可以說是世界上最奇怪的聲音，那是一個女子的尖叫聲，和一些歌謠的合唱，我敢說，當我確定了那些聲音的來源之後，一定會轟動整個考古學界，願你與我共享這份聲譽。」

所有提及聲音的部分，就是那麼幾句話，那自然使我大失所望！

我的視線，仍然定在信紙上，思緒混亂到了極點，過了好久，我才能開始好好地想一想，而到了那時，我也開始感到，我其實不必那麼失望，因為就在那寥寥百來個字中，對於那卷錄音帶上的聲音，已經有了一些交代。

那就是說，這卷錄音帶上的聲音，只和考古學家有著極大的關連，而並不是我和熊逸所想像的那樣，和甚麼邪教、黑社會組織、謀殺有關。

照黃博宜的說法，那是「最奇怪的聲音」，而他似乎也不能確定那聲音是甚麼。黃博宜還在研究，所以他才又說，如果他確定了那些聲音的來源以後，將會震動全世界考古學家。

可是當我想到這一點的時候，我不禁苦笑了起來，心中更亂了。考古學和聲音，有甚麼關係？任何考古工作，和聲音都搭不上關係！

我抬起頭來，安小姐已換上了另一支煙，她正在望著我，我苦笑了一下：「安小姐，你也是學考古的，你明白他那樣說，是甚麼意思？」

安小姐一面噴著煙，一面搖著頭：「不知道，我對考古已沒有興趣，所以也沒有再寫信去問他，想不到他卻死了！」

當安小姐說到「他已死了」之際，她的語氣中，沒有一點哀傷的成分。我知道我也不可能再得到甚麼了，我站了起來，放下信：「謝謝你的幫忙！」

安小姐撳熄了煙：「我還要表演，請你送我到夜總會去！」

我和她一起離開，又到了黑貓夜總會的門口，當她下車時，我忍不住問了她一句：「安小姐，你在表演的時候，也穿得那麼少？」

安小姐笑著：「開始的時候是！」

我不禁吸了一口涼氣：「謝謝你，我還有事，不能看你表演了！」

安小姐忽然神經質地笑了起來：「你還是不要看的好，就是因為我在這裏跳舞，整個三藩市的中國人，都將我當成了怪物！」

我心中嘆了一聲，卻沒有說甚麼，我和她揮著手，看她走進了夜總會，我吩咐街車司機，將我送回酒店。

當晚，我心中十分亂，我翻來覆去在想，黃博宜的話是甚麼意思。

黃博宜說他發現了這種「奇怪的聲音」。這「發現」兩字，也是大有問題的，因為聲音的本身，並不是一種存在，音波的保存（「保存」兩字，也大有語病），還是愛迪生發明留聲機之後的事，而就算是愛迪生創製的第一架留聲機，距今也沒有多少年，也算不了甚麼古董。

可是，事實上黃博宜又的確是發現了「奇怪聲音」，因為他將那聲音記錄了下來，我聽到過，那是一個女子的尖叫聲，接著是一連串的哀歌。

而且這種聲音的來源，一定極其怪異，要不然，黃博宜也不會說甚麼「震動整個考古界」了。

可是，聲音和考古又有甚麼關係？如果說黃博宜發現了一具幾千年之前的留聲機，那就幾近滑稽了。

我直想到天亮才睡著，第二天中午，我啟程回博物院，當我到達的時候，我意外地發現，和鄧肯院長在談話的，不是別人，正是熊逸！

熊逸看到了我，神色相當緊張，他第一句話就道：「怎麼樣，有甚麼結果？」

我苦笑了一下：「甚麼結果也沒有，我現在在使用黃博宜的辦公室，你和院長談完了，請來找我！」熊逸點著頭，我不再打擾他們的談話，走到黃博宜的辦公室中，在辦公桌後坐了下來。

我順手拿起了放在桌上，那隻樣子很奇特的黑色的瓶，在手中把玩著，但是事實上，我卻全然未曾注意那隻瓶，我只是在想，黃博宜究竟是在甚麼情形下，發現了那種聲音的？

熊逸在三分鐘後來到，他在我對面坐了下來，我也開始將我這些日子來所做的事，源源本本，講給他聽，一直講到最後，我在安小姐處看到的那封信為止。等到我講完之後，熊逸嘆了一聲：「可憐的博宜，他一定是受到了甚麼刺激，所以他的神經，不怎麼正常。」

我呆了一呆：「你這樣說是甚麼意思？」

熊逸道：「可不是麼？他竟幻想到考古學和聲音有關係，難道他發現了古代的聲音？」

我卻十分嚴肅地道：「可是你別忘記，他說的聲音，我們都聽到過。」

熊逸呆了一呆：「那是磁性錄音帶上發出來的！」

我又道：「是的，但是必須要先有這種聲音，錄音帶才能將它保留下來，這種聲音，原來是甚麼地方來的？黃博宜又是在甚麼情形之下發現它？」

熊逸給我問得一句話也答不上來，他呆了一會，才道：「這不正是我們想追尋的麼？」

我道：「是的，但是我現在已在覺察到，我們以前所用的方式，所作的假設，全都錯了，我們應該從頭來過！」

熊逸仍然十分疑惑地道：「你何以如此肯定？」

我立即道：「那是因為在這些日子來，我不知碰了多少釘子，我也不知做了多少事，但是發現沒有一條路走得通，所以才得了這樣的結論。」

「那麼，以你看來，我們應該在甚麼地方，去尋找這個聲音的來源呢？」熊逸問。

我揮著手：「從那些古代的物件中，黃博宜除了研究博物院中的藏品之外，幾乎沒有任何額外的活動，他將他發現奇怪的聲音一事，稱之為可以轟動整個考古界，又將那卷錄音帶寄給了你，由此可以證明，那聲音是和博物院的收藏品、和他的研究有關的。」

我那樣說法，熊逸顯然覺得不能接受，但是他一定也想不出有甚麼別的方法可以來反駁我，是以他只是搖著頭，並不說話。

我又揮著手——本來，我是想用更肯定的語氣來說服他的，可是這一次，我揮手的動作，太誇張了些，我的手碰到了放在桌上的那隻黑色細長的瓶子，將瓶子碰跌，瓶子在桌上滾了一滾，向地上跌下去。

幸虧我的反應來得十分快，我連忙俯身，在那隻瓶子還未曾跌倒在地上時，將它接住。

熊逸苦笑了一下：「別再爭的了，你看，你幾乎弄破了一隻可能極有價值的古瓶！」

我雖然接住了瓶子，但是心頭也怦怦一陣亂跳，因為那隻瓶子，如果弄破了，一定是一項極大的損失。

我將那隻瓶放回桌上：「可是我們還得討論下去，我認為黃博宜一定是在收藏的古物中，找到那些聲音，除此之外，沒有別的可能！」

熊逸嘆了一聲：「如果你是那麼固執的話，我也沒有辦法，但是我卻一定要提醒你，聲音並不是一個存在，保留音波的方法——」

我接了上去：「到愛迪生發明留聲機之後，才開始為人類應用，對不對？」

熊逸道：「對！」

我道：「保留聲音的方法，對愛迪生而言，只是一種發現，並不是一種發明，他所發現的，是在某一種情形下，聲音會被保留下來，你怎可以證明，幾千年之前，沒有人發現這一點？」

熊逸笑了起來：「你又有甚麼法子，可以證明幾千年之前，已有人發現了這一點？」

我呆住了，我當然答不上熊逸的話，因為我無法證明這一點！

我的心中十分亂，我低下頭去，在尋思著這一切難以解釋的事，究竟是怎麼一回事！

當然，我無法在紛亂的思緒中理出個頭緒來，但是，當我低下頭去的時候，我卻發現，在那隻細長的瓶子中，塞著一張紙。

那張紙，一定早已在瓶子中。只不過因為那瓶的頭，又細又長，所以紙張在瓶子的裏面，誰也不會發現，而剛才，那瓶子跌向地上，我將之接住，才使紙張出現在瓶口處！

我怔了一怔，忙伸手將那張紙，取了出來。熊逸也十分好奇地伸過頭來看。

那是一張收據，發出收據的，是一家「音響實驗室」，所收的費用，是三百元，費用的項目是「電子儀器探測音波的反應」。

我呆了一呆，立時抬頭向熊逸望去，熊逸的臉上，也現出十分古怪的神情來。

我們兩人互望了半晌，熊逸才道：「這……這是甚麼意思？」我並沒有回答他，因為我也沒有法子回答他的這一個問題。他又道：「看來，你剛才的說法是對的，他是在古物中發現了聲音。」

這一次，輪到我來問他了，我道：「你這樣說法，又是甚麼意思？」

熊逸拿起了那隻黑色的、瓶頸細長的，上面的黑袖口，有著許多幼細的紋路的花瓶來：「而且，我已可以肯定，聲音就是在這隻瓶上！」

我感到迷惑：「可是，我聽不到任何聲音。」

「你當然聽不到任何聲音！」熊逸的言語更激動，「當你手中拿著一張唱片的時候，你難道可以聽到唱片上的聲音？」

我心中陡地一動，失聲叫道：「唱片，你說唱片！」

熊逸撫摸著瓶身上的那些細紋：「是的，我說唱片！」

我忙在他的手中，將那個瓶子接了過來，也撫摸著瓶身上的那些細紋：「你的意思是，這些細紋，它的作用，和唱片一樣？」

熊逸道：「我想是！」

我跳了起來：「我們走，到那個實驗室去！」

我用一隻紙袋，包好了那隻瓶，兩人衝出博物院去，我駕著車，那時，因為有了那麼異特的發現，我的情緒在一種狂熱的狀態之中，我猝然踏下油門，車子向前衝去，熊逸急忙叫道：「喂，小心駕駛！」

可是等到熊逸出聲警告時，已經遲了！

由於我踏下油門太快的緣故，車子失去了控制，「砰」地一聲響，已猛烈地撞在一根電燈柱上！

這一下撞車，實在可以說是意外中的意外，我的反應算是十分敏捷的了，但是當車子撞到了電燈柱的那一剎間，我的身子，還是向前直衝了過去，胸口壓在駕駛盤上，車子前面的玻璃，完全碎裂。

在那剎間，我只聽得在我身邊的熊逸，發出了一下驚呼聲，接著，便像是整輛車子，都騰空而起，再接著，便甚麼也不知道了。

等到我又開始有一點知覺時，我只感到四周圍的一切，全是白色的，我感到異常口渴，我睜開眼來，發現自己是在醫院的病房中，熊逸就在我的身邊。

熊逸一看到我睜開了眼來，就興奮地叫道：「他醒來了，他醒來了。」

在熊逸旁邊的一個，大概是醫生，他道：「傷勢並不重，自然會醒來的！」

這時，我已經記起一切發生過的事情來了，我的唇乾得像是要焦裂一樣，但是我還是勉力使自己發出聲音來，道：「熊逸，那隻瓶子呢？」

熊逸望著我苦笑：「你肋骨也斷了好幾根，你想，那隻瓶子還會完整麼？」

我忙道：「碎了？」

熊逸點了點頭，我苦笑著：「那麼，我們永遠也找不出那聲音的來源了？」

熊逸先呆了半晌，然後才搖了搖頭：「不，由於瓶子碎了，我倒有了發現，我在其中的一個碎片上，發現了幾個字，那些字，原來是在瓶子內部的，十分小，如果不是瓶子碎了，根本不會發現！」

我急忙問道：「是些甚麼字，說那瓶子，是一個會出聲的寶瓶？」

「不是，那幾個字，表明這個瓶子的製造年代和地點，它是戰國時代楚國的東西，我也和那音響實驗室聯絡過，他們說，黃博宜曾攜帶那瓶子去作音波的反射實驗，從那些細紋中，找到了很多聲音，也有一個女子的尖叫聲，就是我們聽到的那卷錄音帶上的聲音。」

雖然我的胸口很疼，但是我還是勉力撐起了身子來：「那是甚麼意思？」

熊逸道：「我也問過他們，實驗室中的專家告訴我，液體在凝結為固體時，會保留音波，唱片就是根據這個原理製成的！」

我搖著頭，表示仍然不明白。

熊逸的雙眉蹙得十分緊，他道：「我的假設是，當時，正有一個製瓶匠，在製造一隻奇特的瓶，他要在瓶身上刻出許多細紋來，那樣的情形，使他在無意中，將附近發出的聲音，記錄了下來。」

我問道：「就算你的假定成立了，那麼，這些聲音，又說明了甚麼？」

熊逸苦笑著：「自然是謀殺，從現代的觀念來看，那是謀殺，但是用兩千多年前的觀念來看，卻是祭神，是一種使大家得到平安的儀式，犧牲一個少女的性命，去滿足他們崇拜的神的要求！」

我呆了半晌，熊逸又道：「那些哀歌，究竟唱些甚麼，我想沒有人可以分辨得出來了，但是，你可還記得那一句之後，那個特殊的尾音？」

「當然記得的，那是一個特殊的『ＳＨＵ』字音。」

熊逸緩緩地道：「你讀過楚辭中的『招魂』？」

我呆住了，楚辭中的「招魂」，每一句都有「些」子的結尾音，是全然沒有解釋的語助詞：魂兮歸來，去君不恆幹，何為兮四方些。舍君之樂處，而離彼不祥些。魂兮歸來，東方不可以托些！

兩千多年前，楚地的人，殺了一個少女祭神，然後又齊唱哀歌，來替那位少女招魂，黃博宜發現的聲音，秘密就是如此！

那是人類處於愚昧時代留下來的聲音，但願現在留下來的聲音，別給兩千多年後的人也有愚昧的感覺！

（完）

倪匡珍藏限量紀念版 27

衛斯理傳奇之茫點

作者：倪匡
發行人：陳曉林
出版所：風雲時代出版股份有限公司
地址：10576台北市民生東路五段178號7樓之3
電話：(02) 2756-0949
傳真：(02) 2765-3799
執行主編：朱墨菲
美術設計：許惠芳
業務總監：張瑋鳳
出版日期：2023年10月倪匡珍藏限量紀念版一刷
版權授權：倪匡
ISBN ：978-626-7303-90-0
風雲書網：http://www.eastbooks.com.tw
官方部落格：http://eastbooks.pixnet.net/blog
Facebook：http://www.facebook.com/h7560949
E-mail：h7560949@ms15.hinet.net
劃撥帳號：12043291
戶名：風雲時代出版股份有限公司

風雲發行所：33373桃園市龜山區公西村2鄰復興街304巷96號
電話：(03) 318-1378
傳真：(03) 318-1378
法律顧問：永然法律事務所 李永然律師
北辰著作權事務所 蕭雄淋律師

行政院新聞局局版台業字第3595號 營利事業統一編號22759935

國家圖書館出版品預行編目資料

衛斯理傳奇之茫點 ／ 倪匡著. -- 三版. --
臺北市：風雲時代出版股份有限公司，2023.09
面；公分 倪匡珍藏限量紀念版

ISBN 978-626-7303-90-0（平裝）

857.83 112011294